1.–

D1934910

ECHTZEIT

Pnina Moed Kass

ECHTZEIT

Roman

Aus dem amerikanischen Englisch von
Uwe-Michael Gutzschhahn

Bloomsbury
Kinderbücher & Jugendbücher

Die Geschichte in diesem Buch ist erfunden. Alle Bezüge auf historische Ereignisse, reale Personen oder existierende Schauplätze sind fiktional verwendet. Die übrigen Namen, Charaktere, Orte und Geschehnisse wurden von der Autorin frei erfunden, jegliche Ähnlichkeit mit tatsächlichen Ereignissen, Örtlichkeiten und lebenden oder toten Personen ist rein zufällig.

Für B. A. Moskowitz, den Autor und Kritiker,
Lektor und Leser,
einen Freund, wie es keinen zweiten gibt.

DANKSAGUNG

Viele Menschen haben mir auf vielerlei Weise geholfen. Für alle medizinischen Auskünfte und solche über Krankenhausabläufe danke ich Prof. Charles Weissman, Ron Krumer, Meital Ribowski und Audrey Shimron von Hadassah, Israel, und Marcie Natan von Hadassah, USA. Unschätzbare medizinische Informationen kamen auch von Joe Rybicki vom C.R.N.A. (Center of Regional and Neighbourhood Action), seiner Frau Heidi und der Krankenschwester Naomi Hoffman. Des Weiteren danke ich der Gedenkstätte Yad Vaschem für die gewährte Unterstützung. Die Zeit, die mir Reina Nuernberger von der American International School in Kfar Schmaryahu, Israel, schenkte, weiß ich besonders zu schätzen. Einen Dank auch an Samuel Melcer und Harry Adler für ihr Deutsch und Spanisch. Meinen Agentinnen Deborah Harris in Israel und Nancy Gallt in den Vereinigten Staaten schulde ich besondere Dankbarkeit. Und von Herzen ein Danke an Dinah Stevenson vom Verlag Clarion Books für ihr scharfsinniges Lektorat und ihren Großmut im Geiste.

Es entspricht dem Leben in einem tragischen Land,
In einer tragischen Zeit zu leben.

Wallace Stevens, »Trockenes Brot«

SONNTAG, 9. APRIL

Thomas Wanninger Flughafen Schönefeld (SXF), Berlin, Abflugterminal *4:45 UHR*

»Thomas Wanninger?«

»Ja.«

»Sie reisen allein?«

»Ja.«

»Das erste Mal nach Israel?«

»Ja.«

»Ihren Pass, bitte.«

Ich reiche ihn hinüber.

Er öffnet ihn. Er betrachtet das Passfoto, dann mich, dann wieder das Foto. »In Deutschland geboren?«

»Ja.«

»Was ist der Grund Ihres Besuchs?«

»Ich werde als Praktikant in einem Kibbuz arbeiten.«

»In welchem Kibbuz?«

»Broschim. Das ist außerhalb von Jerusalem.«

»Können Sie mir eine Bestätigung zeigen?«

Ich ziehe den Reißverschluss meines Rucksacks auf und schiebe meine Hand hinein. Ich ertaste die Sportzeitschrift, den Reiseführer. Ich schaue über die Schulter hinein – da sind eine Packung Tempo-Tücher, ein paar Sachen aus der Schule, die ich lesen soll, Kaugummi … Krims … Krams … Wo habe ich bloß den Brief vom Kibbuz hingetan? Ich sehe, wie er mich beobachtet, als ob ich irgendwie verdächtig wäre. Plötzlich denke ich: Er lässt mich nicht in die Maschine.

»Vielleicht sollten Sie Ihren Rucksack ausleeren.«

Ich lasse den Rucksack von den Schultern gleiten und hocke mich auf den Boden.

Er wendet keine Sekunde den Blick von mir ab. Ein anderer Typ kommt herüber, sieht mich an und flüstert ihm schließlich etwas ins Ohr. Er selbst nickt und zeigt dem Typen meinen Pass und mein Flugticket. Der Typ geht wieder. Mein T-Shirt klebt an den Achselhöhlen. Alles liegt auf dem Boden. Dann sehe ich die blassblaue Informationsbroschüre und den Brief, der daraus hervorschaut.

»Da ist er.« Ich reiche ihm den Brief. Ich hocke immer noch am Boden, warte.

Er schaut ihn an, liest ihn. »In Ordnung, packen Sie Ihre Sachen wieder ein.«

Ich stopfe alles in den Rucksack und stehe auf.

»Wer hat Ihren Koffer gepackt?«

»Ich.«

»Hat Ihnen jemand ein Geschenk, ein Päckchen oder sonst etwas in die Hand gedrückt, das Sie bei der Ankunft übergeben sollen?«

»Nein.«

»Sind Sie sich ganz sicher?«

»Ja.«

»Haben Sie Verwandte in Israel?«

»Nein – ich bin nicht jüdisch.« Ich will, dass er mir glaubt.

Er sieht mich an, als ob er es nicht tut. »Zu Ihrer Information: In Israel leben auch Nichtjuden. Es gibt

Christen, Muslime, Griechisch-Orthodoxe, Drusen – wollen Sie, dass ich fortfahre?« Er wartet meine Antwort nicht ab.

Er blickt mich an, hebt den Koffer hoch, dreht ihn um, sieht den gelben Sicherheitsaufkleber, stellt ihn wieder hin. »Sprechen Sie Arabisch?«

»Arabisch? Nein, natürlich nicht!«

»Ich frage nur.«

»Also, ich kann weder Arabisch noch Hebräisch. Ich spreche bloß Deutsch, wie jetzt mit Ihnen, ja? Und Englisch.« Inzwischen bin ich mir sicher, ich fliege nirgendwohin. Wahrscheinlich bin ich in einer Stunde wieder zu Hause. Die Menschen in der Schlange hinter mir starren mich an. Als hätte ich Ausschlag, als würden sie sich bei mir anstecken. Keiner verpasst auch nur eine seiner Fragen und meiner Antworten.

Dann reicht er mir plötzlich meinen Pass, mein Ticket und den Kibbuz-Brief. Lächelt nicht, sondern sagt nur: »Okay, Sie können durch.« Es ist vorbei. Er fragt die nächste Person in der Schlange hinter mir. Was immer er von mir, meinem Pass oder davon, wie ich aussehe, gehalten hat, es ist Geschichte. Ich darf die Maschine besteigen.

Thomas Wanninger El-Al-Flug 01: SXF–TLV (Berlin–Tel Aviv) *5:30 UHR*

Das Anschnallzeichen blinkt rot, die Triebwerke dröhnen, das Flugzeug rollt. Die Flugbegleiter gehen von Reihe zu Reihe, unterhalten sich mit Passagieren, schließen die letzten Gepäckfächer und überprüfen die Sitzgurte.

Irgendwo vorn in der Maschine quengelt ein Baby, dann fängt es an zu schreien. Ich sehe, wie die Mutter aufstehen will, aber der Flugbegleiter weist auf das leuchtende Anschnallzeichen. Sie setzt sich wieder hin.

Ich beobachte und horche auf alles. Ich bin elektrisiert. Alles um mich herum wirkt wie unter Neonlicht, und die Geräusche gehen mit voller Dröhnung durch mich hindurch. Ich fliege an einen Ort, den ich nicht kenne, um etwas herauszufinden, das niemand zu Hause weiß; wenn irgendjemand glaubt, ich bin ruhig, dann irrt er sich.

Ich bin bisher erst ein Mal geflogen, zu einem Skiausflug mit der Schule. Aber diesmal ist es anders, ich werde in einem Kriegsgebiet landen. Und ich bin allein. Informationen werden durchgegeben über die geplante Flughöhe der Maschine, die Wetteraussichten und über Parfüm und Zigaretten, die an Bord zollfrei verkauft werden. Vielleicht werde ich Parfüm für Mutti kaufen – etwas in einer hübschen Flasche. Dann verkündet der Pilot die voraussichtliche Ankunftszeit.

Die Maschine erreicht das Ende der Rollbahn und startet, langsam löst sie sich vom Boden, fast ohne Steigwinkel. Es ist sechs Uhr morgens. Noch vier Stunden, und ich lande in Israel. Die Durchsage geht weiter: »Die Ortszeit in Israel beträgt eine Stunde mehr als hier.« Ich verstelle den Zeiger meiner Armbanduhr. Die deutsche Zeit habe ich hinter mir gelassen. Ich habe die ganze Sitzreihe für mich allein. Ich strecke die Beine aus und starre aus dem Fenster.

Die Maschine kreist über der Stadt. Berlin liegt unter einem leichten Regenschleier verborgen. Im Morgendunkel erkenne ich die Punkte der Autobahnbeleuchtung und die Schlangenlinie des Verkehrs. Mutti wird jetzt wohl im Auto sitzen und auf einer der Straßen unterwegs sein, die vom Flughafen wegführen. Wahrscheinlich wird sie nicht nach Hause zurückfahren – sie hasst eine leere Wohnung. So wie ich meine Mutter einschätze, wird sie ins Büro fahren oder zu einer Zweigstelle der Hanseatic-Versicherung, oder aber sie bereitet eine Besprechung mit ihrem Chef vor. Mutti muss sich beschäftigen. Sie sagt: »Wenn ich arbeite, kann ich vergessen.«

Die Maschine geht in den Steilflug, steigt durch Wolkenhaufen und erreicht schließlich den klaren Himmel. Hinter meinem eigenen Spiegelbild in der Scheibe ist alles blau – die Farbe des frühen Morgens. Hinter dem Flügel wird das Blau langsam heller. Irgendwo hat es begonnen, Tag zu werden. Wenn ich ankomme, wird schon Vormittag sein. Die Triebwerke geben jetzt ein monotones Dröhnen von sich.

Ich mache den Reißverschluss meines Rucksacks auf und ziehe das Faltblatt heraus. Ich gebe mir nicht die Mühe, es aufzufalten. Hundert Mal habe ich es gelesen und die Bilder angestarrt. Die grünen Hügel des judäischen Berglands, die fernen Umrisse der Stadt Jerusalem, die in ordentlicher Reihe stehenden rot gedeckten Kibbuz-Häuser, der Hörsaal, das Gästewohnheim, in dem ich untergebracht bin. Nur mir selbst kann ich eingestehen, dass ich entsetzliche Angst habe. Doch nicht Mutti gegenüber und auch nicht Rudi gegenüber, obwohl er mein bester Kumpel ist, und bestimmt nicht Christina gegenüber würde ich das zugeben.

Die Freistellung von der Schule war nicht schwer zu bekommen. Der Direktor ist ganz heiß darauf, dass wir nach Israel gehen. *Keine Generation von Deutschen soll vergessen*, ist sein Motto. Der wahre Grund, warum ich gehe, ist meine Sache. Und ich kann doch unmöglich ein Feigling sein.

Deshalb bin ich also hier und werde gleich in einem Land aussteigen, in dem alle fünf Sekunden eine Bombe hochgeht. Warum tue ich das? Weil ich Informationen über einen Nazi suche.

Über meinen Großvater.

Noch einmal lese ich den Brief, den ich dem Sicherheitstypen gezeigt habe:

> *Shalom*, Thomas!
> Willkommen bei unserem SEEK-Programm (See-Explore-Educate-Know, das heißt Sehen-Erkunden-Bilden-Wissen) im Kibbuz Broschim, der außerhalb von Jerusalem liegt. Unsere Postadresse lautet: Doar Na 832, Jerusalem, Israel. Da du Interesse an landwirtschaftlicher Arbeit signalisiert hast, haben wir für dich eine Tätigkeit in den Gewächshäusern und der Gärtnerei arrangiert. Der Kibbuz Broschim exportiert Blumen, und deine Hilfe wird uns sehr willkommen sein. Baruch Ben Tov, ein sehr erfahrener Gärtner, wird dich in die Arbeit einführen.

Ich lese auch noch einmal die Anweisungen, was ich nach der Landung tun soll, obwohl ich sie auswendig kann:

> Wenn du gelandet und durch die Passkontrolle durch bist, halte bitte nach jemandem mit einem »SEEK«-Schild Ausschau. Das wird Vera Brodsky sein, die im Kibbuz Broschim lebt und während

deines Aufenthalts hier dein »Kumpel« sein wird. Vera wird im Ankunftsterminal des Flughafens auf dich warten. Falls sich irgendetwas ändern sollte, ruf uns bitte unter der Telefonnummer 02-555-3242 an.

Ich rutsche auf meinem Sitz herum und spüre etwas in der Gesäßtasche meiner Jeans. Das Flugticket und der Pass – ich habe vergessen, sie in die Reißverschlusstasche in meinem Rucksack zurückzulegen. Das fehlt mir gerade noch, mein Ticket und meinen Pass zu verlieren. Der Pass ist dunkelrot mit hartem Einband und trägt in der Mitte einen in Gold geprägten Adler. Unter das Adler-Emblem ist in Großbuchstaben BUNDESREPUBLIK DEUTSCHLAND eingedruckt. Ich fahre mit meinen Fingern über die ausgebreiteten Flügel. Adler sind doch Raubvögel, oder? Warum trägt ein deutscher Pass auf dem Umschlag einen Adler? War mein Großvater ein Raubvogel, der darauf wartete, sich auf Beute zu stürzen, sie zu fangen und vielleicht zu töten?

Ich schlage meinen Pass auf. Auf der Innenseite steht:

FAMILIENNAME	*Wanninger*
VORNAME	*Thomas*
STAATSANGEHÖRIGKEIT	*Deutsch*
GEBURTSORT	*Berlin*

Das Foto links neben den maschinengeschriebenen Angaben zeigt mich: ernst, durch den Kamerablitz weit aufgerissene Augen, kurzes Haar und ein Stück weißes T-Shirt. Ein Gymnasiast, der älter als sechzehn wirkt – jedenfalls behaupten die Leute das.

POLIZEIOFFIZIER: Um das klarzustellen, du bist nicht verhaftet, verstanden?
OMAR JOULANI: Wenn Sie es sagen.
POLIZEIOFFIZIER: Natürlich sagen wir das. Warum sollten wir lügen? Wir wollen nur Informationen. Du lebst im selben Dorf wie Sameh Laham, richtig?
OMAR JOULANI: Nein, in Jabel Fahm. Das wissen Sie doch genau. Sie wissen ja sowieso alles. Aber wir gehen auf dieselbe High School. Wenn nicht gerade Ausgangssperre ist. Es ist das letzte Schuljahr.
POLIZEIOFFIZIER: Warum bist du dann heute nicht in der Schule?
OMAR JOULANI: Wie kann ich in der Schule sein, wenn Sie mich hierher bringen? Abgesehen davon, ich geh nicht zur Schule. Ich arbeite. Lernen tue ich nachts.
POLIZEIOFFIZIER: Und Sameh? Lernt er auch nachts?
OMAR JOULANI: Ich weiß nicht, was Sameh tut. Aber ich lerne. Die ganze Nacht.
POLIZEIOFFIZIER: Bomben bauen?
OMAR JOULANI: Nein, Geschichte. Wer wem was angetan hat und wie die Juden den Mythos des Holocaust am Leben erhalten, während sie gleichzeitig an uns Völkermord begehen.
POLIZEIOFFIZIER: Glückwunsch, wahrscheinlich hast du eine Eins in Geschichte. Gut, kommen wir zurück zu deinem besten Freund. Du weißt also nicht, was er tut ...?
OMAR JOULANI: Ich bin sein Freund, nicht sein Aufseher. Das ist Ihr Job. Ich, ich studiere und arbeite.
POLIZEIOFFIZIER: Gut, das heißt, du bist nicht nur

ein schlauer Junge, sondern auch ein kräftiger. Du wirkst ja auch kräftig, so richtig stark.

OMAR JOULANI: So stark bin ich auch wieder nicht. Jedenfalls wäre ich nie fähig, irgendetwas zu tun … Etwas Gewaltsames, meine ich.

POLIZEIOFFIZIER: Dann vergräbst du dich also nur hinter Büchern, ja? Und Messer oder Gewehre rührst du nicht an?

OMAR JOULANI: Ich rühre sie nicht an und ich begegne auch keinen. Das schwöre ich bei Allah. Mein ganzer Körper, alles beginnt zu zittern, sobald ich mir nur vorstelle, dass jemand verletzt werden könnte. Bei Sameh ist es genauso, er würde nie jemandem etwas zu Leide tun. Sein jüdischer Chef liebt ihn wie einen eigenen Sohn.

POLIZEIOFFIZIER: Oh, er hat einen jüdischen Chef? Also, das interessiert uns. Wo steckt dieser jüdische Chef?

OMAR JOULANI: Ich weiß es nicht. Es ist illegal, uns zu beschäftigen. Glauben Sie nicht, ich bin blöd.

POLIZEIOFFIZIER: Du weißt also nicht, wo wir den jüdischen Chef finden können und was er für ein Geschäft betreibt. Weißt du, wo die Bombenfabrik ist? Du verstehst doch was von Bomben, oder? Dein Kumpel Rashid hat gesagt, du warst der Beste in Chemie.

OMAR JOULANI: Rashid ist ein Lügner und ein kleiner gemeiner Dieb. Sobald Sie den einbuchten, sagt er Ihnen alles, was Sie hören wollen.

POLIZEIOFFIZIER: Er sagt, du weißt, wie man Bomben zündet, Omar. Er sagt, du hast ein richtiges Händchen dafür. Dass du ganz high wirst, als ob du auf Droge bist, wenn du sie baust.

OMAR JOULANI: Sie versuchen nur, mich dazu zu bringen, dass ich sage, ja, ich bin einer von diesen …, ein *Schahid*. Aber das werde ich nicht tun. Denn es stimmt nicht. Ich verkaufe mit meinem Großvater Gemüse.
POLIZEIOFFIZIER: Wo ist Sameh?
OMAR JOULANI: Das habe ich Ihnen doch schon gesagt, ich weiß es nicht. Gehen Sie zu dem Juden, der sein Chef ist.
POLIZEIOFFIZIER: Wir wissen aber nicht, wer das ist. Niemand hat je was von Sameh gehört. Deshalb, Omar, scheint mir, dein bester Freund ist verschwunden.
Verdächtigter schaut zu Boden und antwortet nicht.
POLIZEIOFFIZIER: Drei Tage – und niemand weiß, wo er steckt.
OMAR JOULANI: Sameh hat einen Cousin in einem Dorf bei Jerusalem. Vielleicht ist er dahin gegangen.
POLIZEIOFFIZIER: Wie heißt das Dorf?
OMAR JOULANI: Ich kann mich nicht daran erinnern.
POLIZEIOFFIZIER: Versuch es. Versuch es ganz fest.
OMAR JOULANI: Bitte, lassen Sie mich nach Hause. Ich bin sicher, Sameh lässt sich heute wieder blicken. Sie werden sehen.
POLIZEIOFFIZIER: Warum sagst du das? Warum bist du dir so sicher?
OMAR JOULANI: Bei ihm in der Familie haben sie nichts zu essen. Er muss arbeiten.
POLIZEIOFFIZIER: Wir können dich auch länger hier behalten – das weißt du doch.
OMAR JOULANI: Ich weiß. Aber ich kann Ihnen nichts sagen. Nichts. Bitte.
POLIZEIOFFIZIER: Lass ihn frei.

Heute kommt der Junge aus Deutschland. Seine Ankunft wirft mich in die Vergangenheit zurück. Er ist nicht der erste deutsche Schüler, der herkommt, aber der erste, der in den Blumenfeldern und Gewächshäusern arbeiten wird. Der erste, der unter meiner Aufsicht steht. Natürlich bin ich in die Entscheidung mit einbezogen worden. Macht es dir etwas aus, mit einem deutschen Jungen zusammenzuarbeiten, Baruch?, wurde ich gefragt. Natürlich nicht, antwortete ich. Ich bin Mitglied eines Kibbuz und trage meinen Teil bei. Aber mir ist doch unbehaglich. Was wird dieser Thomas Wanninger sagen, wenn er die Nummer auf meinem Arm sieht? Wird er sich dümmlich entschuldigen? Wird er mit mir auf Deutsch sprechen? Weiß er, dass ich Deutsch spreche? Es ist ein Eindringen in mein Leben. Ich werde Englisch mit ihm reden.

Die Sonne ist aufgegangen, sie erwärmt die Luft und erleuchtet den Rest des Nachthimmels. Ich höre die Vögel miteinander reden, der Tau hängt durchsichtig an jedem Blatt, die Wassersprenger surren in der stillen Frühlingsluft. Um diese Zeit gehe ich immer zwischen den Sonnenblumenreihen auf und ab. Niemand ist hier. Ich kann sagen: »Rachel, Ruchele«, und niemand hört mich. Ihr Name ist mein Morgengebet.

Rachel gelang alles mit ihren wunderbaren Händen. Sie pflanzte Sonnenblumen und Dahlien, Petunien, Margeriten, was auch immer. Selbst in dem Zimmer unterm Dach malte sie Blumen auf die Emailleteller, von denen wir aßen. Ihre Hände waren wie der Wind und ihre Vorstellungskraft grenzenlos. Sie verwandelte den Dachboden in unseren Palast. Was sie aus diesem einsamen Ort alles machen würde, dem kleinen Haus, in dem ich hier lebe!

Und Bücher – meine Güte, wie sie Bücher liebte. Sie würde lächeln, wenn sie mich heute sähe, nicht den Professor der Anthropologie, der ich werden wollte, sondern einen einfachen Gärtner. Wenn sie hier wäre, würde sie mich an der Hand nehmen, zu meinem Regal mit den Gedichtbänden führen und dann die Gedichte von Goethe rezitieren, die deutschen Gedichte, die wir beide in der Schule gelernt hatten. Weißt du noch, würde sie sicher sagen und lachen, wenn ich ein paar Zeilen oder den Lehrer, der sie uns beigebracht hatte, vergessen hätte.

Aber sie ist nicht da. Sie wurde anderthalb Meter von der Mauer begraben, die uns einschloss, uns umgab, auf dem alten Friedhof des Ghettos. Die Deutschen pflügten ihn auf der Suche nach Tunneln gründlich um. Nur Gott weiß, wo ihr Körper jetzt ist.

Wir alle, die wir uns in jener Nacht auf dem Dachboden versteckten, mussten um unser Leben rennen. Ich wickelte ihren Körper in die geblümte Steppdecke – beide, sie und das Baby.

Vladek und ich passten die deutsche Patrouille ab, warteten darauf, bis sie durch unsere Straße kam. Als wir hörten, wie die schweren Stiefel verklangen, wagten wir es, vom Dachboden zu kriechen und die Treppe hinunterzuschleichen.

Wir gruben das Grab in der matschigen Erde zwischen den Abwasserrohren und der Mauer. Es blieb keine Zeit, sie und das Baby zu halten, nur ein paar Sekunden. Keine Zeit, um die Worte des Kaddisch, des Gebets für die Toten, zu sprechen. Nur Zeit für jene sechs Worte, die ich seit meiner Kindheit kannte: »*Shema Yisrael, A-donai E-lokeiny – A-donai ekhad.*«

Thomas Wanninger wird heute Nachmittag ankommen. Ich werde ihm gegenüber höflich und rücksichtsvoll sein. Schließlich habe ich ja nicht den Verstand verloren. Er ist ein junger Mann und nicht schuld an meiner Vergangenheit.

Sameh Laham Zebedeid, Palästinensische Verwaltung 6:30 UHR

Nachdem ich endlich die Hände in das Fett und die Essensreste getaucht habe, die in dem stinkenden Spülbecken voller Geschirr liegen, spreche ich mit mir selbst. Genau das wirst du mit dreiundzwanzig tun, Sameh. Und mit vierundzwanzig. Vielleicht immer. Du wirst den Fußboden wischen und die Spuren wegschrubben, die die Soldatenstiefel hinterlassen haben. Wirst du das tun, Sameh? Nein, Sameh, das wirst du nicht tun. Du wirst etwas Tapferes und Heroisches tun. Du wirst das Leben deiner Mutter retten, und deine Schwestern und Brüder werden dich immer in Erinnerung behalten.

Ich kenne die Felder, die zurück zum Restaurant führen. Ich kenne sie so gut wie die schmalen Gassen in meinem Dorf. Man könnte mir die Augen verbinden, ich würde trotzdem den Weg nach Zebedeid, zu der Kreuzung und nach Jerusalem finden. Mein Gehirn ist eine Landkarte aller Büsche, hinter denen ich mich verstecken, sämtlicher Gullys, in die ich mich fallen lassen, der Löcher im Stacheldrahtzaun, durch die ich mich zwängen, der Felsbrocken, die ich verschieben kann, um eine Höhle zu schließen. Ich kenne sie alle. Ich bin der Herr über dieses Gebiet. Es gehört mir, niemand anderem.

Omar ist ein Schulfreund von mir. Er kommt aus Jabel Fahm. War der beste Fußballspieler der Klasse. Schnell wie ein Fuchs, mit Augen, die jede Bewegung auf dem Spielfeld erfassten. Ich hätte in Brasilien geboren sein sollen, sagte er immer, dann wäre ich größer als Pelé. Er sagte es so oft, dass wir anfingen, ihn Pelé zu nennen.

Als ich im letzten Monat im Zickzack um die Blockaden nach Hause kam und so stolz war, dass ich all diese dummen kleinen Soldaten gelinkt hatte, lachte er mich aus. Wenn du ein Held sein willst, meinte er, dann hör mir zu. Und er erzählte mir von seiner Idee, einer Idee, die mich zum Helden machen würde.

Es ist fast sieben. Der Chef hat Omar angerufen und ihm eine Nachricht aufgetragen: Sag Sameh, er hat seinen Job weiter, wenn er heute zurückkommt. Heute fange ich wieder an zu arbeiten.

6:30 UHR **Vera Brodsky** Kibbuz Broschim, Judäisches Bergland

Thomas Wanninger, 16 Jahre alt, geboren in Berlin, wo er auch lebt. Vater starb an Krebs. Lebt zusammen mit der Mutter, keine Geschwister. Gymnasiast. Besondere Stärken in Mathematik und Physik. Will Architekt werden. Grund für die Teilnahme am SEEK-Programm laut eigenen Angaben: »interessiert, mehr über Israel zu erfahren«.

Jeder Mensch hat mehr als einen Grund, hierher zu kommen, in dieses Land, und das Gleiche gilt für den Kibbuz.

Das eine ist der *wahre* Grund, das andere der, den man in die Bewerbung schreibt. Schließlich will man ja, dass der Kibbuz einen nimmt, oder? Und sagen oder schreiben wir nicht alle ab und zu mal etwas, wovon wir genau wissen, dass die Erwachsenen es hören wollen?

Zum Beispiel meine Freundin Lidia, die aus Argentinien kommt. Sie hat mir die Kopie ihrer Bewerbung selber gezeigt. Bei ihr bestand der besagte Absatz aus lauter Formulierungen, dass sie nichts lieber wolle, als auf einer Farm arbeiten und leben. »Ich werde mich glücklich fühlen, wenn ich in den Kuhställen oder in der Konservenfabrik arbeite oder Fotos von Ereignissen im Kibbuz schieße.« Ihr *wahrer* Grund? An einem Ort zu leben, wo sie keine Angst haben muss. Ihr Vater hatte Flugblätter gegen die argentinische Regierung verteilt – zusammen mit den Eiern und der Milch, die er in seinem Lebensmittelgeschäft verkaufte. Der Laden wurde zweimal geschlossen. Sie wuchs zu der Zeit auf, als das Land unter der Militärdiktatur stand. Lidia hat gesagt, es war ein Wunder, dass sie nicht im Gefängnis gelandet ist.

Was mich betrifft, so habe ich in die Bewerbung geschrieben, ich wolle Botanik studieren und in einem Kibbuz leben. »Mein Traum ist es, Pflanzen zu züchten, die sehr wenig Wasser brauchen, und solche, die gedeihen können, ohne mit Chemikalien besprüht zu werden.« Der Kibbuz hat mich genommen.

Der *wahre* Grund, weshalb ich hier bin, ist, dass Sergej – mein bester Freund, meine ganze Liebe – Selbstmord begangen hat. Wir hatten uns gegenseitig versprochen, nach Israel zu gehen und unser ganzes Leben gemeinsam zu verbringen. Er hat das Versprechen gebrochen. So egoistisch, so schrecklich egoistisch.

Sergej, wo immer du jetzt bist, kannst du mich hören? Du hast mein Leben ruiniert. Du hast mich belogen.

Ich verstehe noch immer nicht, warum jemand die Person im Stich lässt, die er liebt. Ohne ein Wort zu sagen. Und mir das Gefühl gibt, ich sei schuld.

Ich bin allein nach Israel gekommen. Ich habe mit den Händen in der Erde gegraben und auch manches zum Wachsen und Gedeihen gebracht, sogar einen Fliederbusch, um mich an Odessa zu erinnern. Flieder – der Duft macht einen wahnsinnig. Dieses Aufplatzen in Lila und Lavendel, mit einem Dufthauch, einem Geruch nach Zuhause. Ich lebe an einem Ort mit endlosen Obstplantagen und Weinbergen.

Ohne dich, Sergej. Du hättest hier bei mir sein sollen.

Jetzt, wo ich mit Dan zusammen bin, kann ich nicht aufhören zu denken: Werde ich ihn auch wieder verlieren? Kann ich ihm vertrauen? Kann er mir vertrauen?

Es war Baruch Ben Tov, mein Führer und Lehrer, der mich durch die ersten Monate geschleust hat. Er ist ein stiller Mensch, aber absolut zuverlässig, wie ein Zeichen an einem Pfad, unverrückbar und immer da, weist er dich in die richtige Richtung.

Nach drei Jahren überzeugte er das Hauskomitee, mir eine eigene Wohnung zu geben. Keine Wohngemeinschaft mehr – ich kann es gar nicht glauben. Lidia malte eine Sonnenblume auf die Tür und schrieb V-E-R-A in die Blütenblätter. Es ist jetzt ein paar Monate her, dass ich eingezogen bin, aber wenn ich die Tür aufmache, geht es mir immer noch so: Vor Freude läuft mir ein kalter Schauer den Rücken hinab. Das hier ist meins, alles meins. Ich habe es mit meiner Arbeit auf den Feldern verdient und damit, dass ich Küchenpflichten übernommen,

Wäsche sortiert und alles getan habe, was jeder andere auch macht. An dem Tag, als ich einzog, nahm mich Baruch in den Arm, schenkte mir einen Strauß weißer Margeriten und sagte zu mir: »Du wirkst immer mehr wie eine Farmerin und immer weniger wie eine Bolschoi-Ballerina.«

»Ich bin noch nie so glücklich gewesen. Die Erde wird mich nie verlassen; was ich pflanze, wird wachsen. Sogar mein Flieder, wie in Odessa. Findest du nicht?« Er ist ein weiser Mann, aber ich sah, dass er verblüfft war. Warum sprach ich vom Verlassenwerden? Ich habe es ihm nicht erklärt.

Ich habe eine kleine Küche, in der ich die gleichen Käseblintzes mache, die Babuschka früher für mich gemacht hat. Hier bin ich, im ersten Stock, dem Obergeschoss eines rot gedeckten, weiß verputzten Hauses im Kibbuz Broschim, wo die Fenster auf endlose grüne Felder hinausblicken und dahinter auf flache Hügel, auf die die Sonne scheint, wenn sie untergeht.

Es ist ein Vierfamilienhaus, das mit anderen weiß verputzten Häusern ordentlich in einer Reihe steht. Die Wohnungen sind sehr hellhörig. Ich kann das Lachen und das Streiten der anderen hören. Alles. Ein Kibbuz ist wie eine Familie. Auseinandersetzungen, Gerüchte, Klatsch, Großmütter, Onkel, Schwestern und neue Familienmitglieder wie ich und Lidia. Wir alle teilen das Essen, die Arbeit und das Geld, das wir verdienen. Und wie eine Familie, die ein Gästezimmer hat, laden wir jemanden zu uns ein, um eine Weile mit uns zusammenzuleben. Wie Thomas, den Praktikanten.

Jeder gibt irgendwann jemand anderem preis, was sein »wahrer Grund« ist. Jeder außer mir. Sogar Lidia weiß nichts von Sergej. Ich kann einfach nicht darüber reden. Nicht, dass ich die Gedanken unterdrücke. Ich denke an seine letzten Minuten, hatte er Angst?

Einmal lachten Lidia und ich gerade über etwas, was in der Nacht zuvor passiert war, als ich plötzlich anfing zu weinen. Das war der Moment, in dem ich hätte sagen können: »Jemand hatte mir versprochen, mich immer zu lieben, und dann hat er sich umgebracht.« Aber ich schwieg. Wie hätte das denn geklungen? Als ob ich so mit mir selbst beschäftigt war, dass ich das Unglück eines anderen gar nicht bemerkte? Manchmal glaube ich, irgendetwas an mir bringt die Männer in meinem Leben – Sergej, meinen Vater – dazu, mich zu betrügen.

Am anderen Ende der weiten Rasenfläche um das Kibbuz-Gemeinschaftszentrum steht ein einstöckiges Haus mit einer Trauerweide, die den Eingang beschattet. Dort wohnt Dans Familie. Dan Oron, geboren in Israel, groß, schwarzes Haar, das fast bis zur Kopfhaut rasiert ist, muss noch sechs Monate lang in der Armee dienen. Wenn er lächelt, sieht man einen zersplitterten Schneidezahn, den er sich an einem Sprungbrett angeschlagen hat. Dan, der mir seelenverwandt ist, mein Geliebter, der Grund, warum ich wieder lachen kann, *der* Mensch, mit dem ich den Rest meines Lebens verbringen möchte. Aber ich habe solche Angst, ihm mein Herz ganz zu öffnen.

Ich möchte ihm von Sergej erzählen, doch ich habe so schreckliche Angst, dass er glaubt, ich wäre schuld. Ich *werde* es ihm erzählen. Ich weiß, ich muss.

Wenn Thomas' Praktikum zu Ende ist, werden wir alle wissen, warum er herkam. Um von seinen Eltern wegzukommen? Ein riesiger Streit mit seiner Freundin? Oder keine Freundin? Das Gymnasium ist öde? Ein »Interesse an Israel«? Oder vielleicht Thomas' Auseinandersetzung mit seinem Gewissen und seiner deutschen Vergangenheit? Ja, irgendwann werden wir alle wissen, warum Thomas Wanninger wirklich hier ist.

Als ich in den Kibbuz kam, war Baruch der Mensch, mit dem ich reden konnte. Er ist beeindruckend – er ist sogar noch älter als Babuschka, aber er hat mir zugehört, ohne mich zu unterbrechen. Er hat auch nie gesagt, ich wäre albern oder zu jung. Er war wie der Großvater, den ich nie hatte. Als ich kam, wusste ich nichts von Baruch, und das hat sich bis heute nicht geändert. Bis auf die Nummer auf seinem Arm natürlich. Ich spüre sein *Einssein* in einer Umgebung, wo sonst jeder Teil der *Gruppe* ist. Ich meine nicht einsam, ich meine allein. Vielleicht ist er deshalb ein guter Zuhörer. Und er liebt die Erde genauso wie ich, den Geruch des Bodens, die Schönheit der aufgehenden Saat, wie sie zu Blumen und Früchten heranwächst. Der liebe Baruch, er hat mir alles beigebracht, was er mit seinen eigenen Händen gelernt hat. »Meine Prinzessin aus Odessa«, sagte er im ersten Jahr immer wieder, »baut einen Palast in Israel.«

Baruch ist mein Großvater. Und Dan, Dan ist mein Herzschlag. Wenn er mit dem Militärdienst fertig ist, will er Archäologie studieren. Er will, dass wir zusammen zur Uni gehen. »Ich nehme den Spaten und du nimmst die Schaufel«, sagte ich, und wir küssten uns und gaben uns gegenseitig das Versprechen. Aber ich kann nicht vergessen, dass ich zum zweiten Mal jemandem ein Versprechen gegeben habe. Vielleicht kann ich es nicht halten. Vielleicht werde ich Dan enttäuschen. Vielleicht wird Dan aufhören, mich zu lieben.

Ich schaue auf meine Uhr. Zeit zum Frühstücken. Lidia auf eine Tasse Kaffee zu treffen. Baruch daran zu erinnern, dass ich nicht im Packraum sein werde, um bei den Blumenbestellungen zu helfen, damit sie nach Holland rausgehen. Um neun muss ich zum Flughafen aufbrechen.

6:45 UHR **Lidia Adler** **Dunkelkammer, Kibbuz Broschim, Gemeinschaftszentrum**

Das Foto ist perfekt. Es gab nichts wegzuschneiden. Ich hatte Vera auf einem hohen Hocker im Packraum posieren lassen, ihre Füße auf der unteren Sprosse abgestützt, in den Händen einen Strauß von dem Flieder, den sie selbst gepflanzt hat, dem Odessa-Flieder. Die Morgensonne ließ ihre blonden Haare erstrahlen und hellte ihre Wangen auf. Das Foto ist ihr Geburtstagsgeschenk für Dan. Ich habe es ihr gestern gegeben.

Keine Zeit, über Flieder nachzudenken. Ich muss noch die ganzen Kindergartenbilder aus dem Kibbuz entwickeln.

6:45 UHR **Thomas Wanninger** **El-Al-Flug 01: SXF–TLV (Berlin–Tel Aviv)**

Das ist der Traum, den ich in den letzten Monaten ständig geträumt habe: Ich sitze in einem Zug. Es gibt keine Fenster. Andere Menschen werden gegen mich gedrückt, schieben mich, zerquetschen mich. Ein Baby schreit. Ich kann ihren Atem riechen, den Schweiß ihrer Haare, die nasse Wolle ihrer Mäntel. Die Bremsen kreischen laut und der Zug bleibt ruckartig stehen. Ich werde nach hinten, dann wieder nach vorn und noch mal nach hinten geworfen. Alle verschwinden aus dem Zug, wie, weiß ich nicht, denn die Schiebetür ist gar nicht geöffnet worden. Eine Frau tätschelt mir die Schulter und sagt, ich sei in Sicherheit. Wo ist meine Mutter?, frage ich. Wo ist Mutti? Ich weiß nicht, antwortet die Frau, aber komm mit. In dem Moment wache ich auf.

Das Baby in der dritten Reihe schreit. Der Flugbegleiter bringt der Mutter eine Decke. Ich brauche ein paar Minuten, bis ich richtig wach bin. Ich *bin* in einem Flugzeug und ich *bin* auf dem Weg nach Israel. Das ist die Realität.

Ilse Wanninger Aachener Straße 366, Berlin

6:30 UHR [BERLINER ZEIT]

Lieber Tommi,
wenn du diesen Brief bekommst, hast du dich hoffentlich schon eingewöhnt. Ich möchte, dass du weißt, ich verstehe, warum du es tust – für dich und vielleicht auch für deinen Vater.
Insgeheim glaube ich, die Ursache für den Krebs deines Vaters war Opa Hans. Die Krebszellen wurden von der Angst und Scham genährt, die dein Vater verspürte. Ich weiß, es ist furchtbar, so etwas zu sagen, aber vielleicht war der Krebs für deinen Vater seine Art der Wiedergutmachung.
Onkel Friedrich hat gestern seinen »Einmal im Jahr«-Anruf erledigt. Ich erinnere mich noch, wie Papa jedes Mal, wenn du das sagtest, lachen musste.

Er rief an, um zu sagen, die Familie habe nun letztlich entschieden, uns das Haus auf dem Land zu geben. Mit der Begründung, wir hätten ja »nur« eine Wohnung in Berlin und keinen Ort, um Urlaub zu machen. Vielleicht schaut er ja jetzt nicht mehr auf uns herab.

Ich habe ihm erzählt, dass du in einen Kibbuz gegangen bist. Die einzige Antwort war, du seist ein »Judenverehrer«, genau wie dein Vater. Und dass du offensichtlich versuchst, deutsche Sünden wieder gutzumachen.

»Tommi weiß überhaupt nichts von deutschen Sünden. Er ist stolz auf sein Land«, habe ich ihm erklärt.

Natürlich glaubt er mir nicht. Die Familie errichtet ein Denkmal für Opa Hans auf dem Dorffriedhof von Lunzrieger, wo er geboren wurde.

Ich möchte auch endlich die Wahrheit wissen. Selbst wenn wir uns beide davor fürchten, müssen wir wissen, was passiert ist. Tommi, folge weiter deinem Plan – nutze die Informationen und die Fotos, die wir kopiert haben. Kümmere dich nicht um Papas Familie.

Noch etwas wollte ich dir erzählen: Christina hat eine Nachricht hinterlassen. Es tut ihr Leid, was sie zu dir gesagt hat. Ich finde, du solltest ihr schreiben.

Viele liebe Grüße, deine Mutti

Für Thomas Wanninger, Anmerkungen und Ratschläge:
Sie werden Ihr Praktikum in einer der schönsten Zeiten des Jahres aufnehmen. Das eher trockene Aprilwetter ist sehr gut für die Gartenarbeit. Umgraben, Kompost unter die Erde mischen, Blumen- und Gemüsebeete hacken – all das geschieht in diesem Monat. Außerdem ist jetzt die rechte Zeit zum Pflanzen.
Vor dem ersten Mähen der Rasenflächen im Kibbuz müssen sämtliche Steine, Zweige von Sträuchern und Bäumen sowie Lehmklumpen entfernt werden. Entfernen Sie auch alle Fremdsamen. Benutzen Sie dazu einen Rechen oder Rasenbesen. Zögern Sie nicht, mir Fragen zu den Geräten und zur Bewässerung zu stellen, wenn Sie welche haben.
Das ganze Kibbuz-Gelände ist mit zahlreichen Rosenbüschen bepflanzt. Diese müssen vor Pilzbefall (wie Mehltau und schwarzen Flecken) und bestimmten Insekten (Käfern, Raupen, Blattläusen) geschützt werden. Der Schutz erfolgt durch Bestäuben der Rosenbüsche mit Schwefelpulver oder eine wöchentliche Aerosol-Besprühung mit Melathion. Das ist eine fortwährende Tätigkeit, die Sie allein oder auch mit Unterstützung eines Kibbuz-Mitglieds erledigen.
Wenn Sie in den Außenbereichen des Kibbuz umhergehen, kommen Sie zu einem Pinienhain und drei Steinbänken. Das ist der Broschim-Gedenkhain. Im Laufe der Jahre haben Kibbuz-Mitglieder

hier Bäume gepflanzt, um an Verstorbene zu erinnern – ein Elternteil, ein Kind, einen Soldaten oder einen Menschen, der einem Kibbuz-Mitglied sehr viel bedeutet hat. Ich wünsche mir, dass der Hainbereich absolut sauber bleibt.

Wenn Sie in die umliegenden Viertel von Jerusalem wandern, werden Sie immer wieder Ansammlungen von großen, merkwürdig aussehenden Wildpflanzen voller Dornen und schöner roter, rosa, blauer oder weinroter Blüten sehen. Das sind Disteln. Sie werden einen hübschen und haltbaren Schmuck für Ihr Zimmer abgeben. Aber achten Sie beim Pflücken auf die Dornen.

Sie werden bei vielen verschiedenen gärtnerischen Arbeiten helfen. Zögern Sie nicht, mich zu fragen oder um Hilfe zu bitten. Ich hoffe, Ihr Aufenthalt bei uns wird Ihnen gefallen.

Baruch Ben Tov, Chefgärtner

Ich gehe von der Pflanzenschule zu Thomas' Zimmer, Nummer 5 im zweiten Stock des Gästehauses, und lege ihm meine kurze Liste mit Anweisungen auf den Tisch neben dem Bett. Damit das Blatt nicht aus Versehen zu Boden fällt, hebe ich die Nachttischlampe leicht an und schiebe eine Ecke darunter. Beim Hinausgehen drehe ich mich noch einmal um und betrachte das Zimmer. Der Wind bläht die Vorhänge und die Sonne liegt wie Gold auf Fußboden und Wänden. Wem würde es hier nicht gefallen? Ich schließe hinter mir die Tür.

Thomas Wanninger El-Al-Flug 01: SXF–TLV (Berlin–Tel Aviv) *7:57 UHR*

Mein Vater, Otto Wanninger, war Tierarzt. Seine Praxis lag einen Kilometer von der ehemaligen Berliner Mauer entfernt. Als er noch lebte, hatten wir eine getigerte Katze, Gretel, und einen Hund, Hänsel, der eine Mischung aus Schnauzer und Terrier war. Gretel wurde überfahren, und wir begruben sie in einem entlegenen Winkel eines öffentlichen Parks. Ich weiß noch, wie mein Vater im Krankenhaus lag und sagte, Hänsel würde länger leben als er. Hänsel starb sechs Monate nach meinem Vater.

Zu Hause. In Berlin. Es regnet – der Himmel ist stahlgrau. Falls meine Mutter vor der Arbeit noch mal zurück nach Hause gefahren ist, ist mir klar, was sie tut. Ich weiß es, weil sie Gewohnheiten hat. Ohne ihre Gewohnheiten wäre sie ein nervliches Wrack. Vielleicht lenken sie all die Dinge, die sie automatisch erledigt, davon ab, an meinen Vater zu denken oder sich an meinen kleinen Bruder zu erinnern, der starb, als er zwei und ich sechs war. Meine Mutter hat sehr viel Mut, mich fortgehen zu lassen, denn ohne mich bleiben ihr zu Hause nur die Gewohnheiten.

Ihren Regenmantel und Schal hängt sie immer an einen der hölzernen Haken, die nebeneinander in die Wand gedübelt sind. Sie schaut aus dem Fenster und sieht das Vogelhäuschen im Wind schaukeln. Vielleicht öffnet sie das Fenster, nur um sicherzugehen, dass keine Spatzen da sind. Sie gießt den Philodendron auf dem Fensterbrett. Sie öffnet den Küchenschrank und holt Tasse, Untertasse und Teller heraus. Sie wird ihren Tee trinken und eine

Scheibe Vollkornbrot mit Butter und Schnittkäse essen. Und ab heute wird sie darauf warten, zu erfahren, was ich über Opa Hans herausgefunden habe.

7:57 UHR **Sameh Laham** Olivenhain, Judäisches Bergland

Ich muss anhalten. Auf der Straße unterhalb des Hains steht eine Patrouille. Ich krieche hinter den dicken Stamm eines Olivenbaums. Die Augen der Soldaten schauen umher, suchen, blicken den Straßengraben rauf und runter. Die Soldaten halten ihre M-16 stets im Anschlag, aber die Straße verlassen sie nicht. Ich habe solche Angst, dass ich pinkeln muss. Doch ich wage nicht, aufzustehen. Sie bewegen sich in Richtung Straßenbiegung. Dann sind sie weg.

Ich nehme den Rucksack ab und stehe auf. Ich pinkle gegen den Baumstamm. Ich richte die Hose, hebe den Rucksack wieder auf und gehe schnell durch den Hain. Die Straße muss ich gar nicht überqueren. Ich weiß einen besseren Weg.

Ich bin ein Geist. Mal sieht man mich, mal nicht. Schwer vorzustellen, dass ich jemanden erschrecke. Ich bin der Tellerwäscher in der Restaurantküche, der Fußboden-Putzer, der Tisch-Abwischer, der Toilettenschüssel-Reiniger. Ich bin sechzehn Jahre alt, und ich lebe in einem kleinen Dorf mit palästinensischen Arabern.

Nicht die Tatsache, dass ich in Zebedeid lebe, stempelt mich zum illegalen Arbeiter, sondern mein Alter. Wenn ich über vierzig wäre, graue Haare und ein sauberes Führungszeugnis hätte, dann besäße ich eine Arbeitserlaubnis und eine Magnetkarte. Ich würde die Magnetkarte an der Grenze durch die Maschine ziehen, die Maschine würde klick machen, und ich wäre legal. Man würde mich sehen, nicht durch mich hindurchsehen.

Unsichtbar. Und ich kann nur das verdienen, was mein Chef aus seiner Gesäßtasche zieht. Das Bargeld, das er mir vorzählt, gebe ich meiner Mutter, damit wir alle leben können: Es ist für Essen, das meine beiden Brüder und meine zwei Schwestern brauchen, für die Nierenpillen meines kleinen Bruders, für Mehl, Öl zum Kochen und für Kleidung. Ich brauche nichts. Mein Chef schenkt mir alte Hosen, ein T-Shirt von irgendjemand und was am Ende des Tages in der Küche an Essen übrig ist.

Überall auf der Welt bedeutet Sechzehn das Paradies, Chancen, Mädchen, Autos, alles. Ich gucke bei Omar Fernsehen und sehe, was Sechzehn heißt.

Sechzehn bedeutet Strand, ein eigenes Zimmer, ein Handy, auf endlosen Wellen surfen, jeden Tag in der Woche andere Klamotten, einen Kühlschrank voll Eis und Schokolade, eine Mutter, die in einer Küche mit Waschmaschine und Geschirrspüler auf dich wartet, und einen Vater, der von der Arbeit nach Hause kommt. Das bedeutet Sechzehn.

Hier ist Sechzehn das magische Alter für Tod. Keine Kinder, keine Verantwortung, keine Frau. Ein Sechzehnjähriger ist ein wandelndes Grab. Warum jemandem Arbeit geben, der doch sowieso bald stirbt? Kinder, die sich selbst in die Luft sprengen und Israelis töten, haben keine Zukunft, also gib ihnen auch keine Zukunft.

Mein Chef ist anders. »Ich brauche dich, du brauchst mich, stimmt's, Sameh?«

Aber der Israeli, der die Magnetkarten ausgibt, sagt, ich bin ein sechzehnjähriger Terrorist und werde mich für einen Palästinenserstaat umbringen. Ich kenne euch, sagt er und verlangt einfach meinen Namen.

7:57 UHR **Dan Oron** Ein Militärstützpunkt irgendwo in Israel

Alle in der Einheit werden Roy vermissen. Schwer zu glauben, dass er raus ist. Wir haben uns geschworen, in Kontakt zu bleiben. »Sechs Monate, Dan, dann bist du auch draußen.« So ein toller Typ – hat eine Freundin, spricht die ganze Zeit über sie, wenn sie nicht zusammen sind, so wie ich über Vera. Roy spielt Gitarre, geht mit seiner Freundin zum Trekking nach Peru.

Letzte Nacht haben alle aus dem Zug Kerzen angezündet und saßen bis spät zusammen, haben gelacht und über die Armee Witze gemacht. Was wir hier eigentlich verteidigen und warum, ob wir es immer noch tun werden, wenn wir schon alte Männer sind. Viele von uns haben Abschiedsbriefe an ihre Familien geschrieben, die an sie ausgehändigt werden sollen, falls uns etwas passiert. Darüber reden wir natürlich nicht mit unseren Eltern, Freundinnen oder sonst jemandem. So wie wir auch möglichst vermeiden, ihnen genau zu sagen, wo wir eingesetzt sind und was wir auf den Patrouillen tun. Es würde sie nur alle verrückt machen. Und sie könnten auch nicht lachen, wenn wir ihnen unsere Witze erzählten – diese Art von Humor ist nur für uns, für Jungs, die Angst haben oder todmüde sind – oder beides.

Meine Mutter findet nichts Lustiges an der Armee. Sie stellt ihr Radio niemals ab – sie hat Angst, dass sie mal eine aktuelle Nachrichtenmeldung verpasst.

So saßen wir also um Mitternacht singend zusammen.

Nicht das patriotische Zeug, einfach Lieder, die wir gesungen haben, als wir auf der Schule waren. Uns ging es gut. Erschöpft und irgendwie traurig, dass mein bester Kumpel am Morgen weg sein würde, kroch ich ins Bett. Ich würde auf mich selbst gestellt sein und er würde richtig zu leben beginnen.

Wir haben eine Woche gründlicher Patrouillen hinter uns, waren auf der Suche nach versteckten Waffenlagern in den Dörfern hier in der Gegend. Heute ist jeder nach Hause gefahren; alle haben Urlaub gekriegt. Wenn etwas passiert, sind wir natürlich zurück.

Ich werde Vera anrufen, wenn ich in den Bus steige. Ich weiß, sie ist auf dem Weg zum Flughafen, um einen Praktikanten abzuholen. Vielleicht ruf ich sie ja auch nicht an, sondern überrasche sie einfach, wenn sie nach Hause kommt. Ich werde in ihrem Zimmer auf sie warten.

Vera Brodsky Cafeteria, Kibbuz Broschim 7:57 UHR

Ich warte auf Lidia. Eine ganze Gruppe von uns hat eine Überraschungsparty zu Dans Geburtstag geplant, falls er diese Woche Urlaub bekommt. Vielleicht bringt er ja für Lidia einen Kumpel aus der Armee mit. Ich möchte, dass sie so glücklich wird wie ich.

Ich kann gar nicht glauben, wie sich mein Leben verändert hat. Während ich Zucker in den Kaffee schütte, denke ich an meinen letzten Tag in Odessa zurück …

Es war zehn Uhr morgens. Niemand sonst war zu Hause. Mama war für ein paar Stunden arbeiten gegangen, Babuschka hatte sich auf den Weg zum Seniorenclub gemacht und Irena war in der Schule. Das Taxi hatte ich für fünf Uhr nachmittags bestellt. Ich saß auf meinem schmalen Eisenbett und betrachtete die alten Schulbücher auf dem Regal. Irena hatte ich gesagt, dass sie jetzt ihr gehörten, was immer sie davon gebrauchen könne.

Was sollte ich zum Lesen im Flugzeug mitnehmen? Vielleicht gar nichts – ich war viel zu nervös, um mich zu konzentrieren. Am Flughafen würde ich mir eine Zeitschrift besorgen. Ich legte mich auf mein Bett und starrte zur Decke.

Das Zimmer, das Irena und ich uns teilten, lag am Ende unserer Wohnung, und wir entkamen nie dem Gurgeln und Blubbern der Wasserrohre des Gebäudes, die hinter der Schrankwand verliefen. Ich lebte in ständiger Angst, dass sie platzen und meine Kleider ruinieren könnten, und Irena fürchtete eine drohende Wasserflut, die aus der Wand hervorbrechen und ihre Stofftiere zerstören würde. Ich legte ein Handtuch über den alten Heizkörper und nutzte die Wärme, um die Sachen zu trocknen, die ich noch mit der Hand gewaschen hatte. Ein langes schmales Fenster ging auf den Hof, der drei Stockwerke unter uns lag. Manchmal lehnte ich mich hinaus und glaubte, das Tuten der Schleppkähne und die Schiffssirenen der Frachter zu hören, die im Hafen lagen. Hinter dem Schwarzen Meer gab es ein anderes Leben.

Außerhalb unseres Zimmers hatte Mama einen Teil des langen Flurs für Babuschkas Bett mit einem Vorhang abgeteilt, und der Teewagen diente als Nachttisch. In den vier Jahren, seit mein Vater uns verlassen hatte, war nie genug Geld da gewesen, um irgendwas in der Wohnung zu renovieren.

Es klingelte an der Tür. Ich sprang vom Bett auf. Selbst

die neugierige Nachbarin wäre jetzt eine willkommene Ablenkung vom Chaos der Erinnerungen gewesen: Sergej, meine streitenden Eltern, mein Vater, der uns verließ, Babuschka, die die meiste Zeit traurig und still war. Vier schreckliche Jahre. Ich öffnete die Tür.

»Ich wusste nicht, ob ich kommen sollte, Vera ...«

In dem schwachen Flurlicht erkannte ich Sergejs Mutter. Sie hatte Recht, sie hätte nicht kommen sollen. Sie war die letzte Person, die ich sehen wollte, ich hasste sie, und ich bin sicher, es stand mir ins Gesicht geschrieben. Das Einzige, was sie und ihr Mann immer wieder geschafft hatten, war, Sergej schlecht zu machen, ihm vorzuwerfen, dass er nichts Besseres zustande brachte, ihm zu sagen, dass er keine Freundin brauchte, er solle sich doch nicht binden, die Zukunft schloss weder mich ein noch nach Israel zu gehen. »Nein, nein, nein«, etwas anderes hatte er nie aus ihrem Mund gehört. So weit ich zurückdenken konnte, lange bevor wir uns verliebten, wusste ich immer nur, dass er sich zu Hause trostlos gefühlt hatte. Damals sprach er über nichts anderes. Später war ich das Einzige, was ihn glücklich machte.

»Ich reise am Nachmittag ab. Ich muss noch einiges erledigen«, sagte ich, würgte die Worte förmlich heraus.

»Ich verstehe. Ich wollte dich nicht stören ...«

Sie wartete. Was wollte sie mir sagen? Dass ich schuld sei an dem, was passiert war?

»Das Taxi kommt um fünf.«

Sie nickte. »Ja, natürlich. Zum Flughafen. Das hier habe ich in der untersten Schublade von Sergejs Kommode gefunden.« Sie bewegte sich von der Treppe auf die offene Tür zu, wo ich stand, und überreichte mir eine viereckige weiße Schachtel. »Ich bin sicher, das war für dich bestimmt. Du weißt, du warst sein Ein und Alles. Auf dich hat er sich verlassen.«

Ich nahm sie. »Danke«, murmelte ich. Ich bat sie nicht herein und ich öffnete auch nicht vor ihren Augen die Schachtel. Wir sahen uns an, ohne ein Wort zu sagen. Ich habe mich auf *ihn* verlassen, wollte ich ihr entgegenschreien.

Sie drehte sich um. Das Gesicht hielt sie gesenkt. Ich konnte ihren Ausdruck nicht sehen. »Pass auf dich auf, Vera.«

Ich antwortete nicht, trat zurück und schloss die Tür. Wie sie es gehasst haben musste, herzukommen. Vielleicht ging es ihr besser, wenn sie mich weinen sah. Ich wusste, sie wäre glücklich gewesen, wenn ich anstelle von Sergej gestorben wäre. Sie gab mir die Schuld an dem, was er getan hatte, und sie würde es mir nie vergessen, auch wenn ich ans Ende der Welt reiste. Selbst wenn ich sagte: »Verstehen Sie nicht, mit dem, was er getan hat, hat er mich im Stich gelassen«, würde sie nichts begreifen. Sie ist seine Mutter. Warum sollte sie *mich* verstehen?

Ich erzählte niemandem davon, dass Sergejs Mutter zu mir gekommen war. Ich packte die weiße Schachtel auf den Boden meines Rucksacks zu meinem Geld und dem Pass.

Ein Taxi hupte. Ich umarmte Babuschka noch einmal und küsste Irena, dann meine Mutter. Das Taxi hupte zum zweiten Mal. Ich öffnete das Fenster. »Komme«, schrie ich hinunter. Auf einmal sah ich meinen Vater neben dem Taxi warten. Dann sah ich, dass sein Wagen dahinter stand. Er schmiegte sich in einen dunkelgrauen Wollmantel, hatte die Pelzmütze weit heruntergezogen und verschränkte die Hände ineinander, die in Handschuhen steckten. Hatte Mama ihm gesagt, wann ich abfuhr? Er schaute nicht zu unserem Fenster hoch. Er schämte sich, uns sein Gesicht zu zeigen. Was für ein Feigling.

Irena hievte den Rucksack auf meine Schultern, dann gingen sie und Mama mit mir die Treppe hinunter. Der viereckige Koffer, den ich trug, stieß gegen mein Bein. Es schmerzte.

Am Hauseingang sah meine Mutter kurz meinen Vater an, der neben dem Taxi stand. »Muss wohl nicht sein, dass ich mit raus auf die Straße komme, Veruschka.« Sie drückte mich lange an sich.

»Gib Babuschka noch mal einen Kuss von mir.«

»Pass auf dich auf, Veruschka, pass auf dich auf.« Sie schaute nicht auf die Straße, küsste mich auf beide Wangen und ging wieder hinein.

Mein Vater kam auf mich zu und versuchte, mir den Koffer abzunehmen.

Ich hielt ihn fest. »Was machst du hier?«

»Veruschka, glaubst du wirklich, ich könnte dich einfach so weggehen lassen, ohne auf Wiedersehen zu sagen?«

»Warum hast du *sie* nicht mitgebracht? Will sie nicht sehen, wie eine deiner Töchter Odessa verlässt?«

»Vera, Vera, wenn du älter bist, wirst du es verstehen. Das war nicht nur ich. Wir beide, deine Mutter und ich, waren …«

»Und wenn ich hundert werde, Papa, werde ich Mama nie die Schuld geben. Du hast unsere Familie zerstört.«

Der Taxifahrer kurbelte die Scheibe herunter und zeigte auf seine Armbanduhr. »Keine Zeit«, sagte er.

»Ich weiß, ich weiß«, antwortete ich.

»Lass mich dich zum Flughafen bringen, Veruschka«, sagte mein Vater. »Bitte.«

»Wie kannst du nur denken, dass ich mit dir zusammen sein möchte? Du weißt doch, was ich empfinde. Mein ganzes Leben lang hast du mich angelogen – darüber, dass ich Jüdin bin, darüber, dass ich Brodsky heiße. Und dann das, was du Mama, Irena und mir angetan hast. Wie kann ich da mit dir in ein Auto steigen? Glaubst du, eine Umarmung und ein Kuss fünf Minuten, bevor ich abreise, machen die ganzen Jahre wett?«

Er legte die Hand auf meine Schulter. »Ich liebe dich, Veruschka. Vergib mir für ein paar Minuten, eine halbe Stunde oder wie lange ich brauche, um dich zum Flughafen zu bringen. Bitte.«

Ich schaute zu Boden und dann hoch zum Fenster. Ich konnte Mama und Irena sehen. Schüttelte Mama den Kopf oder nickte sie mir zu?

»Bitte«, sagte er noch einmal. Ich blickte ihn nicht an, reichte ihm aber den Koffer. Er gab dem Taxifahrer ein paar Scheine und erklärte ihm: »Ist in Ordnung, ich fahre meine Tochter.« Dann öffnete er den Kofferraum seines Wagens und legte meinen Koffer hinein. Ich schob mich auf den Beifahrersitz. Er tippte sich an die Mütze, lächelte und fragte: »Wohin, Miss?«

Ich lächelte nicht zurück. »Zentralflughafen«, sagte ich, als ob er ein Fremder wäre. Der Wagen fuhr an. Als wir uns in den Verkehr einreihten, schaute ich wieder nach oben, ein letztes Mal, zu unserem Fenster. Mama und Irena starrten auf die Straße herab. Ich fing an zu weinen und zog meinen Wollhandschuh aus, um die Tränen abzuwischen.

»Ich weiß, dass es dir schwer fällt, Odessa zu verlassen, Veruschka.«

»Du weißt gar nichts«, antwortete ich.

Er tätschelte meine Hand. Ich zog sie weg. Zum Glück sagte er nichts mehr. Ich war dankbar für die Stille. Wusste er ernsthaft, wie schwer es mir fiel? Die beiden Männer, die ich in meinem Leben am meisten verehrte, hatten mein Herz verwundet. Ich wollte ihm sagen, ich hätte Angst, dass ich mich nie wieder erholen, nie über all das, was geschehen war, hinwegkommen würde. Ich war ein Krüppel und musste ganz neu gehen lernen. Das hier waren die allerersten Schritte, und sie taten weh.

Ich drehte das Fenster herunter, beugte mich hinaus und schaute zurück. Das Mietshaus wurde kleiner und entfernte sich immer mehr, als der Wagen die breite Straße entlangjagte. Da war der Platz, wo die alten Frauen vom Land frisches Gemüse verkauften, wo sie ihre Kisten mit Gurken und Salat stapelten und Weintrauben ausbreiteten. Papa fuhr um die Ecke.

Ich sog den Anblick der Straßen auf: die Puschkinskaja mit dem Musikkonservatorium; mein Lieblingskaufhaus auf der Rischlewska; die Jekaterinskaja, wo Galina wohnt, wo Sergejs Familie wohnt; und an ihrem Ende den Pryvoz-Markt. Ich schaute die Orte an, als ob ich jeden Moment blind würde. Präg dir dies ein, präg dir das ein. Ich würde alles vermissen, aber tief im Innern wusste ich, dass ich wegmusste. Wirklich, ich war froh, dass ich fortging. Über die Stadt legten sich schon die Abendschatten, die Winterdunkelheit würde bis zum nächsten Morgen nicht mehr verschwinden. Hier und da lief jemand auf der breiten Straße unter der Platanenreihe entlang oder eilte quer über den Boulevard. Der Wind beugte alle nach unten. Schau, Vera, schau. Vielleicht kommst du nie mehr zurück.

Die Gebäude, an denen wir vorbeijagten, waren blau oder tiefgold angestrichen und hatten Balkone, die aus jedem der drei oder vier Stockwerke hervorsprangen. Die Eingänge besaßen schwere Holztüren, und aus Stein gemeißelte Blumengirlanden schmückten die langen Fenster. Dies war nicht das ferne Moskau, es war mein wunderschönes Odessa, aber für mich war es nun tot.

Zu viel Schmerz, zu viele Menschen, die mich enttäuscht hatten, so wie Sergej und Papa. Zu viele Stunden geweint und zu viel Einsamkeit. »Zbidowka« – das Judenmädchen – hörte ich meine Klassenkameraden flüstern, als sie herausfanden, dass ich meinen Namen geändert hatte. Jeder Mensch ist gleichwertig, jeder Mensch ist gleich, plapperten meine Lehrer. Aber ich wusste es besser. Ich wusste von den Jahren, in denen Juden zum Tode verurteilt wurden, weil sie nach Israel auswandern wollten, und ins Gefängnis kamen, nur weil sie in einer Synagoge beteten.

Ich ging weg nach Israel, auch wenn es gefährlich war, in dem Land zu leben, aber dort konnte ich stolz sein auf das, was ich war. Und Alex Uschakow, der einmal Brodsky geheißen hatte, brachte mich zum Flughafen.

Ich schaue auf die Uhr. Es wird langsam Zeit, denke ich. Dann sehe ich, wie Lidia die Cafeteria betritt.

Thomas Wanninger El-Al-Flug 01: SXF–TLV (Berlin–Tel Aviv) *8:10 UHR*

Am Tag, nachdem mein Vater gestorben war, saß ich im Arbeitszimmer am Schreibtisch und starrte sein Foto an. Jetzt gab es nur noch Mutti und mich. Ich würde ihr bei den Rechnungen helfen und dabei, die Tierpraxis abzuwickeln, vielleicht würden wir in eine kleinere Wohnung ziehen. Ich begann die Schreibtischschubladen aufzuziehen. Keine Ahnung, warum ich es tat; ich hatte das vorher noch nie gemacht. Auch wonach ich suchte, kann ich nicht sagen, aber ich hatte so ein Gefühl, als würde dort etwas sein, etwas, das er und Mutti mir nicht hatten zeigen wollen. Verstecken Eltern nicht Dinge vor Kindern, nur weil sie Kinder sind?

In der mittleren Schublade fand ich die Fotos. Es gab drei unscharfe Schwarzweißfotos von einer Menschenschlange und aufgereihten Soldaten in Uniform. Und dann war da noch das andere, ziemlich deutliche Foto von Opa Hans in seiner Militäruniform.

Ich begriff. Jemand sagte: Such nach diesem Mann, er ist auf *allen* Fotos. Er ist Teil dessen, was dort geschieht. Schau genau hin, er ist dabei. Ich schaute, fand ihn aber nicht.

Ich steckte die Fotos zurück in den Umschlag, der keinen Absender trug, und machte die Schublade wieder zu. Zu Mutti sagte ich nichts. Auch zu niemandem sonst. Ein paar Tage später öffnete ich die Schublade noch einmal. Ich musste sicher sein, dass ich mir die Fotos nicht eingebildet hatte. Und wieder fragte ich mich, ob mein Großvater dabei war.

Ich fing an, über Israel und die Juden zu lesen. Fast

jeden Nachmittag ging ich in die Schulbücherei. Es gab mindestens fünf Reihen mit Büchern über jüdische Geschichte, jüdische Legenden und Erzählungen, die Gründe für Antisemitismus, den Aufstieg Hitlers, die Geschichte des Zweiten Weltkriegs. Die Kriegsbücher enthielten Fotos von deutschen Soldaten, die schreckliche Dinge taten. Männer, die die gleiche Uniform trugen wie Opa Hans, traten mit ihren Stiefeln Kinder und alte Männer und drängten Frauen wie Mutti, sich auf der Straße auszuziehen. Auf vielen Fotos lachten die uniformierten Männer.

Mein Leben veränderte sich. Ich wusste, dass ich niemandem von den Fotos erzählen konnte, weder Rudi noch Christina. Ich kannte etwas, etwas Schlimmes, und es schwirrte die ganze Zeit in meinem Kopf rum. Wenn ich mich mit jemandem unterhielt, saß in einem gewissen Abschnitt meines Gehirns diese Sache, dieses Stück Information, und erstickte alles andere. Während ich redend in der Cafeteria stand, funktionierte ein Teil von mir ganz normal, doch der andere Teil war wie ein Roboter. Wie konnte Opa Hans das getan haben? Wie konnte irgendein menschliches Wesen so etwas tun? Zurückspulen, abspielen, zurückspulen, abspielen – sein Foto wanderte ständig durch meinen Kopf. In meinen Gedanken trug sein Foto einen Titel: Nazi-Kriegsverbrecher. Sechzig Jahre her, Teil der deutschen Geschichte, Teil unserer Familie, der Vater meines Vaters. Wann immer ich konnte, öffnete ich die Schublade und nahm den Umschlag heraus. Ich suchte auf den drei körnigen Schwarzweißfotos nach seinem Gesicht, aber ich fand niemanden, der aussah wie er.

Die Dinge, die geschehen waren, waren jetzt Teil von mir, Teil meines Lebens, in meinen Knochen, ererbt. Ich hatte Böses geerbt. Konnte ein Mensch böse Gene haben? Erwachsene sprechen von der Unschuld der Jugend. Was für ein Witz.

Ich machte alles weiter wie immer: ging zum Fußballtraining, ging mit den anderen Pizza essen, trieb mich mit Christina herum. Ich sagte mir, die einzige Möglichkeit, nicht verrückt zu werden, sei, ganz normal weiterzumachen. Doch Christina merkte was. Sie war sicher, dass ich ihr etwas verbarg. Schließlich wurde sie sauer, weil ich ihr nicht sagte, was los war. »Ich will dir doch helfen, Tommi, aber du redest nicht mit mir. Du bist plötzlich so anders. Ich weiß, es ist wegen deines Vaters, und ich möchte dir helfen. Wenn du mich liebst, wenn wir beide uns lieben, musst du mir alles erzählen. Menschen, die sich lieben, haben keine Geheimnisse voreinander. Ich erzähl dir doch auch alles.«

Der Horror, den ich mir ausmalte, das, was mein Großvater, mein eigener Großvater, Opa Hans, anderen Menschen angetan haben könnte, lähmte mich. Ich musste die ganze Zeit daran denken. Meine Freunde und die Lehrer glaubten, meine Launen hatten mit dem Tod meines Vaters zu tun.

Mutti wurde in die Schule gerufen. Am Tag zuvor, einem Sonntag, erzählte ich ihr nachmittags, ich wüsste, was in der mittleren Schublade des Schreibtischs sei. Sie war überrascht, dann sagte sie: »Ich bin froh – es ist an der Zeit, dass du alles erfährst.«

So hatte ich schließlich jemanden, mit dem ich über meine Fragen sprechen konnte. Sie sagte, es täte ihr Leid, dass Papa nie mit mir über die Fotos gesprochen hätte, und darüber, wie sie mit der Post gekommen seien, ohne Namen und Absender, nur mit einem Hamburger Poststempel versehen. Ich sei zu jung, hatte Papa gemeint, um darüber Bescheid zu wissen. Alle waren beim Militär, sagte Mutti, aber die einen Soldaten kämpften an der Front und andere taten »andere Dinge«. Das war es, was Papa beunruhigte, was an ihm nagte.

Sie ging zu dem Treffen mit meinem Direktor und erklärte ihm, ich müsste mal aus dem Schulalltag raus. Sie war bereit, mich reisen zu lassen – vielleicht gab es ja ein Praktikantenprogramm in Israel. Der Direktor erzählte ihr von SEEK. Den wahren Grund hat sie gegenüber dem Direktor nie erwähnt. Wie auch immer, das Einzige, was die Schule interessierte, war, dass ich die Erlaubnis meiner Mutter und irgendeine Art pädagogisches Ziel hatte.

Und das Einzige, was mich interessierte, war, dass der Kibbuz Broschim in der Nähe von Jerusalem lag. »Es gibt einen Ort in Jerusalem, Mutti, ich hab darüber in einem der Bücher gelesen, da sind Zeugnisse jüdischer Opfer gesammelt. Das ist die einzige Stelle, wo vielleicht irgendwelche Aufzeichnungen über ihn existieren. Wir werden ein für alle Mal die Wahrheit über Opa Hans herausfinden.«

Aber obwohl meine Mutter alles über das SEEK-Programm heraussuchte, machte sie in dem Moment, in dem sie ihre Einwilligung geben sollte, einen Rückzieher. »Du bist das Einzige, was ich habe, Tommi. Wenn ich dich verliere ... Wir können diese Institution doch auch anrufen, wir können faxen, warum musst du denn persönlich hin?«

»Weil es um mehr geht, als nur darum herauszufinden, was mein Großvater getan hat – dort zu sein bedeutet, etwas wieder gutzumachen. Es ist eine Entschuldigung, wenn ich dort um Vergebung bitte.«

»Du kannst nicht in einem Land herumlaufen und allen Leuten erzählen, es tut dir Leid. Das ist doch albern!«

»Das habe ich auch gar nicht vor. Dort zu sein, zu versuchen, die Juden zu verstehen, *das* wird so sein, wie ›Es tut mir Leid‹ zu sagen. Verstehst du das nicht?«

»Aber du warst damals nicht mal geboren.«

»Ich heiße Wanninger, oder?«

Wieder und wieder sahen wir die Fotos an und versuchten, ihren Sinn zu begreifen. Doch ohne an diesen Ort, zu diesem Yad Vaschem in Jerusalem zu reisen, würden wir keine Erklärung finden.

»Der Direktor schätzt doch dieses SEEK-Programm, das hast du selbst gesagt, Mutti.«

»Ja, das tut er.«

»Das ist alles, was ich brauche, eine Entschuldigung, einen Grund, hinzufahren. Bitte.«

Sie gab nach und unterstützte meinen Antrag auf Unterrichtsbefreiung, obwohl das bedeutete, dass ich die Klausuren am Schuljahresende versäumen würde.

Zwei Taschenbücher stecken in meinem Rucksack. Das eine ist eine Geschichte der Juden, das andere ein Reiseführer für Israel. Ich bin zu aufgedreht und hibbelig, um sie jetzt zu lesen. Später vielleicht. Ich kann nicht glauben, dass ich im Flugzeug sitze und auf dem Weg bin. Wenn ich aus der Maschine springen und sie anschieben könnte, damit sie schneller fliegt, würde ich es glatt tun. Nichts ist mehr wichtig für mich, ich möchte nur noch die Wahrheit herausfinden. Was werde ich danach machen? Ich weiß es nicht.

Die Stewardess kündigt einen Film an. Ich ziehe das Fensterrollo runter, setze die Kopfhörer auf und drücke meinen Sitz in Ruheposition nach hinten. Andere Passagiere schalten ihr Überkopflicht aus. Ein Film wird den Flug kürzer erscheinen lassen. Von der Decke wird ein Bildschirm heruntergelassen, über den ein Zug jagt. Der Filmtitel läuft über die Eisenbahnwaggons. Drei Männer laufen mit Pistolen den Zuggang entlang. Ich glaube, ich habe von dem Film gehört – es ist ein Thriller oder so. Scheint ziemlich doof zu sein.

Ich drücke auf das Rucksackschloss, schlage die Klappe zurück und schiebe meine Hand hinein, um zu fühlen, ob der braune Umschlag noch da ist. Natürlich. Ich schaue hinein und sehe die rechteckige Pappe, die ich mir zurechtgeschnitten habe, damit die Fotos nicht verknicken. Wenn der Umschlag plötzlich aus meinem Rucksack verschwunden wäre, gäbe es keinen Grund mehr für mich, in dieser Maschine zu sitzen.

Seit dem Moment, als ich die Schublade zum ersten Mal öffnete, ist kein Tag vergangen, an dem ich nicht über Opa Hans, über sein Foto nachgedacht und mir vorgestellt habe, was er getan hat. Ich habe sogar – in einem Buch über Fotografie – einen Artikel gefunden, der von Militärfotografen im Zweiten Weltkrieg handelt.

> Der dem Bataillon zugeteilte Militärfotograf arrangierte, fotografierte und entwickelte Hunderte von Soldatenfotos: Fotos von Soldaten bei der Entgegennahme einer Auszeichnung, mit der sie für Leistung und Tapferkeit geehrt wurden, Beförderungszeremonien, das gesamte Repertoire an Gedenkfeiern, die das Vaterland und die Familie des Soldaten mit Stolz erfüllten.
>
> Der Fotograf hatte seine Standards. Details muss-

ten scharf abgebildet werden: das Rangabzeichen auf der Schulter, der klare Umriss von Mütze oder Helm, der geknotete Schlips, der den obersten Hemdknopf ordentlich überdeckte. Wenn der Soldat im Gefecht starb, musste etwas vom Stolz überdauern, das sich auf dem Kaminsims der beraubten Familie zeigen ließ. Der Zweck der Fotografie lag darin, die Wahrheit ohne Worte zu zeigen. Es gab keine höhere Wahrheit – Fotografie war nicht mechanische Ablichtung, sondern Kunst.

Es war erschreckend, wie exakt der Artikel das Foto meines Großvaters beschrieb – das, das er nach Hause geschickt hatte. Ein zweiter Abzug davon war in dem Umschlag mit den drei anderen Fotos angekommen. Wer sonst kannte Opa?

Ich nehme den Kopfhörer ab. Der Film läuft weiter: Ein Überfall, Menschen springen aus dem Zug, es brennt in einem der Wagen. Verängstigte Menschen kauern sich unter die Sitze oder schlagen gegen die geschlossenen Fenster des Eisenbahnwaggons, es geht um Raub oder Kidnapping. Die Männer tragen Skimasken und schwenken Maschinenpistolen. Ich schließe die Augen und sehe den Film, der in meinem Kopf abläuft: Soldaten, deutsche Soldaten und Kübelwagen, ungepolsterte Sitze, und noch mehr deutsche Soldaten. Jemand spielt mir einen Streich, oder ich spiel ihn mir selbst, denn in jeder Szene sehe ich Opa Hans.

Das Baby im vorderen Teil des Flugzeugs schreit wieder. Ich öffne die Augen. Die Lichter in der Kabine sind aus – alle schauen den Film. Mein Traum von dem Zug kehrt in meinen Kopf zurück. Ich muss ihn vertreiben.

Ich ziehe das Fensterrollo hoch, starre in den klaren Morgenhimmel und denke an das letzte Mal, als ich Christina gesehen habe.

Es war Freitagabend, ihre Eltern waren ausgegangen. Ihr Bruder war bei einem Basketballspiel. Wir hatten uns wieder versöhnt, der Streit über meine Reise nach Israel war aus und vorbei. Soweit Christina wusste, fuhr ich nach Israel, weil ich Abstand brauchte, eine Pause von all der Trauer, dem Weinen meiner Mutter, dem ganzen Zeug. Wir liebten uns, und wenn ich zurückkäme, wäre ich wieder der gleiche Tommi wie vorher.

Aber auf einmal fing sie an, mich aufzuziehen. »Du wirst doch nicht etwa zulassen, dass sie dich zu einem Juden machen, Tommi?«

Ich spürte ihren Atem an meinem Hals, und ihr Haar strich über meine Wange. Ich liebte sie sehr, doch sie hörte einfach nicht auf mit diesem Blödsinn über Juden und Israel. Ich wollte nicht wieder streiten. Ich wollte ihr auch nicht sagen, warum ich wirklich ging. Ich konnte nicht, ehe ich mit der Antwort zurückkam, nach der ich suchte.

»Hey, Tommi, warum antwortest du nicht?« Sie lachte und küsste mich. »Sag jetzt bloß nicht, du *willst* jüdisch werden.«

Ich rückte ein wenig zur Seite. »Hör mal, Christina, das ist bescheuert.«

Sie stand von der Couch auf. »Na klar, nachdem *du* ja nie was Bescheuertes sagst oder tust. Ich bin die ganze Zeit für dich da, solange du alles durchmachst, und dann haust du ab nach Israel. Als wäre Fortsein von mir genau das, was du brauchst.«

»Kannst du bitte aufhören, diese Dinge zu sagen? Du bedeutest mir alles. Du hast mich gerettet, als mein Vater so krank war. Wenn du nicht da gewesen wärst …«

»Und warum gehst du dann weg? Ich versteh das nicht, Tommi. Und weißt du was, ich versteh dich nicht. Es ist, als ob du das Ganze nur tust, um mich zu ärgern, weil ich nicht vor Mitleid mit den Juden im Boden versinke. Na und, was soll's? Wenigstens bin ich ehrlich.«

»Warum machst du dich über mich lustig? Was ist so lächerlich daran, nach Israel zu gehen? Glaubst du, es ist so einfach für mich? Nein, ist es nicht. Und du machst es nicht einfacher. Wenn das die Art ist, wie du mich liebst, dann danke, darauf kann ich verzichten. So bin ich nun mal, Christina.«

Wir standen jetzt beide. Wir sahen uns an und sagten eine Zeit lang, die uns wie eine Ewigkeit vorkam, nichts. Es war nicht so wie im Kino, wo plötzlich ein Telefon klingelt oder jemand hereinkommt. Es gab nur uns beide, wir starrten einander an, und ich glaube, wir wussten, alles war so gut wie vorbei.

»Ich mag mich, wie ich bin, Tommi, und ich werde mich für niemanden ändern.«

»Ich auch nicht«, antwortete ich. Dann nahm ich meine Jacke und ging.

Ich dachte, ich würde Christina am Tag vor dem Abflug anrufen, aber ich ließ es. Rudi erzählte mir, sie hätte nur mit den Schultern gezuckt, als er sie fragte, was zwischen uns passiert sei.

Ich sehe die Biene draußen vor dem Fenster des Geräteschuppens. Sie zittert über einer dunkellila Iris, dann taucht sie hinein. Fast verschwindet sie in der Blüte. Ich recke den Hals – ah, da ist sie. Die Sonne durchflutet den Schuppen, beleuchtet die Hacken, Rechen, Spaten, Sensen und Körbe. Und ich spüre den Duft der Erdklumpen und den Geruch der Stiele und Blüten. Warum beruhigt mich das, warum lässt es die tätowierte Zahl auf meinem Arm weniger brennen? So viele Jahre und immer noch … Nur die Hecken und Wiesen, die Blumen und Büsche, der süß duftende Rasen an diesem Ort geben mir Trost. Sie wachsen, sie sprießen, sie blühen und sie verbergen alles Hässliche. Diese wachsenden Dinge habe ich mit meinen eigenen Händen zu pflanzen gelernt, weil sie nicht den Geruch des Todes in sich tragen.

Ich wuchs in einem dreistöckigen Backsteinhaus auf. Sechs Familien wohnten darin. Davor gab es einen Platz, an dem die Straße abbog. Auf dem Platz standen zwei Linden. Meine Erinnerungen sind grau und rot und braun und schwarz gefärbt, nicht aber grün, nicht wie das Grün, das ich jeden Morgen sehe, wenn ich aufwache, das Grün der Berge, die sich bis zum Horizont erstrecken.

Wenn ich könnte, würde ich für jedes Kind, das so mutwillig ermordet wurde, eine Blume pflanzen, für Anny, für Roza, für Manya, für Lelka, für Surcis, für Rivka, für Alexander, für Edward, für George, für Marek, für Lea, für Sergio, für Bette, für Jacqueline, für Eleonora, für Eva, für Gabriel, für Edward, für Benjamin, all die

Kinder, die ich kannte, und die, die ich nicht kannte. Eine Wiese aus einer Million Blumen für sie, sie alle. Das ist der Grund, weshalb ich Gärtner geworden bin.

Ilse Wanninger **Aachener Straße 336, Berlin** *8:00 UHR (BERLINER ZEIT)*

Das Einzige, worüber mit mir zu reden Otto schwer fiel, war sein Vater und dessen Verschwinden. Von dem Augenblick an, als wir uns das erste Mal trafen, öffneten wir einander unsere Herzen, aber alles, was mit seinem Vater zu tun hatte, verbarg er hinter einer verschlossenen Tür. Es fiel ihm schwer zu sagen: »Mein Vater starb im Krieg.« Ich erinnere mich noch an unsere erste Verabredung. Er sagte, sein Vater sei verschwunden, er sei als vermisst gemeldet. Ich verstand damals nicht, was zu erzählen er sich so scheute. Als ob er eine Vorahnung hätte, dass sein Vater etwas anderes als ein normaler deutscher Soldat war. Wie jeder andere auch.

Alles, was ich über meinen Schwiegervater wusste, war, dass er sehr stolz und patriotisch war. Er war nicht jung genug gewesen, um in der Infanterie oder in einer Panzerdivision zu dienen, deshalb hatte er sich zu einer Spezialeinheit gemeldet. Sein Dienst in der Armee sah vor, die örtliche Bevölkerung unter Kontrolle zu halten, den Menschen in Ländern, die die Deutschen besetzt hatten, zu zeigen, wer den Krieg gewann. Die Militäreinheit lief unter dem Begriff »Ordnungspolizei«, und er hatte als Polizist in Polen gedient. Obwohl er nichts von Schusswaffen verstand – zeit seines Lebens war er Buchhalter gewesen –, war er bereit, alles fürs Vaterland zu tun. Aber niemand wusste genau, was er als Ordnungspolizist wirklich getan hatte. Und der Soldat Hans Wanninger hatte sich in Luft aufgelöst.

Ich versuchte, Ottos Mutter darauf anzusprechen. Mit Blick auf das Militärfoto von Ottos Vater sagte ich, wie sehr Otto ihm ähnlich sähe. Wie immer lächelte sie und stimmte mir zu. »Ottos Brüder kommen ganz nach meiner Seite der Familie, nur Otto sieht aus wie sein Vater«, sagte sie. Immer wieder fragte ich, was sie glaube, was ihrem Mann passiert sei, wie ein Soldat so viele Jahre vermisst sein könne, und ob sie immer noch darauf hoffe, dass man seine Leiche fände.

Sie war eine wunderbare Frau, die sich mir gegenüber großzügig und freundlich verhielt, aber über ihren Mann, den Krieg – oder was ihm geschehen war – zu reden war verboten. Jedes Mal gab sie mir dieselbe Antwort: »Ich werde nicht fragen, warum und weshalb.« Das Schicksal ihres Mannes genauer zu beleuchten würde das Gedenken an all die deutschen Soldaten beschmutzen, die ihrem Vaterland gedient hatten. Ihre Weigerung war, als schlüge man eine Tür zu, und beendete unser Gespräch.

Als Tommi ein kleiner Junge war, fragte er manchmal: »Wo ist Opa?« Dann tätschelte sie ihm den Kopf und sagte: »Das werde ich mit ins Grab nehmen.«

Und weil er es nicht verstand, antwortete er: »Ach, Oma, dann warte ich eben bis zu dem Tag, *bevor* du stirbst. Dann erzählst du es mir, ja?«

»Natürlich, natürlich«, antwortete sie, aber ich wusste, was auch immer es war, worüber sie nicht reden wollte – es würde auf ewig ihr Geheimnis bleiben.

Ihr Tod schien Otto von einer Fessel zu erlösen oder einer Art Versprechen, das er gegeben hatte. Wir stellten Nachforschungen über das Schicksal des Reserveoffiziers

Hans Wanninger an, der seit 1942 bei einem Einsatz irgendwo in Polen vermisst wird. Ottos Brüder weigerten sich zu helfen. Selbst als Otto sie anbrüllte, sie sollten ihm endlich sagen, was sie wüssten, antworteten sie nur, ihr Vater sei an der Ostfront den Heldentod gestorben. Sie wollten sich auf keinen Fall an dem Versuch beteiligen, seinen Namen mit dem politischen Nachkriegsunsinn zu entehren.

Wir schickten Briefe ans Deutsche Rote Kreuz, wo man jedoch keine Unterlagen über ihn fand, und sogar an den Volksbund Deutscher Kriegsgräberfürsorge, eine Vereinigung, die sich um Soldatengräber kümmert. Wir setzten eine Kleinanzeige in die Zeitungen. Keine Antwort. Das Einzige, was wir hatten, war das eine Foto, das er seiner Frau und seinen Söhnen geschickt hatte. Eine Veteranenorganisation hatte eine Eintragung, die nur seinen Namen enthielt: Ordnungspolizei / Bataillon 304 / Hans Wanninger. Mehr gab es nicht, bis die Fotos kamen; woher und warum, das wussten wir nicht.

Vera Brodsky Bus der Linie 9 zum Flughafen Ben Gurion *9:05 UHR*

Nicht viele Leute im Bus. Ich sitze vorn, in der Nähe der Tür, wie ich es immer mache. Jemand im Kibbuz hat mir mal erklärt, dass das der sicherste Platz ist. Die Fahrt zum Flughafen dauert ungefähr eineinhalb Stunden.

Die großen Fenster erinnern mich an den Flughafenbus in Odessa, der die Passagiere vom Terminal zu der Maschine nach Tel Aviv brachte. Ich erinnere mich … an den Tag meiner Abreise … mein Gespräch mit Babuschka.

»Ich hätte das vorher nie jemandem erzählt, aber ich habe Angst. Ich hatte nie vor, es allein zu tun, wegzugehen, meine ich. Die Idee war immer, dass Sergej und ich zusammen gehen würden. Wer bin ich, jetzt, wo er fort ist?«

»Du bist stark und unabhängig.«

»Bin ich nicht, Babuschka, bin ich nicht. Sergej ist tot. Warum? Er hatte alle möglichen Gedanken im Kopf, über sein Leben, vielleicht über uns, doch er hat mir nie von ihnen erzählt. Wie kann man lieben, aber nicht teilen? Sogar als er Selbstmord beging, hat er nur an sich gedacht, an seinen Schmerz. Nicht an mich. Er hat mich verlassen. Genauso, wie Papa uns verlassen hat.«

»Warte ein wenig, dann wirst du Antworten auf deine Fragen bekommen. Die Zeit heilt alle Wunden.«

»Das stimmt nicht. Sie heilt überhaupt nichts. Es schmerzt nur immer mehr. Was du sagst, ist die Antwort alter Menschen.«

»Ja.« Sie seufzte. »Weil wir Erfahrung haben.«

»Aber *jetzt* höre ich seine Stimme, *jetzt* fühle ich seine Hand in meiner, wie sie mich hält. Er ist immer bei mir, doch er antwortet nicht auf meine Frage: Warum hast du mich verlassen?

Ich habe ihn so sehr geliebt. Wir gehen zusammen nach Israel, hat er gesagt. Ich vermisse ihn so schrecklich, Babuschka. Aber ich kann hier nicht bleiben. Und dann Papa und diese junge Frau … Die dumme Mama, die ihn immer noch liebt, und die liebe Irena, die gar nicht weiß, was für ein Lügner er ist. Er hat sogar seinen Namen geändert, sein Erbe. O Babuschka, warum sagen Menschen, die man liebt, einem nicht die Wahrheit?«

»Dein Papa wird wieder Vernunft annehmen, oder

auch nicht. Und Sergej – nun ja, Sergej wollte eine Welt, in der alles perfekt ist. Was er getan hat, hatte mit dir nichts zu tun. Glaub das nicht, nicht eine Sekunde. Du, meine liebe Enkelin, bist wie ein Saatkorn im Wind. Du wirst wachsen und dich entwickeln. Blühen, auf welches Feld auch immer es dich weht. Im Kibbuz werden die Menschen dich lieben und sehen, wie wundervoll du bist. Niemand hat dich verlassen und niemand *wird* dich je verlassen. Umarme mich, und dann pack deine restlichen Sachen zusammen.«

Der Zentralflughafen von Odessa war alt und sah anders aus als die Flughäfen, die man in amerikanischen Filmen sieht. In Los Angeles oder New York ist alles aus Stahl und poliert, gut gekleidete Menschen eilen hin und her, alle total beschäftigt und wichtig. Natürlich, sie leben ja auch im Zentrum der Welt. Hier fegte eine alte Frau mit einem Reisigbesen den Boden in immer gleichen Kreisen.

Fünf Passagiere zogen ihr Gepäck von einem Wagen. Ich sah an den Aufklebern, dass sie aus Tel Aviv kamen. Ich wollte sie fragen, wie es in Israel war, ob Tel Aviv groß war, ob jemand mein Russisch, mein Englisch verstehen würde. Waren die Menschen dort freundlich?

Ihre Koffer waren aus abgewetztem braunem Lederimitat, hatten angeschlagene Ecken und waren mit Schnüren umwickelt. Wahrscheinlich funktionierten die Schlösser nicht richtig. Ich sah die Pappkonstruktion unter dem falschen Leder. Sie hatten tütenweise Kleidung mitgebracht, riesige Puppen und Schachteln voll Spielzeug. Wie sie das wohl nach Hause schafften? Wo wohnten sie, in welche Gegend von Odessa brachten sie all diese Päckchen und Bündel?

Die Putzfrau fegte um sie herum, und ich sah, wie sie voll Neid auf die Kleider und Spielsachen blickte. Sagte sie sich: Diese reichen Juden?

Mein Koffer und mein Rucksack wurden durchsucht.

»Was ist das?«, fragte der Sicherheitsoffizier und deutete auf den Boden des Rucksacks. Ich nahm die viereckige weiße Schachtel heraus, die Sergejs Mutter mir gegeben hatte. »Das ist ein Geschenk.«

»Aufmachen.«

Ich wollte erklären, dass ich vorhatte, mit dem Öffnen zu warten, bis ich in Israel war. Aber ich tat, was sie verlangten. Er zog ein silbernes Herz an einer Kette heraus und ließ es an seiner Hand herunterbaumeln. Es schwang hin und her. In Gegenwart des Mannes wollte ich nicht anfangen zu heulen. Ich biss mir auf die Lippen.

»Sehen Sie, ein Geschenk. Das habe ich Ihnen doch gesagt.«

Sein Finger fuhr den Rand des Herzens entlang und suchte nach dem Verschluss. »Drogen, ihr Kids versteckt immer Drogen.«

Er klappte das Medaillon auf. Ein Stück Papier fiel heraus und auf den Tisch. Ich langte danach und strich das kleine Viereck glatt. Es war Sergejs Handschrift. *Lyube vsem syertsem. Nye boysya zavtrashnego dnya. Prosti menya. Sergej.* Liebe mit deinem ganzen Herzen. Hab keine Angst vor morgen. Vergib mir. Sergej.

Der Offizier schaute verlegen. Er legte mir das Medaillon in die Handfläche. Ich zitterte an den Händen, als ich den Haken an der Kette öffnete. Ich legte sie um. Dann faltete ich das Papier zusammen, drückte es in das noch offene Medaillon und klappte es zu. Von nun an würde es immer bei mir sein.

Mein Gepäck wurde gewogen, die Aufkleber wurden angebracht. Ich ging zur Passkabine.

»Vera Brodsky?«, fragte der Einwanderungsbeamte. Seine Nase steckte in den Seiten meines Passes, seine Brille war fast bis aufs Kinn heruntergerutscht. Er sah nicht, dass ich nickte. Ich sagte nichts, bewegte mich nicht. Er schlug eine Seite um und blinzelte mein Foto im Pass an. Er hatte nichts an den Augen, sondern er war ein Beamter. Und Beamte geben einem gern zu verstehen, wie wichtig sie sind. Ich wartete. Er war dabei, diesen kleinen Nervenkrieg zu gewinnen; er blätterte die Seiten in meinem Pass von vorn nach hinten und von hinten nach vorn durch. Ich richtete mich darauf ein, Fragen zum Namen meines Vaters zu beantworten. Langsam sah ich mich schon im Taxi auf dem Rückweg nach Hause – Ausreise abgelehnt.

Wieder fragte er: »Vera Brodsky?«

Ärgere ihn nicht, sagte ich mir und antwortete höflich und respektvoll: »Ja.«

»Langes Haar auf dem Foto«, sagte er und schaute durchdringend auf meine kurzen Haare.

»Aber dieselbe Farbe, blond«, betonte ich.

Schweigen. Er fuhr fort, mich und das Passfoto anzusehen.

Ich erklärte es ihm. »Ich habe sie vor einem Monat abgeschnitten, nachdem der Pass schon ausgestellt war. Wenn Sie wollen, lass ich mir wieder einen Zopf wachsen.« Eine Sekunde, nachdem ich den Witz gemacht hatte, hätte ich mir am liebsten auf die Zunge gebissen.

Er lachte nicht. Er zuckte nur die Schultern, stempelte den Pass ab und schob ihn mir wieder hin. Ich ging durch die Schwingtür und stieg in den Flughafenbus.

Der Busfahrer hält für zwei Soldaten an. Sie steigen die Stufen hinauf. Sie wirken müde. Ich denke an Dan, der auf Patrouille ist, in seinem Stützpunkt, irgendwo. Ich hoffe, er ist in Sicherheit. Sie quetschen sich seitwärts den Gang entlang, ihre Matchsäcke und Gewehre schlagen gegen die Kanten der Sitze. Sie setzen sich in die leere Reihe hinter mir. Die Tür schließt; der Bus fährt weiter zum Flughafen Ben Gurion.

9:15 UHR **Sameh Laham** Judäisches Bergland

Mein Rucksack ist schwer, und ich bewege mich viel langsamer als sonst. An den Olivenhainen und einem kleinen Pinienwald bin ich vorbei. Jetzt stehe ich hinter einer Ansammlung von Disteln und schaue hinab auf die große Straße. Es herrscht dichter Morgenverkehr, in beide Richtungen fahren viele Autos. Das ist die Straße, die zu der Kreuzung führt. Unten rollen ein Panzer und zwei gepanzerte Fahrzeuge auf dem Seitenstreifen. In einem der gepanzerten Fahrzeuge sitzen hinten Soldaten und essen Pita. Soldatenköpfe unter Helmen ragen aus der Luke des Panzers hervor – ihre Gewehre sind gespannt. Sie würden mich einfach so abknallen, aber sie sehen mich nicht.

Ich schaue auf meine Uhr. Ich muss mich beeilen. Der Chef wartet auf mich.

Thomas Wanninger El-Al-Flug 01: SXF–TLV (Berlin–Tel Aviv) *9:30 UHR*

Noch eine Stunde bis zur Landung. Wir fliegen über das Mittelmeer. Gelegentlich tauchen unten Inseln auf. Ich hole meinen Reiseführer heraus.

> Die israelische Arbeitswoche beginnt am Sonntag und der einzige Ruhetag ist Samstag – der Sabbat. Dienstag, der dritte Tag der Woche, gilt als Glückstag. Der Ursprung für diese Annahme stammt aus der Bibel. In der Schöpfungsgeschichte erschafft Gott Erde und Wasser und sieht, dass es gut ist. Dann erschafft er Pflanzen und Bäume aller Art. Wieder sagt Gott, wie gut alles ist. Zweimal hat Gott ausgesprochen, dass der dritte Tag »gut« ist. Kein anderer Tag der Schöpfungsgeschichte wird auf diese Weise erwähnt. Deshalb sind die Juden im Laufe der Jahrhunderte zu der Überzeugung gekommen, dass der dritte Tag, der Dienstag, ein Glückstag sein muss.

Zu dumm, dass ich das nicht wusste. Ich hätte auch an einem Dienstag fliegen können. Nun ja, vielleicht finde ich ja an einem Dienstag etwas über Opa heraus.

Verhörraum, Polizeizentrale, Jerusalem *9:30 UHR*

OMAR JOULANI: Wieso bin ich schon wieder hier?
POLIZEIOFFIZIER: Wieso bist du nicht in Jabel Fahm? Was machst du hier in Jerusalem? Illegal arbeiten? Hast

du einen Israeli gefunden, der eine billige Arbeitskraft braucht? Nenn uns seinen Namen und du kannst sofort wieder gehen.
OMAR JOULANI: Jemand hat mich in der Nähe der Straße der Propheten angehalten. Mehr weiß ich nicht.
POLIZEIOFFIZIER: Das habe ich nicht gefragt. Hör mir gut zu – ich spreche nicht irgendeine fremde Sprache, kapiert? Ich rede Arabisch. Und du verstehst mich, ja?
OMAR JOULANI: Ja.
POLIZEIOFFIZIER: Gut. Ich will wissen, warum und wie du zurück nach Jerusalem gekommen bist. Und du versuchst, mir was von der Straße der Propheten zu erzählen. Das habe ich nicht gefragt.
OMAR JOULANI: Dieser Typ hielt mich auf der Straße an und sagte, er braucht Hilfe beim Möbelschleppen. Er sagte, er gibt mir ein paar Schekel, wenn ich ihm helfe.
POLIZEIOFFIZIER: Deine Geschichte ist doch eine einzige Lüge. Ein Mann hat dich auf der Straße angehalten? Einfach so? Hat dich angehalten und dir Arbeit angeboten? Nicht gefragt, wo du her bist, ob du einen Arbeitsausweis hast, nichts?
OMAR JOULANI: Wissen Sie, nicht jeder hasst die Palästinenser. Was ist so komisch daran, wenn ein Israeli mir Arbeit anbietet?
POLIZEIOFFIZIER: Gar nichts ist komisch daran. Komisch ist nur, dass du wieder in Jerusalem bist, nachdem dich um halb acht ein Polizeiwagen zu dem Gemüsestand deines Großvaters in Jabel Fahm gebracht hat. Vielleicht bist du ja wieder hier, weil du auf deinen Freund Sameh wartest.
OMAR JOULANI: Ich warte auf niemanden. Ich will nur ein bisschen Geld verdienen.

POLIZEIOFFIZIER: Deshalb bist du den ganzen Weg zurück nach Jerusalem gekommen? Das nenne ich Chancen wahrnehmen. Und wer ist die Person, die dich hergefahren hat? Du bist doch nicht zu Fuß gegangen. So viel Zeit hattest du gar nicht.
OMAR JOULANI: Ein Israeli.
POLIZEIOFFIZIER: Derselbe, dem du beim Möbelschleppen helfen solltest?
OMAR JOULANI: Nein, ein anderer Mann.
POLIZEIOFFIZIER: Was für ein Auto?
OMAR JOULANI: Weiß ich nicht mehr.
POLIZEIOFFIZIER: Personenwagen, Pick-up, Lkw, was war es? Welche Farbe?
OMAR JOULANI: Hab ich nicht drauf geachtet.
POLIZEIOFFIZIER: Du bist wirklich ein dämlicher Lügner, Omar. Du bist so dämlich, du glaubst echt, ich kaufe dir jede Geschichte ab, die du mir auftischst. Kein Israeli hat dich mitgenommen und es brauchte auch kein Israeli Hilfe beim Möbelschleppen. Du bist hier, um nach Sameh Laham zu suchen oder auf ihn zu warten.
OMAR JOULANI: Bin ich nicht.
POLIZEIOFFIZIER: Ben, Fingerabdrücke nehmen und fotografieren.
OMAR JOULANI: Fingerabdrücke und Foto haben Sie doch längst von mir.
POLIZEIOFFIZIER: Bist du jetzt der Polizist, dass du weißt, wie wir arbeiten? Wir nehmen deine Fingerabdrücke und dein Foto eben noch ein zweites Mal. Ist das okay?
OMAR JOULANI: Tun Sie doch, was Sie wollen.
POLIZEIOFFIZIER: Jetzt hör mir mal gut zu, Omar. Wenn du erst im Computer steckst, bist du auf der

schwarzen Liste. Dann entkommst du uns nie mehr. Wenn du ein böser Junge bist, finden wir dich. Also sei ein guter Junge, hilf deinem Großvater, Gemüse zu verkaufen, und geh in die Schule. Dann passiert dir auch nichts.
OMAR JOULANI: Sind Sie sicher, Herr Polizist?
POLIZEIOFFIZIER: Ganz sicher, Omar.

9:30 UHR **Dan Oron** Ein Militärstützpunkt irgendwo in Israel

Ich stehe in der Schlange und warte auf den Bus. Ein paar von den Jungs hocken im Schatten eines Eukalyptusbaums, rauchen und sprechen in ihre Handys. Die Bäume erinnern mich an die lange Straße, die zum Haupttor von Broschim führt und von Eukalyptusbäumen gesäumt wird. Mein Gott, ich habe solches Heimweh. Ich vermisse Vera wirklich.

Ich versuche Guy zu überzeugen, dass es sich lohnt, Veras Freundin Lidia Adler zu treffen, damit er einen Teil seines Urlaubs in Broschim verbringt. »Sie ist klasse. Nicht groß, kleiner als du, dunkle Haare, kommt aus Argentinien …«

»Danny, du machst mich ganz nervös, wenn du so viel über dieses Mädchen redest. Spricht sie Hebräisch?«

Ich halte das Handy ans andere Ohr, die Verbindung ist immer wieder unterbrochen. »Natürlich spricht sie Hebräisch. Sie ist seit drei Jahren im Kibbuz – die bleibt da. Glaub mir, sie ist echt ein Knaller. Heiße Salsatänzerin, studiert Fotografie, ist auf jeder Party der Mittelpunkt, also komm, du kennst doch die Argentinier – sie haben Akkus, die vierundzwanzig Stunden am Tag laufen. Schau, sie ist die beste Freundin meiner Freundin. Sie wird dir bestimmt gefallen.«

»Ich versuch es zu schaffen, aber versprechen kann ich's nicht. Ich muss zu Hause hundert Sachen erledigen. Außerdem hast du gesagt, wir wollten surfen, erinnerst du dich? Wie auch immer, ich hab das Gefühl, du willst mich nur verkuppeln, um deine Freundin glücklich zu machen.«

»Ich hab dir doch gesagt, Vera ist ein ziemlich wählerisches Mädchen aus Odessa. Wenn sogar sie begeistert von Lidia ist, also, dann heißt das schon was. Und, hey, ich kenne sie auch. Ihr beide seid einfach füreinander geschaffen. Du kannst mich beim Wort nehmen. Und wir gehen alle zusammen zum Surfen, ich schwör's.«

»Wer weiß, wann wir wieder Urlaub kriegen, Danny.« Ich höre, wie seine Stimme sich ändert. Er gibt nach. »Okay, pass auf, ich komme in den Kibbuz, aber wenn diese Lidia nichts ist, schuldest du mir einen echt großen Gefallen.«

»Vertrau mir.«

Ich klappe das Handy zu. Guy macht mich wahnsinnig. Er ist der beste Scharfschütze in der Einheit, aber wenn es um Mädchen geht, ist er scheu wie eine Schnecke, die sich nicht aus dem Häuschen traut. Natürlich kam die Idee, ihn zu fragen, von Vera, praktischerweise hab ich vergessen, ihm das zu erzählen. Egal, ich bin sicher, Lidia wird ihm gefallen.

Sameh Laham Yoni's Diner, Autobahn 1 9:35 UHR

»*Ahlan v'Sa'alam*, Sameh.«

»Schalom, Chef.«

Der Chef zeigt mir gern, dass er freundlich ist, immer streut er arabische Wörter ein, damit ich sehe, er meint es nicht böse mit mir oder meinen Leuten. Ich antworte stets auf Hebräisch, denn das zeigt ihm, dass ich weiß, wer der Chef ist. Er *ist* mein Chef. Ein richtiger Chef, der Chef meines Lebens, denn er ist Israeli.

»Omar war mit einem gelben Lieferwagen da, Sameh. Er meinte, ich soll dir ausrichten, dass er hier war.«

»Ja, ich hab ihn mit einer Nachricht vorbeigeschickt.«

»Hat er mir ausgerichtet. Er sagte, deine Mutter ist krank, und du versuchst, sie zum Arzt zu bringen.«

»Ja, genau, Chef.«

»Dann bist du jetzt also wieder da. Geht's ihr besser?«

»Ja, es geht ihr besser.«

»Hast du deinen Rucksack dabei? Klamotten und so?«

Ich zeige dem Chef, dass ich alle meine Sachen dabeihabe.

»Gut. Es war schwer, in der Woche, als du nicht da warst, alles sauber zu halten. Leg deine Sachen in die Besenkammer.«

Meine Mutter war eine schöne Frau. Auf ihrem Hochzeitsbild ist sie groß, achtzehn Jahre alt, mit schwarzen lockigen Haaren, die ihr bis auf die Schultern fallen, und Augen, die wie Kristallsplitter strahlen. Heute geht sie langsam wegen der Schmerzen in den Beinen, die nie aufhören wollen. Sie hat nichts Strahlendes mehr an sich, weder im Haar noch in den Augen. Nichts. Das Tuch, das ihr Haar bedeckt, ist über die Augen gezogen, wenn sie niemanden sehen lassen will, dass sie weint. Und mein Vater? Auf dem Hochzeitsbild ist auch er groß, hat einen rötlichen Schnauzbart und trägt eine dunkle Jacke zu einer weißen Hose. Er scheint sich nicht wohl zu fühlen in seinen Kleidern. Aber ein Bauer ist ja auch keine eleganten Sachen gewohnt. Das Bild erzählt nichts von seinem Krebs und nichts von der Traurigkeit meiner Mutter. Es ist das Bild aus der Zeit, ehe bei uns die schrecklichen Dinge passierten.

»Fang mit dem Küchenboden an, Sameh, bevor der Mittagstrubel beginnt.«

»Ja, Chef.«

Mein Chef hat *sein* Hochzeitsbild im Restaurant an der Wand hängen. Er hat auch ein großes Foto von seinem ältesten Sohn – in Soldatenuniform. Der Junge ist ein richtiger Held, erzählt er mir gern. Ich frage nicht, wie er zum Helden wurde. Sein Armeedienst ist bald zu Ende. Aber er wird trotzdem immer ein Held sein. Ich wette, er wird danach bestimmt keine Toiletten putzen. Ich schaue das Bild gar nicht richtig an. Ich tu nur so.

Thomas Wanninger El-Al-Flug 01: SXF–TLV (Berlin–Tel Aviv) *9:35 UHR*

Unter mir sehe ich kleine und große Landflecken. Die griechischen Inseln, verkündet der Pilot. Sie haben die grünbraune Farbe von Landkarten in einem Erdkundebuch. Ich wende mich wieder meinem Reiseführer zu.

> Hebräisch ist die Sprache des Staates Israel. Arabisch wird von der arabischen Bevölkerung gesprochen. Juden, die aus islamischen Ländern nach Israel einwanderten, sprechen noch immer eine

Vielzahl arabischer Dialekte. Viele Worte im Arabischen und Hebräischen haben dieselben Wurzeln, zum Beispiel die Worte für »Frieden« – *Sa'alam* und *Schalom*. Andere, wie das arabische Wort für »Land«, *bilad*, sind völlig anders; das hebräische Wort für »Land« heißt *eretz*.

Meine Chancen, einen Araber zu treffen oder Wörter auf Arabisch wissen zu müssen, sind gleich null. Ich blättere weiter zu einer Seite, die ich schon hundert Mal gelesen habe – ich kann sie fast auswendig.

Yad Vaschem ist die offizielle Gedenkstätte des Staates Israel für die Opfer des Nazi-Terrors. Dort gibt es Archive mit sorgfältig verifizierten Namen und Daten von Juden, die in den Konzentrationslagern vernichtet wurden, von jüdischen Partisanen, die von den Nazis ermordet wurden, von Städten, die die deutsche Wehrmacht zerstörte, sowie mit Zeugnissen über Nichtjuden, die sich weigerten, mit den Nazis zusammenzuarbeiten. Außerdem sind hier Zeugenaussagen zusammengetragen, die sowohl an Gräueltaten beteiligte wie auch daran unbeteiligte Nazis identifizieren. Die Gedenkstätte befindet sich in Jerusalem und kann mit öffentlichen Verkehrsmitteln erreicht werden. Die Gedenkstätte selbst sowie die Ausstellungen und Archive sind für die Öffentlichkeit zugänglich.

Das ist mein wahres Ziel. Das ist der Ort, an dem ich die Wahrheit über meinen Großvater entdecken werde. Da bin ich ganz sicher.

Nach dem Tod meines Vaters konnte ich einen Monat nicht mit dem Bus zur Schule fahren. Ich musste mich bewegen, joggen, laufen. Ich musste meine Körperhaltung nach dem Sitzen am Bett meines Vaters im Krankenhaus, nach dem gebeugten Ausharren neben meiner Mutter im Wartezimmer unbedingt ändern.

Diese Reise bedeutet, wieder zu *mir* zu finden, zu meinem Körper, dazu, stark zu sein, nicht mehr in der Nähe von Krankheit und Tod. Obwohl die Wahrheit über Opa Hans herauszufinden auch mit Tod zu tun hat, oder?

In unserem Haus wohnt ein Typ. Er ist etwa dreißig und arbeitet, glaube ich, in einer Bank. Einzelgänger. Dunkelhäutig. Der Name auf seinem Briefkasten ist Raschid Muallem. Ich weiß nicht, woher er kommt, aber ich weiß, dass er kein »Gastarbeiter« ist. Er ist zu gut angezogen, um Arbeiter zu sein oder einen Job in einer Autowerkstatt zu haben. Immer steckt er unter der Motorhaube eines alten VW, und jeden zweiten Tag treffe ich ihn an der Bushaltestelle.

»Wieder kaputt?«, fragte ich, als ich ihn das letzte Mal sah.

»Ja, der Vergaser.« Er sprach mit einem Akzent.

»Ich gehe für eine Weile weg aus Berlin, ich fahre nach Israel«, sagte ich. Ich weiß nicht, was mich veranlasste, ihm das zu erzählen. Vielleicht dachte ich ja, er käme irgendwo aus dem Nahen Osten. Vielleicht wollte ich auch nur, dass er lächelte und sagte: »Schön für dich.«

»Reisen ist immer gut«, sagte er. Das war alles. Dann stiegen wir in den Bus, und ich fand nie heraus, ob er Araber war oder wo er herkam.

Ich musste an Raschid Muallem denken, als mir der

Typ am Flughafen meinen Pass zurückgab. Vielleicht kenne ich ja doch jemanden, der Arabisch spricht. Aber andererseits *kenne* ich ihn auch nicht wirklich, oder?

9:35 UHR **Vera Brodsky** Bus der Linie 9 zum Flughafen Ben Gurion

Der Bus wird langsamer und hält an einer Verkehrsampel in einem Vorort von Lod. In einer halben Stunde sind wir am Flughafen. Ein großes Metallschild in Englisch und Hebräisch verkündet jedem, der es wissen will, dass Lod im Mittelalter von Richard Löwenherz wieder aufgebaut wurde. Aber die Stadt wirkt nicht sehr geschichtsträchtig, nur staubig und langweilig.

Der Bus fährt an die Seite. Die Türen öffnen sich. Ein Grenzschutzsoldat steigt ein, bewaffnet mit einer M-16. Er nickt dem Fahrer zu.

»Identifizieren Sie Ihr Gepäck«, sagt er zu jedem.

Alle öffnen ihre Einkaufstaschen, Rucksäcke, was immer sie dabeihaben. Ich öffne meine Schultertasche aus Bast. Er zeigt auf die eingerollte weiße Pappe, die oben herausragt. »Was ist das?«

Ich rolle sie auseinander. Dann lese ich die englische Beschriftung: SEEK VOLUNTEER: THOMAS WANNINGER vor. Ich merke, dass er sie nicht versteht. Deshalb erkläre ich: »Ich fahre zum Flughafen, um einen Fremden abzuholen. Das hier ist sein Name. Er wird nach mir und dem Schild Ausschau halten. Er kann kein Hebräisch.«

Er grinst. »Okay, I understand.« Er sagt die Worte auf Englisch mit schwerem Akzent und schaut sich um, dann lacht er. Alle lachen mit ihm. Sein Versuch, Englisch zu sprechen, wirkt lustig. Er geht den Gang entlang, betrachtet noch einmal jeden Einzelnen und wirft einen Blick auf die Gepäckablage über den Köpfen. Dann steigt er aus. Der Busfahrer lässt den Motor an, fährt von der Standspur und kehrt zurück auf die Autobahn.

Einer der Soldaten, die hinter mir sitzen, meint: »Was für ein Loch, in dem die hier leben.«

Ich drehe mich um und sage: »Man kann sich nicht immer aussuchen, wo man wohnt.«

Der andere Soldat nimmt den Kopfhörer ab. »Was?«

»Sie sagt, ich soll diesen Ort nicht als Loch bezeichnen.«

Ich lache. »Stimmt nicht ganz.«

»Ach ja«, antwortet der Soldat. Aber er ist völlig uninteressiert. Er will kein Gespräch, sondern nur seine Musik hören.

Er hält den Kopfhörer in der Hand. Der Walkman spielt weiter. Ich höre, wie die Beatles »She's Leaving Home« singen. Das Lied habe ich den ganzen Monat, bevor ich Odessa verließ, gespielt. Ich drehe mich um. Ich sehe mein Spiegelbild im Busfenster. Ich sehe, wie sehr ich meiner Mutter ähnele, die gleichen vollen Wangen (ich nenne sie plump), die Nase dünn, fast nur eine Linie, wenn ich sie im Profil betrachte wie jetzt, hübsche Ohren, die nicht abstehen (ziemlich bescheuert, die eigenen Ohren zu bewundern) – ja, ganz die Tochter meiner Mutter. Babuschka nannte mich immer ihre zweite Tochter.

Was mein Vater jetzt wohl macht?, frage ich mich. Hat er seine Stelle als Leiter des Physik-Instituts an der Uni bekommen? Lebt er noch immer mit dieser Frau zusammen?

Ich wollte Sergej von ihr erzählen, aber lange Zeit schämte ich mich zu sehr. Schließlich kotzte ich die ganze Sache dann doch vor ihm aus.

Nachdem er sich umgebracht hatte, fiel mir seine Antwort wieder ein. Sie hallte in meinem Kopf wie ein Schrei in einem Tunnel. »Aber Veruschka, hat nicht jeder das Recht, mit seinem Leben anzufangen, was er will?« Meinte er damit meinen Vater oder sich selbst?

»Und wenn sie sich gegenseitig Schmerzen zufügen?«, fragte ich.

»Wir haben nur ein Leben, man muss sich entscheiden, was man damit anfangen will.«

»Du weigerst dich, das zu verstehen, Sergej.«

»Nein, Vera, du bist es, die nichts kapiert. Aber eines Tages wirst du es verstehen.«

Mein Vater verließ uns, zog in eine andere Wohnung. Ich war nicht länger der Wächter des Geheimnisses, das meine Mutter vor Schmerzen schützen sollte. Sie wusste alles – mein Vater hatte es ihr gesagt. Sie schien erleichtert zu sein.

»Was für einen Lügengarten wir doch gedeihen lassen«, sagte ich zu Sergej. »Schau sie dir an – wie sie die Blume pflücken, deren Duft ihnen am meisten behagt.« Das Einzige, was den Schmerz milderte, war zu wissen, dass ich bald weggehen würde. Sergej und ich gemeinsam. Damals entschied ich mich für meinen Namen, für meinen *richtigen* Namen. Den *richtigen* Namen meines Vaters.

Mama sagte ich nichts davon. Ich erzählte es Sergej und ich erzählte es Babuschka.

»Wenn Papa nichts mit uns zu tun haben will, wenn er uns verlassen hat, warum sollte ich mich dann weiter

Uschakow nennen? Ich bin Jüdin, der Junge, den ich liebe, ist Jude und schämt sich nicht dafür, jeder in der Schule nimmt an, dass ich Jüdin bin. Weil ich Jüdin bin, werde ich vielleicht das Uni-Stipendium nicht bekommen …«

»Was sagst du da, Veruschka?«

»Ich sage, dass ich meinen Namen in Brodsky ändern will, Babuschka, den Namen, mit dem mein Vater geboren wurde, den jüdischen Namen, für den sein Vater verbannt wurde. Stell dir mal vor, jedes Mal, wenn Papa meinen Namen schreiben muss, meinen ganzen Namen, wird er daran erinnert – *ich* werde ihn daran erinnern –, was er ist: der Jude, als der er geboren wurde.«

Es brach aus mir heraus, als ob ich Jahre darüber nachgedacht hätte. Als ob ich in dem Zimmer, das ich mit Irena teilte, ein Fenster geöffnet hätte, durch das nun ein Wind hereinwehte. Er blies all die kleinen dummen Dinge weg, nur das Wichtige blieb stehen. Ich würde meinen Namen ändern. Ich würde mich von den Lügen, dem Zorn und der Täuschung verabschieden. In Israel würde ich Vera Brodsky sein.

Mama hielt sich tapfer angesichts des Wirbelsturms meiner Entscheidungen. Ich glaube, sie wusste, dass sie meine Meinung um nichts in der Welt ändern konnte. Sie unterschrieb alle Papiere, gab mir von ihren Ersparnissen Geld für das Ticket und fand sich sogar damit ab, zuzusehen, wie ich meinen neuen Pass mit »Vera Brodsky« unterschrieb.

Irena wollte von dem, was sie als meine Verrücktheit bezeichnete, nichts wissen. »Wenn Uschakow gut genug für Mama und Papa ist, dann ist es auch gut genug für mich. Ich muss nicht wie du sein, Veruschka.«

»Nein, das musst du nicht, Irena. Ich liebe dich, wie du bist. Ich würde dich für nichts in der Welt eintauschen.« Ich umarmte sie und erklärte, ich würde sie immer lieben, ganz egal, was passierte. Namen seien nicht wichtig, sagte ich.

»Also, wenn sie nicht wichtig sind, warum hast du dann deinen geändert, Veruschka?«

Ich antwortete meiner Schwester nicht. Sie war zu jung, um mich zu verstehen. Aber Babuschka verstand mich. Und Sergej, Sergej verstand mich immer.

In den langen Wochen, bevor ich wegging, versuchten wir alle, unsere vertrauten Gewohnheiten aufrechtzuerhalten. Mama ging zur Arbeit, brachte Prüfungsaufgaben zum Korrigieren und andere Arbeit aus der Schule mit nach Hause, kochte, doch nachts hörte ich, wie sie weinte. Weinte sie noch wegen Papa, aus Einsamkeit, oder weinte sie wegen mir? Ich fühlte mich schlecht, weil ich so glücklich war. Ich veränderte mein Leben. Ich war verliebt, ich hatte Sergej. Sie hatte niemanden. Dann brach meine Welt zusammen.

Ich werde dich immer lieben. Du bist meine Vera, hier auf der Erde und dort, wo immer mein Geist hinwandern wird. Ich hoffe, meine Seele wird in Israel bei dir sein. Alles ist dunkel und mein Leben wirkt wie ein Flur mit verschlossenen Türen. Ich muss diesen Ort verlassen, diese hässliche Welt. Du rechnest mit mir. Tu es nicht. Ich bin ein schwacher Mensch, nicht der starke, für den du mich hältst. Es gibt kein Licht – nicht einmal unsere Liebe kann die Schwärze in mir aufhellen. Es tut mir Leid. Ändere deine Pläne nicht. Geh nach Israel, wie wir es geplant haben. Sei stets glücklich.

Für immer dein, Sergej

»Veruschka, du bist viel zu wütend«, sagte meine Mutter. »Du hast Sergej doch geliebt. Verwandle deine Liebe jetzt nicht in Hass.«

»Mama, ich verstehe immer noch nicht, warum er geglaubt hat, es ist besser zu sterben, als am Leben zu sein?«

Das Einzige, was sie darauf sagen konnte, war: »Er hat dich so sehr geliebt, so sehr.«

Und das Einzige, was ich darauf sagen konnte, war: »Wenn er mich wirklich geliebt hätte, hätte er das nicht getan. Er hätte mit mir geteilt, was immer ihn beschäftigte. Er hat gesagt, ich wäre das Wichtigste in seinem Leben. Wir kannten uns seit Ewigkeiten. Wir hatten vor, für immer zusammenzubleiben. Wenn mir das genügte, wieso hat es dann ihm nicht genügt? Warum also das Wichtigste im Leben verlassen?« Und dann sagte ich: »Jetzt haben wir beide niemanden mehr, den wir lieben können, stimmt's, Mama?« Ich wusste, das war boshaft, aber ich konnte nicht anders.

Mama schaute einen Moment weg. Als sie sich wieder umdrehte, sah ich Tränen in ihren Augen.

»Du bist ein lieber sechzehnjähriger Dummkopf. Es gibt noch so viel, was du begreifen musst.«

Ich wartete. »Was denn?«

»Du, deine Babuschka und ich, wir sind … so gleich. Wir haben uns alle Hals über Kopf verliebt.«

»*Babuschka?*«

»Ja, Babuschka.«

»Sie hat mir nie erzählt, wie sie sich verliebt hat.«

»Es ist lange her, und sie ist eine kluge Dame.«

»Aber Mama, was ist klug daran, Geschichten zu verheimlichen? Sie weiß doch, dass ich sie liebe.«

»Sie weiß, dass du ihr *deine* Geschichte erzählen musst, also hört sie zu und erzählt nicht von sich.«

»War es dein Papa, in den sie sich damals verliebte, oder gab es noch jemand anderen?«

»Nein, es war mein Vater, dein Großvater. Sie ist mit ihm durchgebrannt, obwohl ihre Eltern die Verbindung verboten hatten. Da war sie so alt wie du, sechzehn. Er, mein Vater, war sechsundzwanzig. Und ich war acht, als er starb.«

»Wie hat Babuschka das geschafft?«

»Na ja, es waren harte Zeiten – keine Medikamente, nicht genügend Ärzte. Als er tot war, verwöhnte sie mich. Ich war ihr Goldkind. Je älter ich wurde, desto mehr sah ich, welche Opfer sie brachte. Sie fegte Straßen, ging bei anderen Leuten putzen, suchte nach etwas zu essen. Und wir haben überlebt. Alles, was ich heute bin, habe ich ihr zu verdanken. Vielleicht war ich zu verwöhnt für Papa.«

Ich sagte nichts. Wie konnte meine immer hart arbeitende Mutter zu verwöhnt sein?

»Du warst klug und schön, Mama. Du warst die Beste in Mathematik und du sahst großartig aus. Warum sollte sich Papa nicht in dich verlieben? Noch dazu, wenn er ein hervorragender Physiker war.«

»Er war sehr charmant, Veruschka. Er saß auf dem Sofa im Wohnzimmer und plauderte mit Babuschka, als ob er alle Zeit der Welt hätte. Und er brachte sie so zum Lachen, wie ich sie seit Jahren nicht hatte lachen hören.«

Sie schaute hinab auf ihre Hände, berührte den Finger dort, wo sie den Ehering getragen hatte. »Es gab eine Zeit, da waren wir unzertrennlich.«

»Wie Sergej und ich.«

»Ja. Ich weiß noch, wie dein Papa darauf wartete, etwas über seine Forschungen für die Doktorarbeit zu erfahren. Nichts war ihm wichtiger, als für seine weit gediehenen Forschungen anerkannt zu werden – nichts, auch ich nicht.«

»Was willst du denn damit sagen? Dass Sergejs Selbstm…, dass das, was Sergej sich angetan hat, wichtiger war als ich?«

»Nein, nein, das sage ich nicht. Aber er hatte eine geheime Welt, von der er dir nichts erzählt hat. Entweder hatte er Angst davor, oder er konnte es einfach nicht. Und dein Papa hatte auch seine eigene Welt, seine Geheimnisse und seinen Ehrgeiz. Ich war nicht Teil jener Welt. Dein Vater konnte Stunden mit Menschen verbringen, von denen er glaubte, sie würden seiner Karriere helfen, Menschen, die ich nie kennen lernte.«

Und ich erinnerte mich an die Nachmittage, an denen Sergej mit mir auf einer Bank unter den Bäumen des Primorski-Boulevard saß und mich festhielt, aber ich spürte, dass er Tausende Kilometer entfernt war. Oder an die Abende mit Freunden, an denen ich sah, wie eine dunkle Wolke über sein Gesicht zog und er verstummte.

»Tut es dir Leid, dass du Papa geheiratet hast, Mama?«

»Nein, ich habe ihn geliebt. Als er wegen seiner Forschungen für die Doktorarbeit akzeptiert wurde und eine Lehrstelle an der Fakultät bekam, beschlossen wir zu heiraten. Ich dachte, egal, was passiert, was er tut, die Zeit mit ihm ist jeden Schmerz wert.«

»Werde ich das Gleiche über meinen Schmerz empfinden?«

»Das weiß ich nicht, kleiner Spatz. Ich hoffe es. Es ist besser als Wut.«

»Wann hast du herausgefunden, dass Papa Jude ist?«

»Wir haben nicht als Juden geheiratet – wir wurden im Rathaus von einem Standesbeamten getraut. Es war das erste und letzte Mal, dass ich seine Eltern traf.«

»Meine Großeltern?«

»Ja, es war seine Mutter, die mir erklärte, der Name der Familie sei einmal Brodsky gewesen.«

»Wie konntest du ihn bloß lieben, nachdem er dich so belogen hatte?«

»Veruschka, Liebe ist etwas Merkwürdiges. Sie hat genauso viele Variationen wie ein Violinkonzert. Papa ist geistreich und faszinierend, er kann die Vögel vom Baum herunterzaubern. Ich glaube nicht, dass er mich belogen hat – ich glaube, er hatte Angst und hat sie noch immer, echte Angst davor, was die Zukunft bringen könnte. Vielleicht weil er gesehen hat, wie sein eigener Vater litt. Ich weiß es nicht. Wenn man älter wird, wird man ängstlicher.«

Ich erzählte Irena nichts von alldem. Irena hatte Sergej wie einen Bruder geliebt, und sie bewunderte Papa. Mit ihren zwölf Jahren war sie natürlich zu jung, um mir zu helfen oder Schmerz und Wut mit mir zu teilen. Wenn Großvater Brodsky es schaffte, den Gulag zu überleben, dann konnte ich ja wohl allein nach Israel gehen und ein neues Leben beginnen.

Ich legte Sergejs Fotos in meinen Koffer zu all seinen Briefen und Geburtstagskarten, die ich aufgehoben hatte. Ich würde Sergej mit nach Israel nehmen.

Der Verkehr läuft auf einer Spur zusammen. Vor uns liegt der Flughafeneingang. Jedes Fahrzeug wird durch eine Reihe von Straßensperren geschleust. Wir werden langsam und kommen nur noch schleppend vorwärts. Plötzlich bremst der Busfahrer scharf. Vor uns wurde ein grauweißer Lieferwagen angehalten. Ich schiebe das Fenster auf und schaue nach vorn. Ein Grenzschutzsoldat mit dicker, gepolsterter Weste, der eine M-16 trägt, befiehlt dem Fahrer des Wagens auszusteigen. Er bedeutet ihm, die Hecktür des Fahrzeugs zu öffnen. Ein anderer Soldat kommt dazu. Die drei gehen nach hinten. Sie wechseln kein Wort. Der erste Soldat öffnet die Hecktür und tritt ein paar vorsichtige Schritte zurück. Er beobachtet, wie die anderen beiden Soldaten in die Reifen und in einen Paketstapel stochern. Ich achte auf seinen Gesichtsausdruck. Der Fahrer tut mir Leid. Ich erinnere mich, wie ich am Flughafen von Odessa vor dem Passbeamten stand. Ich hatte mich damals gefühlt wie ein Käfer.

Aber das Gesicht des Fahrers zeigt keine Reaktion. Ich sehe, wie er mit dem Fuß auf den Asphalt klopft. Ist das Nervosität, hat er etwas zu verbergen? Eine Bombe? Hinten im Lieferwagen sitzt eine stark verhüllte Araberin neben den Paketen und Bündeln und starrt heraus zu den Soldaten. Sie wiegt ein schreiendes Baby, das wahrscheinlich von dem plötzlichen Halt aufgewacht ist. Die Soldaten ignorieren Mutter und Kind. Immer noch sagt niemand etwas, kein einziges Wort. Der hagere Soldat, der, der am jüngsten aussieht, schlägt die Hecktür wieder zu. Die anderen beiden Soldaten signalisieren dem Araber mit Gesten, dass er wieder einsteigen und zum Flughafen weiterfahren kann.

Der Fahrer springt schnell in den Lieferwagen und lässt den Motor an. Der größte der drei Soldaten geht in das niedrige Gebäude neben dem Checkpoint. Sein Gewehr schlägt gegen die Schale mit den Geranien neben der Tür. Ich muss unbedingt daran denken, Baruch zu erzählen, dass es am Checkpoint Blumen gibt, obwohl er doch jederzeit in die Luft fliegen kann.

Der Busfahrer drückt den Türknopf, und sie schwingt auf. Der hagere Soldat steckt den Kopf herein, schaut sich um und streckt den Daumen nach oben – »*B'seder, habibi*«. Alles okay, Kumpel.

Ich lasse mein Fenster offen. Die warme Brise ist angenehm.

9:35 UHR **Baruch Ben Tov** Kibbuz Broschim, Jüdäisches Bergland

Meine Hände drücken die feuchte Erde fest. Im Radio wird der letzte Satz von Beethovens Neunter gespielt. Ich topfe fünfzig Geranienableger ein. Wird diese Arbeit Thomas Wanninger, dem Gymnasiasten aus Berlin, genauso viel Freude machen wie mir? In der Bewerbung hat er Gartenarbeit als seine erste Wahl angekreuzt, gefolgt von Kuhställen. Eigenartig – das erste Mal, dass ein Junge, der zu uns kommt, mit Gewächsen und Blumen zu tun haben will.

Vera ist unruhig, weil sie sein Kibbuz-Partner ist. Es ist das erste Mal, dass ihr ein männlicher Jugendlicher zugeteilt wird – ich glaube, das ist es, was sie verunsichert. Ich habe ihr gesagt, sie wird das schon hinkriegen. Sie hat noch bei keiner Aufgabe versagt.

Gewöhnlich bekomme ich beim Mähen und Unkrautjäten Hilfe von Praktikanten. Praktikanten arbeiten am liebsten auf dem Traktor, an der Bewässerungsanlage oder reparieren Wege und Zäune. Einen Praktikanten, der sich fürs Eintopfen interessiert oder dafür, zu lernen, wie man Pflanzen pfropft, habe ich noch nie gehabt. Thomas hat auch extra den Wunsch geäußert, nach Jerusalem fahren zu dürfen. Vielleicht ist er ja religiös und an den Kirchen dort und den heiligen Stätten interessiert.

Vera ist natürlich etwas Besonderes. Sie will eine Botanikerin werden. Aus dem fürsorglichen Umgang mit den Pflanzen scheint sie etwas ganz Persönliches für sich zu ziehen. Es gibt so viel, was sie dem Jungen beibringen kann.

In den drei Jahren, die sie jetzt hier ist, ist sie für mich wie eine Enkelin geworden. Ich nenne sie meine Prinzessin. Sie erinnert mich an niemanden aus meiner Vergangenheit, und das ist eine Wohltat für mich. Es liegt etwas Königliches in ihrer Arbeit, der Art, wie sie ihren Kopf neigt – als ob eine Prinzessin ihren Untertanen lauscht. Sie ist blond, schlank, groß genug, um mit Leichtigkeit an alle Regale in den Gartenschuppen zu kommen. Eigentlich ist sie ein sehr glücklicher Mensch, aber als wenn sich eine vorüberziehende Wolke vor die Sonne schiebt, wird sie plötzlich traurig. Ich frage sie dann, was los ist, doch sie antwortet stets: »Nichts.« In diesem Jahr hat sie mir mehr erzählt. Von Odessa, von ihrer Familie und von einem Jungen namens Sergej. Jemand, den sie geliebt hat, der aber nicht mit nach Israel gekommen ist. Warum, hat sie nicht gesagt. Jetzt, da sie Dan hat, ist sie vielleicht eher bereit, darüber zu sprechen.

Ich erzähle ihr nichts von meiner Vergangenheit, aber es wagt auch niemand zu fragen, selbst Vera nicht. Alle im Kibbuz schleichen um meine Vergangenheit herum, als wäre sie ein Stück verbrannte Erde, das nicht betreten werden darf.

Vor ein paar Monaten sagte sie: »Ich will, dass du etwas weißt, Baruch. Der Name meines Vaters ist Alex Uschakow. Nicht Brodsky. Wenn er dir je schreiben sollte, um nach mir zu fragen, antworte nicht. Schreib ihm kein Wort zurück.«

»Woher sollte er von mir wissen?«

»Vielleicht hat er ja meine kleine Schwester bestochen, damit sie ihm meine Briefe zeigt.«

Ich war schockiert über das, was sie mir sagte, und über die wilde Entschlossenheit in ihrem Gesicht.

»Versprichst du mir das, Baruch?«

»Ja«, antwortete ich.

Die Beethoven-Symphonie ist zu Ende. Das piepsende Zeitzeichen ertönt. »Guten Morgen. Hier sind die Zehn-Uhr-Nachrichten.« Ich schaue auf meine Uhr. Tatsächlich, schon zehn.

»Gestern Abend wurden aufgrund dringender Warnungen vor Terrorüberfällen besondere Sicherheitsmaßnahmen über den Großraum Jerusalem verhängt. Die Polizei hat ihre Überwachung verschärft und illegale palästinensische Arbeiter festgenommen und verhört. Alle gestohlenen Fahrzeuge werden überprüft, um ihre Verwendung als Autobombe zu verhindern. Gestern explodierte eine Bombe neben einem Bus, der auf der Autobahn von Haifa nach Tel Aviv unterwegs war. Der Bus wurde zerstört, doch niemand wurde verletzt.

Die Wettervorhersage für heute: In allen Landesteilen heiß, mit zunehmender Feuchtigkeit in den Küstenregionen. Die nächsten planmäßigen Nachrichten folgen um elf Uhr. Wir setzen jetzt unser Programm mit klassischer Musik fort.«

Kein Grund zur Besorgnis. Es ist nicht das erste Mal, dass sie einen Praktikanten abholt. Vera ist sehr reif für ihre neunzehn Jahre, und sie fährt mit dem Direktbus zum Flughafen, der nur ein Mal hält. Sie ist ein vernünftiges Mädchen, das nicht in Panik verfällt.

Vom Flughafen zum Kibbuz werden sie und der deutsche Junge, dieser Thomas Wanninger, auf der Autobahn 1 fahren, fernab vom Jerusalemer Stadtzentrum. Keine Gefahr.

Ich höre die ersten Takte eines Mozart-Klavierkonzerts, drehe die Lautstärke auf und summe mit. Ich bin fast fertig mit den Geranienablegern.

Thomas Wanninger El-Al-Flug 01: SXF–TLV (Berlin–Tel Aviv) *10:30 UHR*

Ich werde ein völlig Fremder in einem fremden Land sein. Die Maschine fliegt jetzt über die Küste Israels. Das Mittelmeer ist eine große tiefblaue Fläche, die in Küstennähe von einzelnen Abschnitten aus seichtem grünem Wasser durchsetzt ist. Ich bin überrascht von den Hochhäusern Tel Avivs – wieso habe ich geglaubt, dort gäbe es Wüste und Kamele? Wir fliegen über Israel, jetzt sehe ich Farmen, kleine rot gedeckte Häuser, und Palmen. Der Pilot fordert uns auf, die Sitzgurte anzuschnallen, die Sitze wieder in die aufrechte Position zu bringen und uns auf die Landung vorzubereiten. Es ist 10:30 Uhr Ortszeit, die Temperatur beträgt 30° Celsius. Kein Regen mehr, kein

Nebel, keine Mäntel und keine Regenschirme, Tommi, sage ich mir und grinse.

»Ihr erster Besuch in Israel?«, fragt der Flugbegleiter.

»Ja.«

»Dann eine schöne Zeit.«

Während ich die Stufen vom Flugzeug heruntersteige, schlägt eine Welle der alten Furcht über mir zusammen. Das gleiche Gefühl, das ich jedes Mal hatte, wenn ich ins Krankenhaus ging, um meinen Vater zu besuchen. Die Angst, dass er vor meinen Augen sterben könnte. Wenn ich den Krankenhausflur entlangging, atmete ich, als ob ich hundert Kilometer gerannt wäre. Genauso fühle ich mich jetzt. Was, verdammt noch mal, tue ich hier? Ganz allein. Ich könnte getötet werden. Wer hat die Zeit, sich in diesem Land um ein deutsches Kind zu kümmern? Es war ein Fehler, hierher zu kommen. Und ich werde nichts, gar nichts herausfinden.

Das grelle Licht der Sonne lässt mich blinzeln, und ich spüre die Hitze im Nacken. Fast stolpere ich. Meine Füße beginnen in den Winterstiefeln zu schwitzen. Ich hätte Sandalen anziehen sollen. Thomas Wanninger, der Verbannte von einem anderen Stern. Ich ziehe mein Sweatshirt aus. Auf einmal sehe ich, wie jemand mein T-Shirt angrinst.

»Hey, wie gut, noch einen Fußballfan in Israel zu haben. Deine Lieblingsmannschaft?«, fragt er und betrachtet das Logo auf meinem Shirt. Er spricht Englisch mit Akzent. Vielleicht ist er ein Israeli.

»Ja, Arminia Berlin«, sage ich.

»Ich hoffe, das sind echte Sieger, Kumpel. Ich wünsch dir viel Spaß hier, *Schalom.*« Er lächelt und geht weiter.

Da er kein Gepäck hat, nehme ich an, er ist Israeli. Ich fühle mich besser. Es kann hier gar nicht schlecht sein, wenn die Leute was von Fußball verstehen.

»Wartet jemand im Ankunftsterminal auf Sie?« Es ist eine Frau in Flughafenuniform.

»Ja, ich fahre in einen Kibbuz. Jemand von dort holt mich ab.«

»Ich gehöre zum Bodenpersonal.« Sie lächelt. »Wenn Sie Ihr Gepäck haben, gehen Sie dort entlang.« Sie deutet auf einen grünen Pfeil.

Ich ziehe das Blatt mit den Anweisungen aus meiner Hosentasche und schaue noch einmal auf den Namen – Vera Brodsky.

Dan Oron Israelische Militärpatrouille, Palästinensische Verwaltung 10:30 UHR

Es hat zwei Überfälle gegeben, einen von einer Straßenseite, den anderen auf die Randgebiete einer Siedlung. Drei Tote, drei Verletzte. Einer davon ein Typ, den ich kannte. Ein Heckenschütze hat ihn erwischt.

Unser Urlaub ist gestrichen. Ich konnte Vera nicht erreichen, um ihr Bescheid zu sagen. Hab eine Nachricht auf dem Handy meines Dads hinterlassen.

Na ja, so ist es nun mal in der Armee. Das einzig Sichere ist, dass nichts sicher ist. Also stehe ich in meinem Kampfanzug und bin einsatzbereit.

Hinten im Jeep sagt keiner ein Wort. Wir denken an morgen, an nächstes Jahr – nur nicht an heute. Auf diese Weise überstehen wir den Tag. Wir kommen durch eine Ansammlung von Dörfern inmitten silbrig grüner Olivenhaine, Frauen hängen Wäsche auf, Ziegen grasen. Wer weiß, was hier unter den Feldern liegt: römische Forts, byzantinische Mosaiken, paläolithische Werkzeuge, die alle nur darauf warten, von Archäologen entdeckt zu werden. Vielleicht werde ich ja der glückliche Archäologe sein. Meine Studienbewerbung liegt vor. Vera muss sich noch entscheiden.

Der Jeep fährt von der Autobahn ab. Über den flachen Feldern liegt ein gerader Streifen blauer Himmel. So blau wie Veras Augen. Meine wunderschöne Vera.

»Es sind die beiden Häuser unten an der Straße.«

»Umstellen wir sie oder gehen wir rein, Sergeant?«, frage ich.

»Wir gehen rein und holen alle raus.«

»Frauen und Kinder?«

»Ja, alle. Wir müssen die Gebäude durchsuchen.«

Sieben von uns gehen die staubige Straße entlang. Vorsichtig. Meine Füße schwitzen; in den Stiefeln steht wahrscheinlich schon das Wasser. Ich versuche, in dem grellen Sonnenlicht etwas zu sehen, und ziele mit der M-16 von links nach rechts, dann von rechts nach links, wie ein Metronom. Jemand hat auf einem *taboun* am Eingang eines halb leeren Lebensmittelladens *pitot* gebacken. Ich habe Hunger, und der Duft des frischen Brotes ist fast unwiderstehlich, doch wir gehen weiter auf den Hügel zu. Unsere oliv und graubraun gefleckten Uniformen fügen sich gut in den Staub.

Der mit Sandsäcken geschützte gepanzerte Mannschaftswagen ist uns gefolgt und wartet mit laufendem Motor oben auf dem Hügel. Falls hier vorher Leute auf der Dorfstraße gestanden haben, dann sind sie jetzt alle verschwunden. Wer immer gerade dabei war, Wäsche aufzuhängen, hat ein Hemd vergessen, das nun wie ein einarmiger Mann herabbaumelt. Die Kinder, die spielten, haben offenbar erst vor wenigen Sekunden den Ball fallen lassen, denn er rollt noch vor sich hin. Die Häuser sind fest verschlossen, doch ich weiß, dass wir beobachtet werden. Zebedeid wirkt verlassen, aber wir alle wissen, dass es nicht verlassen ist.

Wir gehen auf das erste der beiden Häuser zu. Niemand spricht. Der Sergeant stößt mit dem Stiefel gegen die blassblaue Eisentür.

»*Iftach!*«, ruft er. Aufmachen!

Sein Befehl hallt die Straße rauf und runter. Die Tür öffnet sich leicht, und ich sehe Kopf und Schultern einer Frau.

»Wo ist dein Sohn Sameh?«, fragt der Sergeant. Er stemmt sich gegen die Tür. Die Frau tritt zurück. Die Tür schwingt auf.

Vera Brodsky Ankunftsterminal, Flughafen Ben Gurion *10:30 UHR*

Ein Mann tritt durch die Doppeltür und schiebt einen Wagen mit zwei aufeinander gestapelten Koffern. Komisch, wie sehr er meinem Vater ähnelt. Was für ein Witz, mein Vater kommt her, um mich zu sehen. *Ich vermisse dich, Veruschka. Komm wieder nach Hause.*

Der Mann tritt näher – nein, ein ganz gewöhnlicher Mann, der überhaupt nicht wie mein Vater aussieht. Ich halte das Pappschild über meinen Kopf: THOMAS WANNINGER.

10:45 UHR Dan Oron Israelische Militärpatrouille, Palästinensische Verwaltung

»Was ist da drinnen los? Over.«

Es ist der Offizier in dem gepanzerten Mannschaftswagen. Ich antworte.

»Empfangen. Hier nichts. Von den anderen Kindern ist keins zu Hause, nur die Mutter. Sameh ist weg. Die Mutter weiß nichts. Sie redet nicht. Schwört nur, sie hat ihn über eine Woche lang nicht gesehen. Er ist ein guter Junge und Omar ist ein guter Junge. Sie weiß nicht, wo ihr Sohn ist. Ihre Antworten geben uns nicht den geringsten Hinweis, außer dass Omar sein Kumpel ist. Over.«

Wir treten rückwärts aus dem Haus, das aus Betonsteinen errichtet ist. Die Eisentür fällt laut scheppernd hinter uns zu, aber wir hören die Frau drinnen weinen. Es ist eher ein Wimmern. Die Uniform klebt mir am Körper, wir stinken alle nach Schweiß. Die Fliegen schwirren um unsere Gesichter. Meine Lippen fühlen sich an wie aufgerissen. Ich wische mit dem Ärmel drüber. Es ist weder die Zeit noch der Ort, stehen zu bleiben, um meine Feldflasche mit Wasser zu öffnen.

Die Sonne wirft unsere Schatten auf eine Betonmauer, auf die in Rot und Schwarz Schlagwörter in arabischer Sprache gesprayt sind: *Yahud* – Jude, wir. Porträts von zwei Selbstmordattentätern sind oben über die Sprüche gemalt, junge Kerle aus diesem Dorf, die sich selbst in die Luft gesprengt haben und jetzt die Märtyrer von Zebedeid sind.

Für uns ist Tod kein Schlagwort, sondern ganz unmittelbar. Wir gehen weiter, ohne zu reden, unsere M-16 schweifen hin und her. Es ist heiß. Unglaublich, wie trocken mein Mund ist und wie sehr mein Körper stinkt. Selbst Vera würde mich jetzt nicht lieben. Meine Ausrüstung klebt wie Leim. Keiner von uns will sterben. Nicht hier, nicht jetzt. Wir bewegen uns vorsichtig. Niemand sagt etwas, es gibt nichts zu sagen, wir haben so etwas schon oft genug gemacht. Ohne zu reden, bewegen wir uns auf das zweite Haus zu. Wir umzingeln es.

»*Iftach!*« – Aufmachen!

Ein alter Mann öffnet die hölzerne Tür und ruft: »Es ist niemand da!« Er hält einen Vogelkäfig in der Hand. Die zwei Kanarienvögel darin flattern hin und her. Sie hacken gegen die Stangen und geben piepsende Laute von sich. Drei von uns schieben sich an dem alten Mann vorbei und gehen hinein. Er zuckt die Schultern und setzt sich auf einen rostigen alten Küchenstuhl.

Wir werfen die Möbel um, das bisschen, was da ist. Ich reiße Schubladen auf und knalle sie wieder zu, aber es gibt keine Pistolen, auch keine verdächtigen Drähte oder Zeituhren, die dazu dienen könnten, Bomben zusammenzusetzen. Ich drehe mich um und sehe den alten Mann an. Er schaut zurück und schließt dann die Augen.

Der Sergeant drängt zum Aufbruch. Die Soldaten, die das Haus umstellt haben, sammeln sich vorn. Ich gebe dem gepanzerten Mannschaftswagen das Signal, wieder vom Hügel herunterzufahren.

Vera Brodsky Ankunftsterminal, Flughafen Ben Gurion *11:00 UHR*

Ich bin sicher, der große Junge da mit dem weißen T-Shirt, den ausgewaschenen Jeans und den schweren Stiefeln ist Thomas Wanninger, auch wenn er nicht sehr deutsch aussieht. Seine Haare sind dunkel und lockig. Irgendetwas an ihm wirkt beinah jüdisch. Wahrscheinlich wäre es ihm nicht recht, wenn das jemand zu ihm sagte. Ich trage Jeans, die gleichen wie er. Ich habe ein T-Shirt an, er auch. Ich bin neunzehn, er ist sechzehn, drei Jahre jünger als ich, doch ich fühle mich mindestens hundert Jahre älter als er. Ich bin Teil dieser Landschaft, er ist ein Fremder.

Ich halte das Schild über meinen Kopf. Er entdeckt es und winkt. Er macht sich nicht die Mühe, einen Trolley zu besorgen – trägt seinen Koffer selbst.

11.00 UHR **Thomas Wanninger** Ankunftsterminal, Flughafen Ben Gurion

Ich sehe ein Mädchen, das ein Schild mit meinem Namen schwenkt. Das Terminal ist voll von Menschen. Das verblüfft mich. Wieso habe ich geglaubt, jeder in diesem Land lebt hinter verschlossenen Türen, sitzt in seinem Haus fest und hat Angst, nach draußen zu gehen? Das hier habe ich jedenfalls nicht erwartet, es hat nichts zu tun mit dem, was in den Fernsehnachrichten zu sehen ist. Alle wirken ganz locker, Leute lachen, küssen und umarmen Besucher – wie in einem Terminal, wo die Menschen zum Urlaubmachen ankommen. Mutti war so besorgt, und das wegen nichts.

Massen von Leuten strömen vor mir aus dem Gepäckausgabe-Bereich. Die Schlange kriecht nur langsam auf die Wartezone zu. Das gibt mir Zeit, die ganzen Läden anzuschauen. Ich kann kaum fassen, wie viele von ihnen Reklameschilder auf Englisch haben: ICE CREAM,

MONEY CHANGED, RENT-A-CAR, FRESH FLOWERS. Ich gehe auf das große blonde Mädchen zu. Sie sieht nicht viel älter aus als ich, vielleicht wie neunzehn, zwanzig. Ich weiß nicht, wieso, aber ich hatte jemand Älteren erwartet, so eine Art Lehrer oder Reiseleiter.

Ich schwitze vor Anstrengung, mit dem Koffer niemanden anzustoßen. Das Terminal ist rappelvoll, rauszukommen ist, als bewege man sich durch Leim. Das Schieben und Schubsen verläuft in tausend verschiedenen Sprachen. »Entschuldigung.« – »Darf ich?« – »Wo ist der Ausgang?« Es ist wie bei einer Party, zu der jeder will. Niemand ist wütend. Es dauert gute fünf Minuten, bis ich da ankomme, wo sie steht.

Leute, die winken, Leute in Sandalen, Babys in Sportwagen, Hunde, die zu Füßen ihrer Besitzer herumjaulen, völlig normal, alles ist völlig normal. Erstaunlich.

»Hi, ich bin Thomas Wanninger.« Und dann lache ich. »Aber das weißt du ja.« Vera ist hübsch, sehr hübsch und blonder als Christina, mit blaueren Augen als Christinas. Sie entspricht in keiner Weise Christinas Vorstellung von einem jüdischen Mädchen. Ha! Diesen Moment werde ich mir merken müssen.

Vera Brodsky Ankunftsterminal, Flughafen Ben Gurion 11:05 UHR

Ich sehe die Erleichterung in seinem Gesicht. Ich weiß, was er denkt. Es ist so normal hier, ein Flughafen wie jeder andere auf der Welt. Er muss Angst gehabt haben, hierher zu kommen. Ich frage mich, wie er seine Mutter dazu gebracht hat, ihm das zu erlauben. Kein Vater, keine Geschwister – wahrscheinlich war es verdammt schwer für ihn, sie zu überreden. Was es wohl war, das ihn getrieben hat, hierher zu kommen, mitten in eine *Intifada*, bei der es fast jeden Tag Verletzte und Tote sowohl unter Palästinensern als auch unter Israelis gibt?

»*Schalom*, Thomas, ich bin Vera Brodsky. Mein Name steht auf deinem Reisebogen.« Wenn ich »mein Name« sage, fühle ich mich wieder so, wie es mir Babuschka prophezeit hat – stark und unabhängig. Komisch, dass das Gefühl ausgerechnet heute so vehement ist, nach mehr als drei Jahren. Und in Gegenwart dieses Jungen. Es ist ein wunderschöner Frühlingstag, und ich werde auf Thomas Wanninger aufpassen, weil mir die Leute vertrauen und weil sie wissen, dass ich es schaffe.

»Ich hoffe, dein Koffer ist nicht zu schwer, denn wir müssen rennen, damit wir den Bus noch erwischen. Unsere Haltestelle ist am anderen Ende des Terminals, draußen, neben dem Eingang.«

Er nickt. »Kein Problem. Meine Beine sind ziemlich lang.«

»Gut. Meine auch.«

Wir lachen, und dann bahnen wir uns einen Weg durch die Massen von Menschen. »Wenn wir ihn verpassen, müssen wir anderthalb Stunden warten, bevor der nächste kommt. Der jetzt fährt direkt, mit nur zwei Haltestellen bis Jerusalem. Die erste ist ein Restaurant, wo der Bus hält, damit man sich was zu trinken holen oder aufs Klo gehen kann, und außerdem, um Soldaten mitzunehmen, die nach Jerusalem müssen. Die Haltestelle danach ist schon Broschim.«

Thomas Wanninger Flughafen Ben Gurion 11:07 UHR

Wir rennen beide, und durch den ganzen Lärm im Terminal brüllt sie mir eine Erklärung zu. Dann sind wir draußen und laufen halb gehend, halb rennend den Bürgersteig entlang. Sie hat ihr Haar zu einem langen Zopf gebunden und trägt große silberne Ohrringe. Christina hat auch so ein Paar – sie nennt sie Zigeuner-Ohrringe.

»Wie bezahle ich eigentlich im Bus, Vera? Ich hab kein israelisches Geld.«

»Keine Sorge. Ich habe genug für uns beide.«

»Ich zahl es dir zurück, wenn ich Geld getauscht hab«, sage ich.

»Ist nicht mein Geld – das zahlt der Kibbuz.«

»Was muss ich dann tun, um es zurückzuzahlen?«

»Oh, etwa fünfhundert Stunden arbeiten«, antwortet sie und grinst mich an.

»Sklavenarbeit, meinst du?«, sage ich und grinse zurück.

»Genau. Da ist der Bus, an der Haltestelle, lauf!«

Wir laufen beide auf den Bus zu. Ich sehe, wie der Fahrer uns mit der Hand ein Zeichen gibt, dass wir langsam machen sollen. Er wird warten.

Vera Brodsky Bus der Linie 9 vom Flughafen Ben Gurion nach Jerusalem 11:08 UHR

Gut, dass Thomas ein starker Läufer ist, obwohl ich sehe, wie der Busfahrer uns anzeigt, dass er auf uns wartet. Wir sind die Letzten, die einsteigen. Thomas will nach hinten durchgehen. Aber dort kann ich keine Plätze nebeneinander entdecken. Ich zeige auf zwei freie Plätze in der zweiten Reihe, vorne rechts im Bus. Er setzt sich schon hin, während ich das Geld raushole, um die Fahrscheine zu bezahlen.

10:08 UHR (BERLINER ZEIT) **Ilse Wanninger** Aachener Straße 366, Berlin

»Guten Tag, ist da der Kibbuz, Kibbuz Broschim? … Entschuldigung … Ja, ich versuche, lauter zu sprechen, die Verbindung ist sehr schlecht. Ich möchte mit einem deutschen Schüler sprechen, der im Kibbuz arbeitet … Er heißt Thomas Wanninger … Heute … Ah, verstehe. Mindestens eine halbe Stunde? … Kann ich vielleicht eine Nachricht hinterlassen? … Danke. Könnten Sie ihm ausrichten, dass seine Mutter angerufen hat. Es geht darum, dass ich für ein paar Tage aus Berlin wegfahre. Nach Augsburg. Danke. Ach, und sagen Sie ihm, ich rufe wieder an, wenn ich zurück bin. Auf Wiederhören.«

11:08 UHR **Sameh Laham** Yoni's Diner, Autobahn 1

Heute empfiehlt der Chef Kohlroulade und Hamburger in seinem Lokal. In der Küche steht ein hoher Stapel Töpfe und Pfannen; das Spülbecken ist vor lauter Fleischresten verstopft. Der Chef lehnt an der Schwingtür der Küche.

»Alles in Ordnung, Sameh? Geht's deiner Mutter wieder besser? Du wirst doch nicht noch mal freinehmen?« Der Chef wartet nicht, bis ich antworte. Ich bin hier, um abzuwaschen, aufzuwischen, Sachen zu schleppen – nicht, um mich mit ihm zu unterhalten.

»Nächste Woche, Sameh, nächste Woche ist es vorbei. Mein Yoni, mein Junge, wird endlich in Sicherheit sein. Dann wird es besser, Sameh. Eine Party, ich werde eine Party ausrichten. Hier, eine richtige Party. Zu dumm, dass wir deine Mutter nicht an den Barrikaden vorbeischleusen können. Sie würde bestimmt eine echte *hafla* machen, nicht wahr? Bei euch weiß man doch, wie man diese gefüllten Weinblätter zubereitet, die *makluba*, und all die anderen Gerichte.

Mein Yoni, endlich ist sein Militärdienst vorbei. Ich kann es noch gar nicht glauben. Drei Jahre, und Gott sei Dank nicht einen Kratzer abbekommen – weder bei einem Überfall erschossen, noch in so einem Terroristendorf gesteinigt worden. Nur einen Bart versucht er sich wachsen zu lassen.« Er lacht, mein Chef. Seit heute Morgen hört er nicht auf zu reden – er ist in guter Stimmung. Ich auch. Ich komme aus dieser Scheißsituation raus, aus diesem Krieg, dieser Besatzung.

Der Chef erwähnt immer wieder meine Mutter, wie sie kocht und was sie kocht, dabei kennt er sie gar nicht. Er glaubt, wenn es »Frieden« gibt, werde ich seine Toiletten putzen, und meine Mutter kocht dann in seiner Küche.

Meine Mutter steht immer um fünf Uhr auf. Sie braucht keine Uhr, denn Rifat Jabaris Hahn im Hof des Hauses hinter unserem schreit schon seit mindestens einer halben Stunde. Wenn sie den Kessel auf den Herd gesetzt hat, weckt sie meine Brüder. Sie grummeln, sie stöhnen, sie gähnen, aber sie ziehen sich an, und dann gibt sie jedem ein Glas Minztee. Meine Mutter lässt keinen von ihnen am Tisch sitzen und träumen. Sie müssen schnell aus dem Haus und los, um den Militärstreifen zu entkommen, die auf den Straßen rings um die israelischen Städte nach palästinensischen Jungen suchen.

Die vier Jungen laufen mit Plastiktüten, die sie entweder auf dem Rücken tragen oder auf ihren Köpfen balancieren, von Dorf zu Dorf. Die Tüten sind voller T-Shirts, Mädchenkleider, Messer- und Gabelsets. Die Jungen trinken Wasser aus den Brunnen der Moscheen, sie ruhen sich im Schatten der Pinien aus, sie öffnen ihre Taschen auf staubigen Gehwegen neben Verkehrsampeln und Obstständen. Sie laufen, laufen, laufen herum. Ein guter Tag bedeutet, dass sie sich in ein israelisches Dorf schleichen können, in die Nähe eines Marktes oder einer Tankstelle, und einem der Vorbeigehenden, der auf der Suche nach einem Schnäppchen ist, etwas verkaufen. In der Nacht kehren sie zurück nach Hause. Manchmal bringen sie ein paar israelische Schekel mit, die sie meiner Mutter geben.

Und mein Chef wartet auf den Frieden und darauf, dass meine Mutter in sein Lokal kommt und für ihn kocht. Meine Mutter hat längst vergessen, wie man Fleisch oder Huhn macht. So was hat sie schon seit Jahren nicht mehr gekocht. Aber morgen wird sie genau das bekommen.

11:08 UHR **Omar Joulani** Tankstelle im Industriegebiet von Jerusalem

Der Mann, dem dieser Lieferwagen gehört, ist ein Fan des englischen Fußballs – auf dem Vordersitz hängt ein Manchester-United-Wimpel. Auch ich bin Manchester-United-Fan. Trotzdem macht das diesen Israeli und mich nicht zu Freunden. Man kann nicht mit jemandem, der dämlich ist, befreundet sein, mit jemandem, der so dämlich ist, dass er seine Schlüssel im Auto lässt. Weil ihm die Tankstelle gehört, glaubt er, sein Lieferwagen wird nicht gestohlen. Ich weiß alles über ihn, diesen Roni Abulafia, denn ich habe ihn und seine Tankstelle, seine Angestellten und seine Kinder beobachtet. Selbst als mich die Polizei holte, um mich zu verhören, schaffte ich es, gleich wieder herzukommen. Was beweist, wie schlau ich bin. Wir reden über Fußball, einmal hat er mir sogar gesagt, ich sollte in der Nähe bleiben, weil der beste Torwart von ganz Israel käme, um seinen Volvo tunen zu lassen. »Er gibt dir bestimmt ein Autogramm, Omar. Ich sag's ihm.«

Ich schlafe in Mr Ronis Waschanlage, hinten drin, das geht ganz leicht, ganz einfach. Heute wird es für Mr Israelischer Tankstellenbesitzer eine große Überraschung geben. Wenn ich die Zeit hätte, wenn ich es wollte, dann könnte ich diesem Juden zeigen, wie ich Fußball spiele. Ich stamme aus Jabel Fahm, aber ich bin gut genug für jede Mannschaft in Europa. Wen interessiert das im Moment, ein Fußballstar zu sein? Es gibt Wichtigeres im Leben als Fußball oder Tankstellen oder einen nagelneuen glänzenden Lieferwagen. Leben heißt der Welt zeigen, dass man unser Land nicht einfach besetzt.

Abulafia erzählt immer, wie viel Sorgen er hat, Steuern, seine Kinder brauchen Zahnspangen, sein Vater wird alt. »Sorgen, nichts als Sorgen, Omar. Aber du bist jung, du hast keine Sorgen. Ein großer Teller Hoummos, eine Schachtel Zigaretten, dazu ein paar Schekel in der Tasche, und das Leben ist leicht.«

Er hat Recht, jemand wie ich hat keine Sorgen. Denn ich habe Pläne für die Zukunft. Meine einzige Sorge ist

Sameh. Sameh ist schwach, er ist zu gefühlsbetont, dem steigen schon die Tränen in die Augen, wenn er bloß über seine Mutter, seine Brüder und Schwestern spricht. Ich mache mir wirklich Sorgen, wie robust Sameh ist – wie stark sein Glaube ist.

11:20 UHR **Vera Brodsky** **Bus der Linie 9 auf dem Weg vom Flughafen Ben Gurion nach Jerusalem**

Er ist eingeschlafen. Kopf und Schulter lehnen gegen die Fensterscheibe. Er hat mir erzählt, dass er um drei Uhr morgens aufgestanden ist. Seine Mutter hat ihn zum Flughafen gefahren. Er wohnt mit ihr vierzig Minuten entfernt.

Wir haben seinen Koffer an einen Platz neben der Hintertür des Busses gestellt. Seinen Rucksack hat er auf dem Schoß, eine Hand hält die Riemen fest. Ich öffne den Reißverschluss meiner Basttasche und hole ein Buch über Wüstenvegetation heraus, das Baruch mir gegeben hat. Aber dann stecke ich es wieder ein und hole stattdessen einen Block und meinen Kuli heraus. Ich werde Dan einen Brief schreiben, an sein Armee-Postfach. Und danach einen Brief an »die Damen«, wie meine Mama sich, Babuschka und Irena nennt. Ein Haus ohne Papa. Ich werde Thomas schlafen lassen, bis der Bus an dem Autobahn-Restaurant anhält.

Lidia und ich haben noch gestern darüber geredet, was es heißt, die Bezugsperson eines Jungen zu sein, der als Praktikant im Kibbuz ist. In den letzten beiden Jahren war ich einmal für zwei amerikanische Mädchen und einmal für ein Mädchen aus Birmingham verantwortlich.

Für einen Jungen war ich noch nie SEEK-Vertrauensperson. Aber weil dieser deutsche Junge in der Gartenanlage arbeiten will, wurde die Aufgabe mir zugeteilt. Er sagt, er interessiert sich für Botanik.

Ich habe Lidia erzählt, dass ich mir Sorgen mache, wie Thomas auf Baruch reagiert. Ich ertrage die Vorstellung nicht, dass jemand Baruch Fragen wegen der Nummer auf seinem Arm stellt. »Immerhin, er ist Deutscher.« Lidia meint, ich soll besser nichts sagen. »Du weißt ja nicht, wie viel er über den Holocaust gelernt hat, welche Einstellung er dazu hat.« Lass doch den Jungen seine eigenen Schlüsse ziehen, Baruch wird die Situation auch auf seine Weise lösen. Und wenn sich ein Problem ergeben sollte, dann, da war sich Lidia sicher, würde der Kibbuz ihn ganz einfach woanders einsetzen oder gegebenenfalls früher abreisen lassen. Die deutschen Jugendlichen, die hierher kommen, wissen genau, was ihnen bevorsteht, sagt Lidia. Das ist ja gerade einer der Gründe, weshalb sie kommen.

Ich schaue Thomas an, wie er schläft. Weiß er, dass er mit einem Mann in Baruchs Alter arbeiten wird? Jemandem, der sein Großvater sein könnte? Baruch wirkt wie der Prophet des Schicksals in Babuschkas illustrierter Bibel. Er ist groß und hat nicht die gebeugte Haltung des Alters. Er hat dunkle Linien unter den Augen. Sein dickes weißes Haar lockt sich vom Kopf in die Höhe, als ob sein Gehirn Feuer gefangen hätte. Er wohnt allein in einem kleinen Haus am Rand des Sonnenblumenfeldes.

Es macht keinen Unterschied, ob er gerade auf den Feldern oder in der Pflanzenschule gearbeitet hat – wenn ich nachmittags zum Tee komme, hat er immer ein fleckenloses Hemd an, das glatt gebügelt ist wie ein Tischtuch, und eine Hose mit einer Bügelfalte, die wie mit dem Lineal gezogen wirkt. Er gießt mir Tee ein, und seine Hände sind dabei ganz sauber, die Nägel perfekt geschnitten. Baruchs Hemden sind alle kurzärmelig. Thomas wird garantiert die Nummer sehen.

11.20 UHR **Sameh Laham** Yoni's Diner, Autobahn 1

Sonntag – das Lokal ist voll. Soldaten unterwegs zu ihren Armeestützpunkten, Soldaten auf Urlaub unterwegs nach Hause, Lkw-Fahrer, Busreisende, die sich schnell etwas Kaltes zu trinken kaufen oder aufs Klo müssen, Leute auf dem Weg nach Jerusalem, Kinder auf Schulausflug. Ja, der Chef ist froh, dass ich heute Morgen endlich wieder zurück bin.

»Du hast mich gerettet, Sameh, ich kann mir gar nicht vorstellen, wie ich noch einen Tag ohne dich durchgestanden hätte. Verdammtes Glück, dass du ein *gingee* bist – so erkennen sie dich wenigstens nicht gleich als Araber.«

Mein Vater hatte rote Haare, von ihm hab ich sie geerbt. Meine Brüder und Schwestern haben die dunklen, gelockten Haare meiner Mutter. Omar hat immer gemeint, ich könnte in einer irischen Fußballmannschaft spielen. »Wusstest du nicht, dass alle Iren rote Haare haben, Sameh?«

Der Mann sagte: »Sameh, pass auf dich auf, denk an Allah, sprich die Worte aus dem Koran, achte auf alles, was du siehst, konzentrier dich auf die Aufgabe, die vor dir liegt. Sei stark, mein Freund, in dieser deiner ersten

Schlacht.« Das war es, was der Mann zu mir sagte, der Mann in dem kleinen Zimmer. Ich prägte mir acht Verse ein, die Verse über einen *Schahid*. Die Verse gehörten bald so sehr zu mir wie mein Herzschlag. Jedes Wort versprach mir das Paradies, weil ich als wahrer Märtyrer sterben werde.

Im Dezember hatte ich zum ersten Mal darüber nachgedacht. Vor vier Monaten nahm Omar mich an einem Freitag nach den Gebeten in der Moschee mit, damit ich den Mann kennen lernte. Wir gingen zwei Stunden spazieren. Unterwegs redete ich mir ein, ich sei mir ganz sicher, sofort genommen zu werden. Dann kamen wir zu einem Haus. Die eine Wand war blau gestrichen, die anderen drei aus unverputzten Betonsteinen. Omar klopfte. Eine alte Frau öffnete die Eisentür. Sie sah uns misstrauisch an, doch Omar flüsterte etwas, und sie öffnete die Tür so weit, dass wir eintreten konnten.

Wir folgten der Frau über einen Flur. Das Haus war so lang und schmal wie eine Gasse. Sie öffnete eine Tür, und wir betraten ein kleines Zimmer. Außer einem Gebetsteppich, einem Tisch und einem Stuhl gab es darin keine Möbel.

Auf dem Tisch lagen der Koran und ein automatisches Gewehr – eine Kalaschnikow. Auf der Sitzfläche des Stuhls befand sich eine Videokamera.

Ein Mann in dunkelgrünem Hemd und dunkelgrüner Hose – wie eine Uniform – und einer Keffiye, die seinen Kopf und sein Gesicht bedeckte, saß mit gekreuzten Beinen auf dem Teppich. Das Einzige, was ich von seinem Gesicht sah, waren die Augen. Er schaute zu uns hoch. Dann nickte er Omar zu. Omar schob mich vor. »Erzähl es ihm, Sameh«, sagte er.

Ich erzählte dem Mann meine Geschichte: vom Krebs meines Vaters, von meiner Mutter, die nicht in der Lage war, meine Brüder und Schwestern zu ernähren, und dass meine Brüder hausieren gingen und keiner von uns mehr die Schule besuchte. An der Wand über dem Tisch hing ein Bild der Al-Aqsa-Moschee. Außerdem hing eine Uhr an der Wand. Ich sprach schnell. Ich sagte mir: Dieser Mann hat Wichtigeres zu tun, als einem sechzehnjährigen Jungen zuzuhören. Deshalb fixierte ich beim Sprechen die goldene Kuppel der heiligen Moschee und den sich bewegenden Minutenzeiger der Uhr. Ich brauchte nicht länger als fünf Minuten, um ihm von mir zu erzählen. Fünf Minuten – das war alles – für mein ganzes Leben.

Draußen hörte ich die Klingel des Wasserwagens und Türen, die geöffnet wurden. Ich hörte, wie Frauen plauderten und Eimer und Kanister gegeneinander schlugen, während sie warteten, bis ihre Behälter dran waren, bis sie ihre Wasserration bekamen.

Der Mann sagte nichts. Er starrte auf seine Hände. Was dachte er? Dann schaute er auf und fragte mich, wo ich arbeitete, und als ich sagte, in dem Restaurant außerhalb Jerusalems an der Autobahn 1, blickte er mich an, blickte mir in die Augen, zum ersten Mal, seit ich den Raum betreten hatte. Aber er sagte nicht, dass ich für die Aufgabe akzeptiert sei. Mit tiefer Stimme und sehr langsam sagte er: »Geh nach Hause, Sameh, geh wieder nach Zebedeid, geh zurück zu deinem israelischen Chef und denke sehr genau über das hier nach. Wenn du dir sicher bist, komm in einem Monat wieder. Omar wird wissen, wo ich zu finden bin.«

Ich stand vor dem Haus und wartete auf Omar. Die alte Frau fegte die drei Stufen unter der Tür; es waren einfache lose, aufeinander gestapelte Ziegel. Sie fegte um meine Füße herum und ging danach wieder ins Haus. Ich war mir sicher, Omar erklärte dem Mann, dass man mir trauen könne.

»Hast du deine Sachen dabei, Sameh?«

»Ja, Chef.«

»Hast du alles in die Besenkammer gebracht?«

»Ja, Chef.«

»Okay, zurück an die Arbeit. Eine Woche bedeutet eine höllische Menge Geschirr und stinkende Böden. Jede Menge Arbeit für dich.«

Vera Brodsky **Bus der Linie 9 vom Flughafen Ben Gurion nach Jerusalem** *11:30 UHR*

Als ich die Straße entlangschaue, sehe ich das gelb-rote Schild auf dem niedrigen Restaurantdach: YONI'S DINER * FRESH FOOD * QUICK SERVICE. Noch zwei Minuten, dann ist der Bus da und biegt ab. Ich rüttle an Thomas' Schulter.

Er öffnet die Augen und schaut mich an. Ich sehe, er ist verwirrt. »*Eh, was ist los?*«, sagt er auf Deutsch.

»Thomas, alles in Ordnung. Du bist eingeschlafen.«

»Oh, Entschuldigung, Vera. Einen Moment hatte ich vergessen, wo ich bin.«

»Du hast jede Menge Hupen und Staus verschlafen. Musst echt todmüde sein.«

Er grinst mich an. »Gut, dass ich dich nicht *Dummkopf* genannt habe, weil du mich geweckt hast. Ich nehme immer den Bus um sieben Uhr zur Schule. Sogar der

Fahrer weiß inzwischen, dass ich unterwegs wieder einschlafe. Als du mich geweckt hast, hab ich wahrscheinlich erst mal gedacht, du wärst der Busfahrer und ich irgendwo in der Nähe vom Lindenplatz.« Er lacht.

Ich mag ihn. Er hat eine Art, über sich selbst zu lachen, die mir sympathisch ist.

»Da drüben« – ich zeige direkt nach vorn – »siehst du das Restaurant. Ich werde mal die Gelegenheit nutzen und uns was Kaltes zu trinken besorgen. Aber vielleicht willst du ja auch was essen oder zur Toilette und so.«

»Ja, ich seh's. Schau mal, die vielen Autos. Sind da immer solche Massen an Leuten? Muss ja ein ziemlich beliebter Ort sein.«

»Sonntag ist ein normaler Arbeitstag«, erkläre ich ihm. »Unser Wochenende besteht nur aus einem Tag – dem Sabbat. Deshalb fahren viele Soldaten und andere Leute sonntags zur Arbeit oder zu ihrem Armeestützpunkt. Ist ein kleines Land – aus dem Grund sind die meisten Leute per Bus unterwegs. Und dieses Restaurant ist der einzige Ort zwischen Flughafen und Jerusalem, wo man was Richtiges zu essen bekommt. Stimmt schon – es ist ziemlich beliebt. Alle halten hier an.«

»Weißt du was? Ich habe wirklich Hunger.«

Der Bus fährt auf den Parkplatz an der Rückseite des Lokals. Der Fahrer öffnet die Vorder- und Hintertür.

Thomas streckt die Beine aus, steht auf und schnallt sich den Rucksack um. Ich hänge meine Basttasche über die Schulter; dann steigen wir aus.

Sameh Laham Yoni's Diner, Autobahn 1 11:41 UHR

Von der Spüle aus, wo ich abwasche, überblicke ich den größten Teil des Restaurants, denn der Chef und die beiden Kellner drücken ständig die Küchentür auf, um die Bestellungen abzuholen. An fast allen Tischen sitzen Soldaten. Die Leute aus der Linie 9 nach Jerusalem teilen sich entweder Stühle oder sie setzen sich gar nicht. Fünf oder sechs Berufssoldaten lehnen an der Theke und essen ihre Hamburger im Stehen. Kinder, die wahrscheinlich zu einem Schulausflug gehören, albern herum und schubsen sich in der Nähe der Tür. Alle drängen sich um den Süßigkeitenautomaten und die Eistruhe.

Ben, der Koch, wendet mir den Rücken zu, und der Chef ist gerade drüben an der Kasse. Der Busfahrer geht zu ihm hin und zückt sein Portemonnaie. Er zahlt. Jetzt muss es sein. Ich weiß, in einer Minute fährt der Bus wieder los. Ich lasse das Wasser weiter in die Spüle laufen und gehe um die Trennwand am Ende der Küche. Ich öffne den Besenschrank und nehme den grünen Rucksack heraus.

Thomas Wanninger Yoni's Diner, Autobahn 1 11:42 UHR

Ich esse die Pita und den Hoummos auf, die Vera mir gebracht hat. »War genauso gut, wie du gesagt hast«, erkläre ich ihr. Dann sehe ich, wie der Busfahrer aufsteht und zur Kasse geht. »Ich glaube, wir sollten aufbrechen.«

11:43 UHR **Sameh Laham** Vor Yoni's Diner, Autobahn 1

Meine Hände sind immer noch nass von den Tellern, deshalb streiche ich mir erst die Haare glatt und wische dann die Hände an meiner Hose trocken. Ich trage eines der alten T-Shirts von meinem Chef. Es hat eine hebräische Aufschrift. Ich sehe aus wie ein Israeli.

Ich verlasse den Küchenbereich durch die Hintertür, gehe um die Ecke und dann über den Parkplatz. Alle Soldaten haben das Lokal verlassen und warten in einer Reihe, um in den Bus zu steigen. Ich schaue auf ihre M-16-Gewehre. In ein paar Minuten wird ihnen nichts mehr helfen. Ich ziehe den Schultergurt meines Rucksacks straffer, rücke ihn enger an den Hals.

Ich stehe am Ende der Reihe, ganz nah an der Längsseite des Busses. Die Soldaten albern herum und reden miteinander. Der Busfahrer mahnt sie zur Eile. Jetzt sind nur noch drei vor mir. Ich denke an das Video, das ich aufgenommen habe. Zu dumm, dass hier keiner ist, um mich zu filmen, genau in der Minute davor.

11:43 UHR **Thomas Wanninger** Vor Yoni's Diner, Autobahn 1

Draußen stehen wir in einer Reihe und warten darauf, wieder in den Bus zu steigen. Der Busfahrer guckt jeden aufmerksam an, als ob er durch Gucken alles über die Leute erführe. Zwei Araberinnen, die eine mit einem Baby auf dem Arm, die andere mit einer voll gestopften Schultertasche, steigen ein. Ich sehe Papierwindeln aus der Tasche ragen. Der Busfahrer nickt, und die Frauen bewegen sich durch den Gang. Sechs Soldaten begrüßen den Fahrer lautstark auf Hebräisch. Als Nächstes folgt eine Gruppe Schulkinder mit ihrem Lehrer. Dann eine schwangere Frau, ein Mann mit einem Laptop, zwei Mädchen ungefähr in meinem Alter, ein Kind mit einem Basketball, eine Großmutter und ein Großvater mit ihren beiden Enkeln und all die Leute, die schon am Flughafen Ben Gurion in den Bus gestiegen sind.

Ich sehe, wie der Fahrer auf meinen Rucksack starrt. Tut er es, weil ich fremd wirke?

»Will er, dass ich ihn öffne?«, frage ich Vera.

»Kein Grund zur Sorge – der Rucksack ist okay«, sagt Vera zu dem Busfahrer. Sie sagt es auf Englisch, damit ich es verstehe, nehme ich an, und dann wiederholt sie es auf Hebräisch.

»Er spricht kein Hebräisch. Er ist Praktikant und auf dem Weg in meinen Kibbuz. Wir sind am Flughafen eingestiegen. Der Junge ist in Ordnung, kein Grund zur Sorge.«

»Es macht mir nichts aus, Vera. Ich kann den Rucksack doch öffnen.« Ich öffne ihn. Der Fahrer wirft einen Blick hinein, betastet von außen den Boden, streckt seine Hand hinein und zieht den Umschlag heraus. Den Umschlag mit den Fotos.

»Was ist das?«, fragt er mich auf Englisch.

»Nur ein paar Fotos«, sage ich und bete, dass er den Umschlag nicht rausnimmt und öffnet.

»Okay, *todah*. Danke.«

Wir steigen ein. Unsere beiden Plätze vorn sind noch frei. Wir setzen uns. Ich drehe mich um. Jetzt ist der Bus voll. 54 Menschen warten darauf, dass der Fahrer den Motor anlässt.

Er langt nach dem Knopf, um die Tür zu schließen.

Als ich in den Bus hochschaue, sehe ich, wie der Fahrer gerade nach dem Türknopf langen will. Ich steige ein, so schnell ich kann. Es sind drei Stufen, ich nehme erst eine, dann zwei auf einmal. Ich halte die Augen gesenkt. Auf der obersten Stufe bin ich dem Fahrer so nah, dass ich die schwarzen Haare auf seinem Arm sehen kann. Ich drehe meinen Körper, hebe den Blick und schaue jeden im Bus an. In meinem Innern wiederhole ich die Verse, die heiligen Verse über den Eintritt des Märtyrers ins Paradies.

Die Gebete helfen mir. Ich fühle mich entschlossen und stark.

Hinten im Bus sehe ich zwei Frauen. Sie sitzen auf den Plätzen neben der Tür. Sie tragen lange Kleider, eines ist schwarz, das andere grau, und ihre Köpfe sind wie der meiner Mutter in schneeweiße Tücher gehüllt. Was macht meine Mutter hier im Bus? »Sei tapfer, Sameh«, flüstere ich mir zu. Aber ich kann nicht aufhören, sie anzusehen. Was passiert auf einmal mit dem Mut meines Glaubens? Ich bezahle beim Fahrer. Er blickt auf das Geld, schaut mich an und sieht das T-Shirt. Er ist in Eile. Er verlangt nicht, dass ich den Rucksack öffne. Ich bewege mich an den ersten beiden Sitzen vorbei. Langsam.

Eine Frau wiegt ein Baby in den Armen. Genauso hat meine Mutter meinen kleinen Bruder gewiegt. Und die andere Frau lächelt und kitzelt das Kind. Ich trete zurück, entferne mich. Mein Mund ist trocken. Meine Zunge klebt am Gaumen fest. Ich kann die Worte des Korans nicht bilden. Ich bin im Bus und doch nicht im Bus.

Meine linke Hand greift nach oben an den Schulterriemen des Rucksacks. Ich löse den Riemen, er rutscht, die Tasche gleitet mir von der Schulter. Sie landet mit einem leisen dumpfen Geräusch. Kein großer Lärm, nicht laut genug, als dass die Leute nach mir schauen würden. Ich bin benommen. Allah, behüte mich.

Der Busfahrer schreit etwas. Jemand schlägt mir auf den Kopf. Meine Stirn kracht gegen meine Augen. Meine Beine zittern. Ich falle nicht. Ich drehe den Kopf. Ich schaue durch das längliche Glas der Vordertür. Ein gelber Lieferwagen steht neben dem Bus. Zu nah. Jemand hat mein Gesicht gegen die Scheibe gedrückt. Werden sie mich rauswerfen, mich töten? Der Busfahrer hupt den gelben Lieferwagen an. Der Fahrer des Lieferwagens hält etwas Großes, Schwarzes. Er schaut zum Bus hoch. Ich sehe sein Gesicht. Es ist Omar. Wieso ist Omar hier?

Bus der Linie 9 vom Flughafen Ben Gurion nach Jerusalem — *11.47 UHR*

Explosion.

EemahElohimMuttiPapaMamaGottAbuyahAllahYaumi MomGottEemahDadMamaElohimAllahMuttiMutti YaumiDadPapaPapaMamaMamaEemahYaumiYaumi GottGottGottElohimMomMomGottGottDadYaumi MuttiYaumiEemahEemahGottDadAllahAllahMama MamaDadDadElohimGottAbuyahMuttiPapaEemah YaumiGottAllahEemah

Mutti

Eemah

Gott

Abuyah

PapaMama *Elohim*

Yaumi

Dad

Al

11:54:05 UHR **Rundfunknachrichten, Augenzeugenbericht, Autobahn 1**

Ich sah, wie der Bus den Parkplatz verließ. Ich selbst kam von hinten. Ich fuhr auf der mittleren Spur. Der Bus blinkte, um auf die mittlere Spur zu wechseln. Ich bremste ab, um ihn vor mir reinzulassen. Plötzlich tauchte wie aus dem Nichts ein gelber Lieferwagen auf. Kann sein, dass er auch vom Restaurant einbog, keine Ahnung. Er kam dem Bus so nah, dass ich dachte, er schrammt an seiner Seite entlang. Dann flogen der Lieferwagen und der Bus in die Luft. In Sekundenschnelle. Alles geschah innerhalb einer Sekunde. Die Menschen im Bus wurden aus den Fenstern geschleudert, die Sitze, die Körper, Schuhe. Es war entsetzlich.

12:01 UHR **Rundfunknachrichten, Augenzeugenbericht, Autobahn 1**

Die Leute sprangen aus ihren Autos und rannten. Einige rannten zum Bus, um zu helfen. Andere rannten fort, weg von dem Bus. Vielleicht fürchteten sie, dass noch weitere Bomben hochgehen könnten. Polizeiwagen kamen und auch Jeeps von der Grenzpatrouille. Ich weiß nicht, wie viele es waren. Und Krankenwagen. Ich war überrascht, wie schnell das ging. Wegen der Explosion hörte ich nichts, so als ob ich minutenlang taub wäre.

12:04 UHR **Rundfunknachrichten, Live vor Ort, Autobahn 1**

Die Explosion hat den Treibstofftank entzündet. Der Bus wurde vollständig zerstört. Krankenwagen treffen ein. Die

Polizei hat sofort das Restaurant sowie zweitausend Meter der Autobahn abgeriegelt. Auch Teile der Orangenhaine auf beiden Seiten der Autobahn sind abgesperrt. Gesucht wird nach weiterem Sprengstoff und weiteren Bombenattentätern. Rettungsmannschaften und Feuerwehren sind an der Stätte des Grauens im Einsatz. Polizeihunde durchsuchen das komplette Buswrack, das nur noch aus verbogenem Metall, zerstörten Sitzrahmen und zerfetztem Gummiboden besteht. Der Sprengstoff war mit Nägeln, Schrauben und Schrapnellen versetzt. Die Polizei sucht nach Hinweisen, um welche Terrorgruppe es sich handeln könnte, die für diesen Selbstmordanschlag verantwortlich ist.

Die Jerusalemer Krankenhäuser werden ständig über die Zahl der Verletzten sowie die Art der Verwundungen informiert. Die Polizei leitet den Verkehr um. Autofahrer sollten die Servicenummer 411 wählen, um sich über Alternativstrecken von und nach Jerusalem zu erkundigen.

Wir werden den ganzen Tag über berichten. Das Büro des Premierministers hat eine Dringlichkeitssitzung des Kabinetts einberufen. Bis jetzt wurden noch keine Vergeltungsmaßnahmen des Militärs eingeleitet.

In Kürze geben wir Ihnen die Nummer der Notfall-Hotline bekannt ... Weitere Krankenwagen kommen zur Unglücksstelle.

Thomas Wanninger Vor Ort, Autobahn 1 12:08:05 UHR

Warum bin ich am Boden? Warum liege ich hier? Ich war doch im Bus. Hab gesessen. Neben Vera. Irgendwas stimmt nicht. Ich fühle nichts. Es riecht so eigenartig.

Verbrannt. Verbrannt und doch anders. Ich kann nichts hören. Ich bin taub. Überall um mich herum Glas- und Metallteile. Beine und Arme berühren mich, drücken gegen mich, eine Schulter steckt mir im Mund. Jemand zieht an mir. Ich glaube, hier sind ein paar hundert Menschen. Sie knien, stehen auf, fallen hin, überall um mich herum. Ihre Schuhe gehen an mir vorbei, Schuhe, die in gleichförmigen weißen Schuhen stecken.

Ich huste, huste. Irgendetwas Dickflüssiges rinnt mir aus dem Mund. Ich werde hochgehoben, hochgehoben.

»*Deutsch. Deutsch*«, sage ich. Ich sage es, weil sich seine Lippen bewegen, aber ich nicht weiß, was er sagt. Vor einer Weile war es heiß, wunderschönes heißes Wetter. Warum ist mir so kalt? ... Ich kann nichts hören.

Ich will meinen Körper sehen. Wenn ich meinen Körper sehe, wird alles Sinn ergeben. Ich möchte begreifen, was geschehen ist. Bitte. Ich möchte, dass der Lärm zurückkehrt, die Geräusche. Ich schaue meine rechte Hand an. Ich kann sie nicht richtig bewegen. Ich habe Angst, es zu versuchen. Sie ist voller Löcher. Die Haut ist weggerissen, ich sehe kleine Stellen aus Blut und Fleisch. Ich glaube, ich schreie, aber ich höre es nur in meinem Kopf. Mein Kopf tut so weh.

Ein Mann beugt sich über mich. Er will mir helfen. Das sehe ich in seinen Augen. Er spricht und hört wieder auf. Wartet. Will, dass ich antworte. Ich muss antworten. Seine Lippen bewegen sich, aber ich höre nicht, was er sagt.

»*Ich kann nicht. Ich kann nicht. Bitte. Ich kann nichts hören. Bitte. Mutti. Bitte.*«

Der Mann drückt auf meine Brust. Irgendwas wird um meinen Hals gelegt. Hoch, ich werde hochgehoben.

Rein. Rein. Es bewegt sich. Der nette Mann ist immer noch bei mir. Er macht verschiedene Dinge mit mir. Ich will … ich wi

Sanitäter-Funkbericht an das Hadarim Hospital 12:09 UHR

Opfer, männlich, zirka fünfzehn oder sechzehn, hat bis vor einer Minute gesprochen, jetzt ohne Reaktion.

Position – hundert Meter vor der Dromi-Kreuzung, fahren jetzt rechts ab auf den Waldweg. Polizei lässt nur Krankenwagen durch.

Sanitäter-Funkbericht an das Hadarim Hospital 12:12 UHR

Identität des Opfers unklar, ein ploni almoni. *Angeschlossen an EKG-Gerät. Wird manuell beatmet. Halskrause angelegt. Sichtbare Verletzungen: Verbrennungen im Gesicht, Stichverletzungen an Händen und Armen.*

Rosa Schaum aus dem Mund, Verdacht auf starke innere Blutungen. Unfallopfer scheint tief komatös. Ich wiederhole: Habe den Jungen durchsucht, Identifizierung nicht möglich. Anonym.

Dr. Ricardo Hellman Lagebericht für Rundfunk und Presse, Hadarim Hospital 12:12 UHR

Das so genannte Chaos, dem Sie in den Aufnahmebereichen begegnet sind, ist das, was wir als »organisiertes Chaos« bezeichnen. Zahl und Häufigkeit entsprechender

Anschläge haben unsere Reaktion automatisiert und in höchstem Maße professionalisiert.

Einige Hintergrundinformationen zu den Verletzungsarten, mit denen wir es zu tun haben und bei denen es sich um Explosionsfolgen handelt; dazu kurz, was sich heute im Bus der Linie 9 zugetragen hat:

Die meisten Schwerverletzten saßen im hinteren Teil des Busses. Bomben, die in geschlossenen Räumen gezündet werden, verursachen vor allem Brand- und Prellmarkenverletzungen sowie Stichverletzungen durch metallische Gegenstände, zum Beispiel Nägel, Schrauben und Schrapnelle, die dem explosiven Material beigefügt wurden. Diese überziehen den Körper mit Schnittwunden, bleiben im Gehirn stecken und verursachen starke Einblutungen der Augen.

Unsere Hauptsorge gilt der Druckwelle des explosiven Materials, das im Bus gezündet wurde. Wir erwarten schwere Verletzungen der inneren Organe. Wenn die Opfer in die Notaufnahme kommen, wird unser Traumateam zunächst die Fälle behandeln, bei denen mehrfache Verletzungen vorliegen. Unsere Prioritäten lauten: Atemwegskontrolle – Beatmung – Kreislaufkontrolle. Wir dürfen weder den Blutdruck zu weit abfallen lassen, noch Herzrhythmusstörungen riskieren. Als Erstes müssen wir den Zustand des Patienten stabilisieren, dafür haben wir nur ungefähr sechzig Minuten Zeit. Es zählt jede Sekunde. Uns stehen Chirurgen, Anästhesisten, Schwestern sowie mobile Röntgengeräte zur Verfügung. Wenn wir erfolgreich sind, haben die Opfer eine gute Überlebenschance.

Eine Liste der Toten und Verletzten wird später veröffentlicht, sobald die Familien informiert sind. Im Moment bitte keine weiteren Fragen. Vielen Dank.

Vera Brodsky Im Bus, Autobahn 1 12:15 UHR

Ich liege unter einem Sitz. Eine Metallstange drückt mir ins Gesicht. Auf meiner Brust liegt ein Schuh. Ein Männerschuh. Ich sehe meinen Armknochen. Es hängt kein Fleisch dran. Ich schreie, schreie, schreie. Niemand hört mich. Ich werde sterben. Ich werde sterben. Der Rauch, ein schwerer, ungesund süßlicher Geruch, Krankenwagen, Sirenen. Weine nicht, Vera. Das ist Atemverschwendung. Schrei, schrei. Bitte helft mir, rufe ich. *Ahtsteelu, Ahtsteelu.* Hilfe.

Ich bin nass. Habe ich mir in die Hose gemacht? Ist es Blut, mein Blut oder das von jemand anderem? Eine Stimme über mir sagt: »Hier ist noch jemand.«

»Ich heiße Vera, ich heiße Vera. Bitte helfen Sie mir.«

Aufnahmeformular der Notaufnahme, Hadarim Hospital 13:00 UHR

Patient: weibl., ca. 19 J., 1,68 m. Helle Haut, blonde Haare, langer Zopf, silberne Ohrreifen, weißer Nike-Schuh mit Gummisohle am rechten Fuß, Jeans, rosa T-Shirt, Schmetterlings-Tätowierung auf linker Hüfte. Keine Ausweispapiere. Anonym. Beigefügt: Foto der Notaufnahme.

Vorläufiger ärztlicher Befund: Haare verbrannt, Schnittwunden im Gesicht, Glassplitter, oberflächlicher Schnitt 2 x 2 cm am Hals. Linke Hand offene Ulna- und Radiusfraktur; Wunde vom Handgelenk bis Ellenbogen reichend. Linker Fußknöchel offene blutende Wunde. Augenwinkel links blutet – Schrapnell. Möglicherweise Nerven- oder Sehnenverletzung bei offener Wunde. Extreme Schmerzen, evtl. Parese. Keine inneren Blutungen. Halskrause umgelegt. Augenmuskel gerissen, Pupillen auf Kopfverletzungen überprüft – O.K. / gleichmäßig und reaktiv.

Zustand: mäßig bis ernst.

(Untersucht durch Chirurg, Orthopäde, Schwester der Notaufnahme, HNO, Augenarzt. Vorübergehend in Wachstation untergebracht, damit Patientin stabilisiert und überwacht werden kann, bis OP frei ist.)

13:04 UHR **Aufnahmeformular der Notaufnahme, Hadarim Hospital**

Patient: männl., ca. 16 J., 1,85 m. Schwarze Haare, helle Hautfarbe, Unterhose, zerrissenes T-Shirt (Rest von Aufdruck – blaue Buchstaben – ARMI), keine Schuhe. Keine Ausweispapiere. Anonym. Beigefügt: Foto der Notaufnahme.

Vorläufiger ärztlicher Befund: Patient im Koma, GCS 2/15 [Glasgow Coma Scale] – Reaktion auf Schmerzreize, Stöhnen, aber keine verbale Reaktion. Verbrennungen ersten bis zweiten Grades an unteren Extremitäten. Kopftrauma. Große tiefe Platzwunde auf der Stirn. Verdacht auf intrakranielle Blutung. Sehr wahrscheinlich Gehirnerschütterung. Oberer Rücken: Schnittwunde mit eingedrungenen Schrauben, Muttern und Schrapnellen.

Zustand: kritisch.

(Untersucht durch Neurologe, Chirurg, Radiologe, Intensivstation/Neurologie.)

Rundfunkinterview mit dem Busfahrer, Notaufnahme, Hadarim Hospital 13:45 UHR

»Seit fünfzehn Jahren bin ich Busfahrer. Eigentlich war ich heute gar nicht für eine Fahrt eingeteilt. Ich bin nur als Ersatzfahrer eingesprungen. Am Restaurant bog ich auf den Parkplatz ein. Der Bus war vom Flughafen bis dort halb leer. Bei der Haltestelle am Restaurant steigen aber immer noch eine Menge Soldaten und andere Leute zu, die nach Jerusalem wollen. Die Fahrgäste haben ein paar Minuten zum Aussteigen, um die Toiletten des Lokals zu benutzen oder sich was zu essen zu holen.«

Sind Sie auch ausgestiegen?

»Ja, ich wollte mir einen Kaffee holen. Ich habe extra geprüft, ob ich den Bus auch abgeschlossen hatte. Damit nehme ich es immer sehr genau. Ich bin hundert Prozent sicher, dass der Bus abgeschlossen war.«

Aber wie hat es der Selbstmordattentäter geschafft reinzukommen?

»Ich habe alle Fahrgäste, die am Flughafen eingestiegen sind, noch ein zweites Mal überprüft. Ein ausländischer Junge hat mir sogar extra seinen Rucksack geöffnet. Es war nicht schwer, sie wiederzuerkennen, als sie nach dem Halt am Restaurant einstiegen. Die neuen Fahrgäste waren zwei Araberinnen mit einem Baby; ein Stammgast von mir; eine Schwester, die im Hadarim Hospital arbeitet; der gingee*; der Rest waren alles Soldaten.«*

Und der Attentäter –

»Er wirkte auf mich anfangs überhaupt nicht verdächtig. Es war dieser gingee*, Sie wissen schon, einer mit roten Haaren, sein T-Shirt hatte eine hebräische Aufschrift.*

Über der Schulter hing ihm ein grüner Rucksack – war noch ein Junge. Er stand ganz am Ende der Reihe.«

Sie haben also nicht geglaubt, dass er Palästinenser ist?

»Nein.«

Wann schöpften Sie erstmals Verdacht?

»Es war die Art, wie er einstieg, sehr schnell. Als ob er es eilig hätte. Er nahm zwei Stufen auf einmal. Da war es aber zu spät, die Tür zu schließen. Es passierte alles zu schnell. Er ging direkt an mir vorbei, den Gang nach hinten. Und er redete mit sich selbst.«

Und dann?

»Mein Instinkt sagte mir, irgendwas stimmt nicht.«

Was haben Sie getan?

»Ich versuchte, auf die mittlere Spur zu ziehen, doch plötzlich blockierte ein gelber Lieferwagen den Weg. Ich schrie allen im Bus zu: ›M'khabel!‹ Einer der Soldaten schaffte es hinter ihn und schlug ihm mit dem Gewehrkolben auf den Kopf.«

Fuhren Sie da noch?

»Ja, ich versuchte, an dem gelben Lieferwagen vorbeizukommen. Ich sah, dass der Junge nicht hinfiel. Das muss der Moment gewesen sein, in dem er die Leine zog und den Sprengsatz in seinem Rucksack zündete.«

Und dann?

»Dann? Na ja, danach erinnere ich mich an nichts mehr. Vielleicht habe ich das Bewusstsein verloren oder so. Schließlich spürte ich, dass mich jemand rauszog.«

Wo sind Sie verletzt?

»Meine Hände und der Rücken sind verbrannt, das ist alles. Es ist ein Wunder. Ich weiß nicht, wieso, aber es ist ein Wunder.«

Wissen Sie, was mit den Fahrgästen passiert ist?

»Nein, als man mich rauszog, sah ich überall Körper und Blut. Es war schrecklich. Ich hatte mein Fahrkartenmagazin noch in der Hand. Können Sie sich das vorstellen? Dann war ich plötzlich im Krankenwagen. Mehr weiß ich nicht.«

Das war schon das zweite Mal, dass Sie bei einem Busanschlag verletzt wurden, nicht wahr?

»Ja, ich habe auch 1995 in Beerscheba einen Bus gesteuert, als ein Selbstmordattentäter zustieg. Ich schätze, meine Zeit ist noch nicht abgelaufen.«

Das war ein Interview mit Dov Agmon, dem Fahrer des Busses der Linie 9, der heute Morgen um 11:47 Uhr von einem palästinensischen Selbstmordattentäter in die Luft gesprengt wurde. Soweit uns bekannt ist, war der Fahrer der Einzige, der nicht ernsthaft verletzt wurde. Wir stehen hier am Hadarim Hospital und warten auf Dr. Ricardo Hellman und seinen ausführlichen Bericht.

Für Zuhörer, die gerade erst zugeschaltet haben, hier eine kurze Zusammenfassung der Ereignisse bis jetzt: Heute Morgen um zirka 11:47 Uhr explodierte ein Bus der Linie 9, der vom Flughafen Ben Gurion nach Jerusalem unterwegs war. Die Polizei vermutet, dass es sich dabei um ein Selbstmordattentat gehandelt hat. Schätzungen des Polizeieinsatzkommandos zufolge trug der Täter ungefähr sechzehn Kilogramm Sprengstoff bei sich.

Der Bus der Linie 9 hält zweimal, bevor er Jerusalem erreicht. Die eine Station ist Yoni's Diner, wo Soldaten und Zivilisten zusteigen. Yoni's Diner ist ein beliebtes Esslokal für Reisende auf der Autobahn 1. Die zweite Station liegt am Kibbuz Broschim. Die Explosion ereignete sich siebenhundert Meter von dem Lokal entfernt, auf der mittleren Spur der Autobahn. Vierundfünfzig Fahrgäste und der Fahrer befanden sich zur Zeit der Explosion im Bus. Die Polizei hat inzwischen bestätigt, dass durch den Sprengsatz mehrere Fahrgäste getötet wurden. Bis jetzt wurden aber noch keine Namen von Toten oder Verletzten bekannt gegeben. Auch hat sich noch keine Terrorgruppe zu dem Anschlag bekannt, die Identität des Attentäters ist ebenfalls nicht geklärt.

Für alle, die Auskunft suchen, sind zwei Hotlines geschaltet – eine zur Stadtverwaltung von Jerusalem und eine zum Hadarim Hospital.

13:48 UHR **Aufnahmeblatt der Notaufnahme, Hadarim Hospital**

Patient: männl., ca. 16 J., 1,62 m. Rote Haare, helle olivfarbene Haut, Unterhose, eine Lederriemensandale. Sichtbare Narbe über dem rechten Auge. Keine Ausweispapiere. Anonym. Beigefügt: Foto der Notaufnahme.
* *Polizei verdächtigt ihn als illegalen Arbeiter aus den palästinensischen Gebieten.*

Vorläufiger ärztlicher Befund: Haare, Kopf und Beine verbrannt. Schnittwunden an den Händen und im Gesicht. Unteres Abdomen hart und gebläht. Bewusstseinsklar. Blutdruck niedrig (80/50) – Puls 130. Patient schockig, in den OP transportiert. Leberruptur – Blutstillung erfolgt. Zur Überwachung wegen weiterer Blutungen 24 Stunden auf Intensivstation. Wenn stabil, Verlegung in die chirurgische Abteilung, Isolierung.
* *Unter polizeilicher Bewachung.*

Zustand: ernst bis kritisch.

Ich studiere seit drei Jahren im Hauptfach Biologie und lernte gerade für mein Examen. Ich bin erst seit kurzem im Bereitschaftsdienst, trotzdem erwartete ich nicht, dass an diesem Vormittag irgendetwas passieren würde. Bombenattentäter bevorzugen die morgendliche Rush-hour. Plötzlich ging der Piepser – die Nachricht lautete: »Bus-Explosion, Yoni's Diner.«

Jeder weiß, wo das Lokal ist. Aus dem Zentrum von Jerusalem brauchte der Krankenwagen nur wenige Minuten. Ich glaube, es waren mehr als fünfzig von uns, die vor Ort eintrafen.

Ein ziemlich großer Abschnitt der Straße war übersät mit Metall, Glas und Kunststoffpolsterung. Der Bus war nur noch ein verbogenes Skelett, ohne Fenster, der größte Teil des Dachs einfach weggerissen. Jedes Mal denke ich, was für ein Wunder, dass Menschen so etwas überleben. Es lagen Kleidungsstücke herum, Hemden, Socken, ein BH, Jacken, Herrengürtel. Es gab auch Notizbücher, Briefumschläge, Handys, einen CD-Player. Wegen der Wucht der Explosion klebte auf einigen Teilen Fleisch. Jedermanns Leben und Tod lag auf dem Boden, am Straßenrand, sogar auf dem Feld jenseits der Straße sah ich herumliegende Leichenteile.

Ich behandelte ein Mädchen, das man unter einem Sitz des Busses hervorgezogen hatte. Immer wieder fragte sie mich, ob sie noch lebt. Einer der Polizisten half mir, sie in den Krankenwagen zu hieven. Sie wird durchkommen. Da bin ich mir ziemlich sicher.

Was im Gedächtnis zurückbleibt? Der Geruch. Ich kann ihn gar nicht beschreiben, aber wenn man ihn ein-

mal wahrgenommen hat, geht er einem nie mehr aus dem Sinn. Schrecklich, ganz schrecklich.

15:00 UHR **Lidia Adler** Warteraum, Notaufnahme, Hadarim Hospital

Mir ist eiskalt. Ich bin zu Tode erschrocken. Ich stehe am Ende des Flurs. Baruch spricht mit dem Sozialarbeiter. Ich finde, wir könnten jetzt reingehen, um Vera zu sehen. Es sind so viele Menschen da, dass die Luft zum Atmen fehlt. Ich kann nicht glauben, dass so etwas passiert ist. Das ist doch etwas, was man im Fernsehen sieht – oder als Foto in der Zeitung. So was passiert *nie* jemandem, den man kennt. Schon gar nicht Vera, meiner besten Freundin.

Menschen weinen, in den Ecken zusammengekauert, und nehmen einander in die Arme. Ich hatte kein Glück bei dem Versuch, Dans Armeestützpunkt anzurufen. Wenn mein Vater das hier in den argentinischen Fernsehnachrichten sieht, dreht er durch. Er hat sich einen Stadtplan von Jerusalem und den Vororten an die Küchenwand gepinnt. Und er weiß auch, dass ich immer mit dem Bus fahre, wenn ich irgendwohin will. Die Menschen um mich herum hören nicht auf zu weinen. Jeder scheint ein Handy dabeizuhaben, das ihm am Ohr klebt. Was für eine seltsame Mischung aus Kindern, Reportern und religiösen Menschen, die ihre Körper im Gebet hin und her bewegen. Ich kann nicht hören, was ich denke, aber ich denke nur eins: *Bitte, sei am Leben, Vera, bitte.*

Wir sind uns alle sicher, dass Vera eine der nicht identifizierten Verletzten ist, die aus dem Bus gezogen wurden. Es hat keine Anrufe im Kibbuz auf der SEEK-Nummer gegeben. Keinen Anruf von Vera oder dem deutschen Jungen. Aber sie ist heil am Flughafen angekommen, sonst hätte sie das jemanden wissen lassen. Und wenn dieser Junge sie nicht gefunden hätte, hätte er auch im Kibbuz angerufen. Er hatte die Telefonnummer ja auf dem Blatt mit den Reiseinformationen. Nein, ganz sicher hat sie ihn abgeholt, und dann sind sie beide in den Bus gestiegen. In *den* Bus. Der explodiert ist. Der Bus, der vom Flughafen Ben Gurion nach Jerusalem fährt, der Bus, der am Eingangstor des Kibbuz Broschim Fahrgäste mitnimmt und aussteigen lässt.

Es ist der einzige Grund, den wir uns vorstellen können, warum sie und der Praktikant nicht im Kibbuz angekommen sind. Nur die Explosion erklärt ihr Verschwinden. Deshalb sind wir hier.

Vera war der erste Mensch, den ich traf, als ich in den Kibbuz Broschim kam. Sie war sechs Monate vor mir angekommen und sich sicher, sie würde bleiben. Beide waren wir sechzehn. Beide kamen wir ohne Eltern nach Israel. Sie war besser dran als ich – ihre beiden Eltern leben noch. Natürlich erzählte sie mir sehr bald, dass sie ihren Vater nicht als lebendig ansah. Er hatte ihre Mutter betrogen, die Familie verlassen und war mit einer anderen Frau zusammengezogen, außerdem wollte er niemandem zu erkennen geben, dass er Jude war. »Deshalb, Lidia, ist er für mich so gut wie tot.«

Sie wurde meine beste Freundin im Kibbuz. Wir mochten uns von Anfang an. Seltsam, wo wir doch so verschieden sind. Fast gegensätzlich, würde ich sagen. Sie ist ernsthaft, ich bin der Clown, sie ist blond, ich bin dunkelhaarig, ihr Vater ist von zu Hause weggegangen, meine Mutter ist gestorben. Vera will Wissenschaftlerin werden, Botanikerin, ich möchte Künstlerin werden, Malerin oder Fotografin.

Für uns beide bedeutete es die Erfüllung eines Traums, in Israel zu sein, im Kibbuz Broschim. Hier musste sich Vera nicht vor Skinheads oder Antisemiten fürchten und auch nicht davor, von neidischen Klassenkameradinnen *Zhid* genannt zu werden. »Ich kann tun, was ich will«, sagte sie immer wieder. Wir beide wollten ein neues Leben anfangen, etwas werden, Teil des Lebens in einem Kibbuz. Es dauerte eine Woche, dann waren wir beste Freundinnen. Und sie vergaß mich auch nicht, als sie Dan kennen lernte. Immer wieder plagte sie ihn, er solle mich mit diesem oder jenem Typen aus seiner Einheit verkuppeln. Sie möchte nur, dass ich so glücklich werde wie sie.

Mein Vater hat einen kleinen Lebensmittelladen in Buenos Aires und müht sich ab, gerade so viel zusammenzubekommen, dass er mich und meinen jüngeren Bruder unterstützen kann. Kunstschulen sind teuer in Argentinien. Woher sollte ich Geld für die Schulgebühren, fürs Essen, für die Ausrüstung nehmen? Es war unmöglich.

Dann kam der Bruder eines Freundes von einer Reise nach Israel zurück. Er hatte als Möbeldesigner in einem Kibbuz gearbeitet. Nicht jeder Kibbuz ist landwirtschaftlich orientiert, sagte er. Du kannst dort fast alles sein. Er gab mir ein paar Adressen, und ich fing an, Briefe zu schreiben. So kam ich in den Kibbuz Broschim. Vielleicht würden ja Menschen, die wie eine Familie zusammenleben und -arbeiten, die Leere, die ich seit dem Tod meiner Mutter spürte, ausfüllen. Mein Vater weinte, meine Tanten und Onkel versuchten, mich zu überreden, zu

Hause zu bleiben, aber am Ende gaben alle ihre Einwilligung und halfen, das Flugticket zu bezahlen. Und vielleicht, nur vielleicht, dachte ich, würde ich es ja in Israel auf eine Kunstschule schaffen.

Baruch macht mir Zeichen. Ich gehe zu ihm hinüber. »Ich habe Angst, Baruch«, flüstere ich.

Er nimmt mich in die Arme wie ein großer Bär. »Ich bin ja da. Ich werde dich nicht allein lassen, wenn du es nicht willst, Lidia.«

Wir warten darauf, dass die Schwester aus der Notaufnahme kommt. Plötzlich werden die Schwingtüren aufgestoßen, und eine Schwester in grünem Kittel erscheint. Hinter ihr erkenne ich das undeutliche Bild von Maschinen und herunterhängenden Schläuchen. Sie sieht uns, nickt und kommt auf uns zu. Sie hält eine Mappe in der Hand. Ihre weißen Schuhe machen kein Geräusch.

»Es sieht nach Chaos aus, nicht wahr? Aber machen Sie sich keine Sorgen. Ich werde Ihnen erklären, was wir dort drinnen tun, und dann, was Sie für uns tun können. Ist das in Ordnung?« Sie wirft uns einen Blick zu. Baruch und ich nicken.

»Da drinnen sind eine Menge Ärzte und Schwestern, für jeden Patienten eine Gruppe. Wir müssen sicherstellen, dass sie atmen können, dass in jeden Teil ihres Körpers Blut fließt, und wir müssen darauf achten, dass das Herz schlägt. Wir haben Beatmungsgeräte, Brustschläuche zur Saugdrainage, intravenöse Versorgungsleitungen, Röntgengeräte. Jede Menge Dinge. Es ist alles da, um zu helfen.« Sie sieht mich wieder an. Ich nicke noch einmal. Baruch drückt meine Schulter. Mein Mund ist trocken und meine Hände zittern. Ich muss an meine Mutter im Krankenhaus denken, als es zu Ende ging, wie schrecklich das war. Aber das hier ist schlimmer. Es gibt nichts Stilles oder Weißes hier, es gibt nur Blut und Ärzte und Schwestern, die intensiv und eindringlich miteinander reden. Ich werde wahnsinnig vor Angst. Bitte, Gott, lass Vera nicht sehen, wie viel Angst ich habe.

»Alles dient dazu, dem Chirurgen, dem Orthopäden, dem Anästhesisten und den Schwestern, die an jedem Bett stehen, zu helfen.«

»Natürlich«, sagt Baruch.

»Gewöhnlich lassen wir keine Besucher in die Traumaabteilung der Notaufnahme, aber es gibt etwas sehr Wichtiges, wobei Sie uns helfen könnten.«

»Wie?«, flüstere ich. Ich bekomme das Wort kaum heraus.

Die Tür der Notaufnahme schwingt wieder auf. Es ist unvermeidlich, dass ich Gestalten erkenne, die auf den Betten liegen, und die ganzen Geräte, es scheint, als ob sich jede Menge Menschen in Grün nach vorn beugen wie Gottesanbeterinnen. Besucher dürfen hier nicht herein, hat sie gesagt. Ich werde also nicht hineingehen müssen.

»Netta«, ruft jemand. Sie dreht sich um.

»Ich komme«, antwortet sie.

Ich will nicht sehen, was sich hinter diesen Türen abspielt, wer dort in den Betten liegt und wie die Leute aussehen. Aber ich kann meine Augen nicht schließen. Ich höre das Stöhnen, die Kommandos der Ärzte und die Geräusche der Geräte. Baruch hält meine Hand. Seine fühlt sich warm an. Er ist ein alter Mann – hat er keine Angst an einem Ort wie diesem? An einem Ort, wo Menschen sterben? Wie kann er so ruhig sein?

Die Schwester wendet sich wieder an mich. Sie öffnet

die Mappe. Darin liegen ein paar zusammengeheftete Polaroidfotos.

Hinter mir wird eine verletzte Person vorbeigeschoben. Schnell, sehr schnell. Ich sehe die Beine des Mannes, aber nicht sein Gesicht. Die Schwester und der Sanitäter, der ihn schiebt, versperren die Sicht. Auf ihren grünen Hosen sind Blutspritzer. Bis die Tür wieder zuschwingt, höre ich sein Atmen. Er klingt wie ein Lastwagen, der bergauf fährt. Der keuchende, gurgelnde Laut, den er macht, erschreckt mich zutiefst. Ich fühle, wie sich der Raum um mich dreht, und ich möchte mich übergeben. Ich schaue die Wände an. Ich will nichts von alldem sehen.

Der ganze Lärm der Krankenhausgeräte, die immerzu pumpen, das Piep-piep, das nicht aufhört. Und das Neonlicht lässt alles noch größer und hässlicher erscheinen.

Ich drücke Baruchs Hand. Ich will ihm sagen, dass mir schlecht ist.

Die Schwester beobachtet mich.

»Ich weiß, wie schwierig das für Sie ist«, sagt sie. »Aber ich möchte, dass Sie sich diese Bilder ansehen und mir sagen, ob sie irgendetwas darauf wiedererkennen.«

Ich erkenne die Person nicht. Wer immer das unter der weißen Gaze ist, wer immer da in dem Wirrwarr von Schläuchen gefangen ist, wer immer es ist, ich kenne ihn nicht.

»Das ist nicht Vera.« Ich wende mich zu Baruch um. Auch er schüttelt den Kopf.

Die Schwester schiebt die Fotos ein Stück nach unten, damit das Neonlicht nicht direkt draufscheint. Sie legt den Arm um meine Schultern. »Wie alt bist du?«

»Ich bin neunzehn.«

»Und wie heißt du?«

»Lidia.«

»*¿Lidia, has estado alguna vez en un hospital?*«

Spanisch, die Schwester spricht Spanisch! Die Worte wickeln sich um mich wie eine warme Decke.

Ob ich je in einem Krankenhaus war? Meine Erinnerungen daran sind bitter und hasserfüllt. »*Si. Mi … mi madre*«, stottere ich.

Sie nimmt meine Hand. Meine schwitzt, ihre ist weich wie Schlagsahne. »Komm einfach ein bisschen näher«, sagt sie.

Ich mache einen Schritt auf sie zu, doch ich kann die Fotos nicht ansehen. Stattdessen blicke ich auf die Wand.

»Das ist schrecklich für dich, ich weiß. Ich weiß es wirklich. Aber du bist die Einzige, die uns helfen kann. Mädchen, beste Freundinnen erinnern sich an Dinge, an kleine Dinge besser als jeder andere. Verzeih uns also, verzeih mir.«

Sie nimmt mich in den Arm, diese Fremde, sie versteht.

»Die Patienten sehen nicht so aus wie sonst – ihre Gesichter sind mit Verbandsstoff verhüllt, sie haben schreckliche Verletzungen erlitten, ihre Haare wurden vielleicht rasiert …« Sie drückt meine Hand.

O Gott, vielleicht haben sie Veras Haare abgeschnitten; ihr langer blonder Zopf, den sie sich wachsen ließ, als sie nach Israel kam, könnte weg sein. In einem verrückten Moment denke ich: Mein Foto stimmt gar nicht, so sieht sie nicht mehr aus, sie kann es Dan nicht mehr zum Geburtstag schenken.

»Bitte, Lidia, schau dir das Foto an, nur dieses eine,

einverstanden? Wenn darauf irgendwas ist, das dir vertraut erscheint, irgendein Zeichen, dann sag es mir.«

Ich tue, was sie sagt. Ich nehme den Blick von der gegenüberliegenden Wand und starre das Foto an, das sie aus der Mappe herauszieht. Es zeigt Hände.

Die Finger. Die Finger liegen auf der Decke. Auf den Fingern ist Nagellack, blassblau, und auf jedem Daumen ist ein kleiner silberner Stern auf den Nagellack geklebt.

»Das ist Vera«, sage ich und fange an zu weinen. Ich weine und kann nicht mehr aufhören. Die Schwester legt wieder den Arm um mich.

Dann sagt sie: »Noch eine Frage, Lidia. War Vera mit jemandem zusammen im Bus?«

Ich kann nicht denken, ich kann einfach nicht denken. Ich schüttle den Kopf. Vera ist da drin. Vielleicht wird sie sterben. Ich setze mich auf eine leere Bank, verstecke mein Gesicht und weine.

Stattdessen antwortet Baruch. »Ja«, sagt er. »Sie ist zum Flughafen gefahren, um einen deutschen Praktikanten abzuholen. Sein Name ist Thomas Wanninger. Er ist sechzehn und stammt aus Berlin. Ich habe ein Foto mitgebracht, von seiner Bewerbung.«

Frau Dürling Aachener Straße 366, Berlin

15:30 UHR (BERLINER ZEIT)

»Frau Dürling, Sie sind die tüchtigste Hauswirtin der Welt.« Alle Mieter sagen das zu mir. Denn heutzutage gibt es keine Tüchtigkeit und Fürsorge mehr. Selbst jetzt beim Treppenputzen habe ich mein System. Ich ziehe den Wischer von links nach rechts, von rechts nach links. Das mache ich schon mehr als dreißig Jahre so, aber immer noch passe ich auf, dass keine Streifen oder Wasserreste zurückbleiben. Das kann ich gerade noch brauchen – dass jemand ausrutscht, wenn er die Treppe hinunter zur Haustür eilt. Alle vier, fünf Stufen wringe ich das schmutzige Wasser aus dem Wischlappen, stelle den Eimer ein paar Stufen höher und mache weiter, links, rechts, rechts, links.

Ich erreiche den Flur im zweiten Stock und höre ein Telefon läuten. Ich stelle den Wischer auf der obersten Stufe ab, um besser hören zu können. Aus welcher Wohnung kommt es? Wohnung 26? Ja, eindeutig. Aus der Wanninger-Wohnung. Ach je, jemand will sicher Frau Wanninger sprechen.

Es läutet immer noch. Den Schlüssel habe ich – soll ich hineingehen? Ich glaube, wenn es noch länger läutet, mache ich das. Ich schiebe meine Hand in die Schürzentasche. Der Schlüsselring ist da.

Das Telefon läutet weiter. Dann hört es auf. Zu dumm. Ich hatte mir schon überlegt, was ich sagen würde: »Frau Wanninger ist nicht da, sie besucht eine Cousine in Augsburg. Ich bin Frau Dürling, die Hauswirtin. Kann ich etwas ausrichten?« Tja, jetzt gibt es keinen Grund mehr, hineinzugehen.

Ich warte auf dem Flur. Vielleicht versucht es derjenige ja noch einmal. Nein, es läutet nicht mehr. Nun gut, auf jeden Fall muss ich dran denken, Frau Wanninger Bescheid zu sagen, dass ihr Telefon sehr lange geläutet hat. Ich wringe das Wasser aus dem Wischlappen, schiebe den Eimer zur Seite und fange mit dem Flurwischen an. Sie sollte einen Anrufbeantworter haben, jetzt, wo Tommi so weit weg ist. Vielleicht werde ich ihr das mal sagen. Heute ist ja noch so viel anderes zu tun, wenn ich das hier erledigt habe. Vor und zurück, links, rechts, rechts, links.

Das Telefon in Frau Wanningers Wohnung fängt wieder an zu läuten. Ich hole die Schlüssel aus meiner Schürzentasche. Meine Hände sind nass vom Wischlappen, ich schaffe es kaum, den Türknauf zu drehen. Dann eile ich in die Wohnung und nehme den Hörer auf dem Flurtischchen ab. Eine Stimme fragt nach Frau Wanninger.

»Ich bin Frau Dürling, die Hauswirtin«, erkläre ich, so wie ich es mir im Kopf zurechtgelegt habe. »Ja, ich habe ihre Nummer. Sie ist bei ihrer Cousine in Augsburg. Wenn Sie einen Moment warten, geh ich und hol sie.«

Alex Uschakow Hotel Brioni, Rom

16:35 UHR (RÖMISCHE ZEIT)

Mein Vortrag ist für 16:45 Uhr vorgesehen – Kritische Fortschritte in der astrophysikalischen Forschung. Ich gehe noch einmal meine Unterlagen und die Dias durch – alles okay, alles an der richtigen Stelle. Ich stecke das ganze Material in meine Aktentasche und mache den Reißverschluss zu. Dann rücke ich meine Krawatte gerade, ziehe die Jacke an und nehme die Tasche. Ich höre den Fernseher im Nachbarzimmer – WNS und die Weltwirtschafts-Nachrichten. Hotelwände sind bekanntlich sehr dünn.

Ich trete hinaus und schlage die Tür zu. Dann stecke ich die Schlüsselkarte in meine Tasche. Als ich am Nachbarzimmer vorbeigehe, höre ich: »This is WNS Breaking News.« Ich schaue auf die Uhr – 16:40 Uhr. Noch fünf Minuten, um in den Konferenzsaal Nr. 6 zu kommen. Ich eile den Gang entlang zum Aufzug.

Ich sah einen Soldaten, der wie ein Verrückter im Zickzack die Autobahn entlanglief. Er schrie: »Bin ich am Leben? Bin ich tot? Bin ich am Leben?« Als die Bombe explodierte, fiel das Foto von Yoni, meinem Sohn, von der Wand. Ich weiß, dass das etwas zu bedeuten hat. Es ist ein Zeichen. Vielleicht wird *er* ja geschützt sein, ich aber werde zahlen. Mein Leben wird enden, weil ich verantwortet habe, dass der Bösewicht, der dies geschehen ließ, Essen und Wasser von mir bekam. Ich habe für Sameh gelogen, habe ihn gedeckt, als die Polizei kam, um nach illegalen Arbeitern zu suchen, und man mich fragte, ob einer von ihnen bei mir beschäftigt sei. Und Sameh, wer hätte gedacht, dass Sameh so etwas tun könnte? Ich war gut zu ihm. Hasst er mich? Hasst er uns alle? Ich war glücklich. Jetzt hat dieser Virus, gegen den es kein Heilmittel gibt, unser aller Leben ruiniert. Niemand wird je wieder hierher kommen wollen. Ich habe ihm erlaubt, hier zu schlafen, zu essen und zurück in sein Dorf zu gehen. Ich habe ihn nicht angezeigt. Nichts. Nichts.

Was gibt es da zu sagen? Ich kann mich nicht rühren. Meine Arme sind schwer, mein Kopf will nach vorn auf die Brust sinken, und meine Beine fühlen sich an wie Sandsäcke, die auf dem Boden zusammengesackt sind. Ich sitze da und schaue. Sehe, ohne zu sehen. Kann es nicht glauben. Kann es nicht glauben.

Keine der Außenwände steht noch. Die roten Krankenwagenlichter und das Blaulicht der Polizeifahrzeuge prallen von den frei liegenden Metallflächen der Küche zurück. Die Betonmauern meines Restaurants sind nur noch ein Haufen Nichts. Ben, der Koch, ist tot. Er war draußen, um eine zu rauchen. Was soll ich bloß seiner Frau sagen?

Die Männer vom Aufräumdienst in ihren fluoreszierenden Westen bewegen sich auf dem, was einmal mein Parkplatz war. Sie ziehen Harken über den Boden auf der Suche nach Habseligkeiten der armen Toten und Verletzten. Dahinter folgen, wie Todesschatten, Freiwillige mit großen schwarzen Plastikbeuteln, die nach Leichenteilen suchen. Alles, was einmal ein Mensch war, muss beerdigt werden. Geweiht. Selbst das kleinste Stück Haut oder Haar, jede Wimper, jeder Fußknöchel. Nichts wird auf dem Boden liegen gelassen. Alles, was durch die Wucht der Explosion von den Menschen im Bus fortgerissen wurde, wird aufgehoben.

Ich kann sie nicht hören, höre nicht, was sie sagen. Der Lärm der Polizei- und Krankenwagensirenen macht einen taub. Die Männer inspizieren den Boden, als ob es vergrabene Schätze zu finden gäbe. Wie Ameisen arbeiten sie in Reihen, hin und her, vor und zurück. Sie bewegen sich Zentimeter um Zentimeter – über die Autobahn, an den Straßenrändern entlang, durch die Felder neben der Straße und über den Parkplatz.

Das Glas des Frontfensters liegt in Splittern und Keilen oben auf den Trümmern der Mauern. Es gibt keine Theke mehr. Die Kasse liegt auf dem Boden, Münzen und Scheine sind in alle Richtungen verstreut. Der Kühlschrank ist umgeworfen. Ich sitze am ersten Tisch neben dem, was einmal die Drehtür war. Die Uhr über dem Zigarettenautomaten ist stehen geblieben. Sie zeigt 11:47 Uhr. Ich sitze da und beobachte die Friedhofssammler. Yonis Bild liegt auf meinem Schoß, der einzige Mensch, den ich kenne, der am Leben ist, irgendwo in einem Armeestützpunkt, fern von diesem Tod, dieser Zerstörung, dieser Ansammlung von Hass. Genau das ist es, sage ich mir, Hass.

Ich sehe, wie sie alle paar Minuten stehen bleiben, um Wasser aus Flaschen zu trinken. Die weißen Plastikhandschuhe, die sie tragen, lassen sie aussehen wie Chirurgen, aber sie bücken und strecken sich wie Gärtner, die einen Park reinigen. Ich kann nicht aufhören, sie zu beobachten. Die Beutel füllen sich mit Rucksäcken, Militärbeuteln, dem Hemd eines Soldaten mit Sergeant-Streifen auf den Schultern, Taschenbüchern, einem rosa BH, Schuhen, einer Babyflasche und einem Paket Windeln, weiteren Schuhen mit losen Senkeln. Der Wind weht ein zusammengeknülltes Taschentuch zu Boden. Die Luft riecht nach Rauch, Benzin, verbranntem Gummi und einem anderen Geruch, über den ich nicht nachdenken will.

Einer der Männer hebt einen Streifen Stoff auf, vielleicht von einem T-Shirt. Es könnte ein Stück von Samehs T-Shirt sein, das ich ihm letzten Monat geschenkt habe. Es hatte eine hebräische Aufschrift. Damit hat er es geschafft, in den Bus zu kommen. Der Busfahrer hat gedacht, er ist Jude. Ich erinnere mich, als er das erste Mal zu mir kam und von einem Palästinenser, Omar, der an einer Tankstelle arbeitete, mitgebracht wurde. Ich fand, Sameh sah nicht wie ein Araber aus.

An diesem verdammten Ort sehen wir alle gleich aus.

Vor fünf Minuten wurde der Bus abgeschleppt. Das Dach war weggesprengt, das Innere völlig zerstört, das Skelett aus Metall verbeult und verbogen, die Reifen verkohlt. Ich habe gehört, wie der Busfahrer im Rundfunk interviewt wurde. Bis jetzt wurden noch keine Namen von Toten oder Verletzten bekannt gegeben.

Danach wurden der Rahmen und die vordere Stoßstange eines gelben Lieferwagens abgeschleppt. An der Stoßstange hing noch das Nummernschild. Einer der Polizisten meinte, der Lieferwagen hätte offensichtlich versucht, auf die mittlere Spur zu fahren, genau wie der Bus. Vor einer Stunde wurden die Überreste des Lieferwagenfahrers in einer Leichenhülle weggetragen.

Landarbeiter und Angestellte der Tankstelle, die hier waren, haben Gedenkkerzen angezündet und aufgestellt. Wo haben sie die her? Sind wir das Land der Toten? Laufen die Lebenden mit Gedenkkerzen herum? Es sind Reihen um Reihen kleiner Behälter mit flackernden Lichtern, die die weißen Markierungen auf dem Parkplatz säumen. Der Eingang zu meinem Restaurant sieht aus wie ein Friedhof. Jemand hat einen Strauß Feldblumen dagelassen, die mit einem Stück Schnur zusammengebunden sind. Trauer hat eingesetzt, obwohl die Namen der Toten noch nicht mal bekannt gegeben wurden. Wer weiß, wie viele es sind? Aber es wird Tote geben. Ihre und unsere.

Baruch Ben Tov Hadarim Hospital 18:10 UHR

Kannst du dir vorstellen, meine Rachel, dass ich mich um einen deutschen Jungen kümmern soll, dass ich für sein Wohlbefinden verantwortlich bin? Ich bin der Einzige im Kibbuz Broschim, der Deutsch kann. Sein Name ist Thomas. Wenn er wieder bei Bewusstsein ist, werde ich Deutsch reden. Die Sprache der Soldaten, der Peiniger, der Mörder. Und die Worte Goethes, Heines und Schillers, so, wie sie meine Professoren sprachen.

Er hat keinen Vater. Sie versuchen, seine Mutter zu erreichen. Ich, ein Überlebender des Ghettos, werde seine Mutter zu seinem Krankenzimmer begleiten. Nachdem mir der Arzt erklärt, was ich sagen soll, werde ich ihr die Situation auf Deutsch erklären. Das Leben bringt seltsame Situationen, nicht wahr, meine liebe Rachel?

18:10 UHR **Clive Burleigh**, **WNS-Korrespondent für den Nahen Osten, Zebedeid, Palästinensische Verwaltung**

Heute haben wir eine Sondererlaubnis erhalten, in das Dorf Zebedeid zu fahren. Wir sind hier, um Ihnen mit der Kamera und in Interviews zu zeigen, welche Folgen der Tod eines Selbstmordattentäters in dem Ort hat, in dem er aufwuchs.

Was Sie gerade hören, ist der Muezzin, der die Gläubigen dieses kleinen Dorfes zum Gebet salahtu el Majrib *ruft, das nach Sonnenuntergang gesprochen wird. Ich stehe hier auf der breitesten Straße in Zebedeid – kein Pflaster, kein Asphalt, nur Staub und Kies.*

Folgen Sie mir zur Dorfmoschee, die klein und schlicht im letzten Sonnenlicht liegt. Nur männliche Muslime dürfen die Moschee betreten, lassen Sie uns also eine Seitenstraße einschlagen und schauen, ob wir die Frauen von Zebedeid finden.

In diesem kleinen Haus, vor dem ich stehe – es ist ungestrichen und aus Betonsteinen erbaut –, wuchs Sameh Laham auf. Seine beiden Brüder sind zum Abendgebet in die Moschee gegangen. Die Haustür steht offen.

Auf dem Fußboden sitzt Samehs Mutter mit ihren Nachbarinnen und Verwandten. Die Frauen erinnern sich an Abed, Samehs Vater, der stolz auf seinen Sohn gewesen wäre, wie sie sagen. Das Weinen, das Sie hören, die Wehklagen über das Elend, die die Frauen auf dem Fußboden ausstoßen, und das Schlagen gegen die Brust – all das ist Ausdruck ihrer Trauer. Aber ihre Tränen sind auch Tränen des Stolzes. Sameh, ihr Sameh, ist jetzt ein Schahid. Allah im Himmel wird Sameh willkommen heißen. Allah wird hier auf Erden ein Auge auf Samehs Familie haben. Amal, Samehs Mutter, wird nicht sich selbst überlassen sein, und für ihre anderen Kinder wird gesorgt werden.

Die Kargheit des Hauses, der bröckelnde Putz der Wände zeigt die harte ökonomische Realität dieser Familie. Das einzige Bild, das in einem Rahmen an der leeren Wand hängt, zeigt den Dom der Felsenmoschee in Jerusalems Altstadt. Unter dem Bild der Moschee mit der goldenen Kuppel steht ein Vers aus dem Koran. Der Vers beschreibt, wie der Prophet Muhammad genau an dieser Stelle in Jerusalem gen Himmel fuhr. Auch die palästinensische Flagge hängt an der Wand: ein rotes Dreieck und drei Streifen in Schwarz, Weiß und Grün. Traditionell wird jeder Schahid mit der Flagge bedeckt, wenn er von der Menge der Trauernden zu seinem Grab getragen wird.

Nichts in diesem Haus ähnelt einem amerikanischen Zuhause. Deshalb scheint es mir als WNS-Korrespondent wichtig, dass unsere Zuschauer das Ausmaß der Armut, die hier herrscht, sehen. Keine Vorhänge vor den Fenstern, nur ein Neonlicht an der Decke, ein alter Kühlschrank, ein Campingtisch mit einem ramponierten Fernseher drauf. Seltsamerweise steht auf dem Fußboden ein nagelneuer Videorecorder.

Mit Hilfe meines Dolmetschers werde ich nun ver-

suchen, von einigen der Männer, die vom Abendgebet zurückkommen, mehr zu erfahren.

»Zwei Männer in schwarzen Jacken und mit der Keffiyeh um Kopf und Gesicht trafen um zwei Uhr nachmittags im Dorf ein. Wir wissen nicht, wer sie waren oder woher sie kamen. Mein Cousin führte die beiden zu Samehs Haus. Sie hatten eine Videokassette dabei. Sie war für Amal, Samehs Mutter. Einer der Männer trug auch ein nagelneues Videogerät. Sie brachten Samehs letzte Worte. Ehe wir zum Gebet gingen, haben wir alle Sameh im Fernsehen gesehen.«

Sameh Lahams Leichnam ist bis jetzt noch nicht vom Leichenschauhaus nach Zebedeid überführt worden. Niemand spricht hier über die Zerstörung, die ein Körper durch eine Explosion erfährt. Es ist besser, den Sechzehnjährigen lebend in einem Video anzusehen. Man hat mir gesagt, dass ich das Video nicht sehen kann. Ein WNS-Korrespondent wird hier in Zebedeid offensichtlich als möglicher israelischer Spion angesehen. Wenn Sie dranbleiben, kann ich Ihnen eine Beschreibung des Inhalts bieten, wie sie mir einer von Samehs Freunden geliefert hat.

»Sameh steht vor der Karte unseres Staates, des palästinensischen Staates. Er hält eine Kalaschnikow und den Koran. Er trägt eine Keffiyeh, doch sein Gesicht ist nicht verdeckt, damit wir wissen, er ist es. Er steht aufrecht und schaut direkt in die Kamera. Ich kann die Narbe über seinem rechten Auge erkennen. Ich weiß noch, wie er sie bei einem Fußballspiel bekam.

Eine Stimme sagt: ›Sameh Laham, Schahid für die Befreiung Jerusalems und ganz Palästinas. Sameh Laham wird helfen, all unseren Brüdern Palästina zurückzugeben.

Die Juden werden aus unserem Land verschwunden sein. Unsere Gräber, unsere Haine, unsere Obstfelder, das grenzenlose blaue Meer, die endlosen Felder werden alle wieder uns gehören.‹

Dann wird unsere Nationalhymne ›Baladi, Baladi‹ gespielt. Währenddessen blickt Sameh die ganze Zeit in die Kamera.

Danach spricht er: ›Ich, Sameh Laham, erkläre mich zum Schahid. Denn es sind die Leben der Märtyrer, die diesen Traum Wahrheit werden lassen.

Es gibt nichts Größeres, als um Allahs willen für das Land Palästina den Märtyrertod zu sterben. Weine nur vor Freude, meine Mutter. Verteilt Datteln, meine Brüder, denn deinen Sohn, euren Bruder erwartet eine Hochzeit im Himmel.

Betrachtet die, die um Allahs willen gestorben sind, nicht als tot, sondern vielmehr als Lebende, die von Gott genährt werden.

Und sagt nicht von denen, die auf dem Wege Allahs erschlagen werden: Sie sind tot. Nein, sie leben, obwohl ihr sie nicht als Lebende wahrnehmt.‹

Wir haben alle getanzt und gesungen; wir haben es so gemacht, wie es sich Sameh gewünscht hätte. Wir haben uns für ihn gefreut. Datteln wurden herumgereicht. Aber wir taten keinen Zucker in den Kaffee, den wir tranken. Wir tranken sahda, *denn wir sind in Trauer.*

Seine Mutter hat geweint, aber auch gelächelt.«

»Hat sie etwas gesagt?«, fragte ich.

»Ja«, antwortete Samehs Freund. »Sie sagte, dass sie traurig ist, Sameh zu verlieren, aber sie weiß, in Gottes Gesellschaft wird er lebendig sein. Sie war stolz, sehr, sehr stolz.

Wir werden das Video viele, viele Male anschauen. Die Leute werden aus anderen Dörfern kommen, um es zu sehen.«

Hinter mir hat die Heiligung Sameh Lahams begonnen. Zwei Jungen, Klassenkameraden von Sameh, beginnen, ungeachtet der abendlichen Dunkelheit und mit der Hilfe von Taschenlampen, sein Bild auf alle verfügbaren Mauern des Dorfes zu malen. Ab morgen wird das Gesicht des sechzehnjährigen Selbstmordattentäters den Bewohnern Zebedeids von den Mauern der Schule, des Lebensmittelgeschäfts, der Tankstelle und der Reparaturwerkstatt hier im Dorf entgegenstarren.

Das war Clive Burleigh für WNS.

23.00 UHR **Rundfunknachrichten**

Hier sind die Abendnachrichten um dreiundzwanzig Uhr. Heute Morgen um 11:47 Uhr hat sich ein Selbstmordattentäter in einem Bus der Linie 9 auf dem Weg nach Jerusalem in die Luft gesprengt. Es ist uns jetzt erstmals möglich, die Namen der Toten bekannt zu geben:

Soldat Samuel Horoschowsky, 19, aus Haifa
Soldatin Anna Gilad, 18, aus Haifa
Erster Leutnant Rashid el-Azayazeh, 21, aus Sahur
Leila Al-Kahlout, 26, aus en-El-Quadi
Mervat Al-Kahlout, 4 Monate, aus en-El-Quadi
Arin Al-Kahlout, 22, aus en-El-Quadi
Anat Mamilyan, 16, aus Kiryat Gat
Sara Levy, 63, aus Kiryat Gat
Yael Levy, 45, aus Kiryat Gat

Benny Davidov, 13, aus Beerscheba
Haim Davidov, 52, aus Beerscheba
Sergeant Yuval Bar, 23, aus Tel Aviv
Sergeant Ron Kovarski, 23, aus Jerusalem
Sally Cochran, 32, aus Boston
Tom Linker, 29, aus Boston
Brad Holerbie, 27, aus Minneapolis
Yasir Rajoub, 41, aus Nazareth
Jaber Rajoub, 6, aus Nazareth
Ben Zelkovitz, 38, aus Mevasseret

Mögen sie in Frieden ruhen.

Als Selbstmordattentäter wurde Sameh Laham, 16, aus Zebedeid identifiziert. Bis zur Stunde hat sich noch keine Terrorgruppe zu dem Anschlag bekannt.

Für Fragen nach den Verletzten ist eine Vierundzwanzig-Stunden-Hotline zum Hadarim Hospital geschaltet.

MONTAG, 10. APRIL

Dan Oron Kibbuz Broschim, Judäisches Bergland 3:30 UHR

Ich setze mich auf Veras Bettkante. Ich stecke immer noch in meiner Uniform. Ich kann nicht glauben, dass sie nicht da ist und auf mich wartet. Was ist das, was die Leute erzählen? Ein Ereignis, ein Anruf kann dein ganzes Leben verändern.

Es war nach Mitternacht, als mich der Fahrer des Gemüselasters, der mich mitgenommen hatte, am Haupttor des Kibbuz absetzte. Hinter dem Pförtnerhäuschen zuckten die Blaulichter vom Dach eines Polizeiwagens. In der Ferne sah ich die Gemeinschaftshalle, die innen hell erleuchtet war. Etwas Schreckliches, Schlimmeres, als man mir gesagt hatte, musste geschehen sein. Aber was?

Der Pförtner in seinem Häuschen bestätigte, was ich am Telefon gehört hatte – nur ein einfacher Satz: Ja, deine Freundin wurde verletzt, genauso wie der Praktikant, den sie abholen wollte. Als ich bei uns ins Haus kam, sagte ich meinen Eltern, ich wolle sofort ins Krankenhaus. Sie erzählten, dass Baruch gerade von dort zurückgekommen sei.

Ich überquerte die Wiese zu Baruchs Haus. Er sagte mir, Vera sei in einem ernsten, aber stabilen Zustand. Er würde demnächst wieder hinfahren, ich sollte doch mitkommen.

Die Bettfedern quietschen, und irgendwo draußen krächzt eine Krähe. Andere Geräusche gibt es um diese Uhrzeit nicht.

Vor dem Fenster hängt nur das Fliegengitter. Ich atme den scharfen Geruch des feuchten Rasens ein. Die warme Nachtluft berührt und bewegt die Dinge hier drinnen in Veras Zimmer. Ich schnüre meine Armeestiefel auf und ziehe sie aus. Ich lege das Kissen unter meinen Kopf. Es riecht nach ihr. Ich strecke mich aus. Die Baumwolldecke liegt dick und weich unter meinen Beinen. Ich starre die Schnappschüsse an, die sie an die Wand geklebt hat: wir beide am Strand, wir beide beim Wandern und wir beide, wie wir faul auf dem Sofa bei mir zu Hause herumsitzen. Auf dem Nachttisch ihre getrockneten Blumen und das Bewerbungsformular für die Uni. Noch unausgefüllt. Sie hatte versprochen, bis Ende der Woche würde sie alles fertig machen. Nein, sauer kann ich jetzt nicht auf sie sein. Wie denn? Ich will nur, dass sie lebt.

Wie kann sie sterben? Sie ist doch so lebendig. Die Fotos bewegen sich gleichsam von ihrem Atem, oder ist es mein Herz, das schlägt?

Wir erfanden unsere eigene Sprache, alberne Wörter, aber für uns ein geheimer Code. Mit wem soll ich jetzt reden? Auf einmal bin ich todmüde. Wie ausgelöscht. Meine Hände zittern. Ich habe nie viel über Gott nachgedacht. Ist nicht meine Sache, um Hilfe zu bitten oder zum Himmel aufzublicken und irgendeine Macht dort oben anzurufen. Aber jetzt bewegen sich meine Lippen. Von Wörtern, die ich noch nie ausgesprochen habe: Gott, bitte, bitte, lass sie leben. Ein Wind richtet die Blätter der kleinen Efeupflanze auf. Ist das eine Antwort?

Ich stehe auf und trete ans Fenster. In der Dunkelheit

wirkt der Rasen dunkelviolett und die Blumen wie weiße und silberne Punkte. Natürlich erregt es mich, Vera zu berühren. Aber es ist noch mehr. Sie ist auch meine beste Freundin, mein bester Freund. Ich schaue mich im Zimmer um. Ihre Haarbürste, ein paar bunte Gummibänder für ihren Zopf, Bücher über Botanik, ein Foto von ihr im Ballettunterricht, als sie zehn war. Es gibt Tage und Jahre in ihrem Leben, an denen ich nicht teilhatte. Manchmal weint sie. Ganz plötzlich, ohne Grund. Ich bitte sie dann, mir zu erzählen, warum sie weint, aber sie schüttelt den Kopf. Ich möchte alles wissen, denn ich gebe ihr *mein* Leben. Ich will nicht, dass sie Angst hat. Ich habe keine. Und egal, was sie mir jemals erzählen oder antun wird, ich werde nie aufhören, sie zu lieben. Wir haben unser ganzes Leben aufeinander gewartet.

Ich höre langsame Schritte die Treppe heraufkommen. Baruch öffnet die Tür. »Zeit zu gehen?« Er nickt. Ich ziehe meine Stiefel an.

Clive Burleigh, **WNS-Korrespondent für den Nahen Osten**, **Straße zum Hadarim Hospital** 4:20 UHR

»Werden wir an der Stelle vorbeikommen, wo der Bus explodiert ist?«, frage ich.

Der große, dunkle, bärtige Mann, mein Fahrer, schüttelt den Kopf. »Das war auf der Autobahn 1, die da unten entlangläuft. Wir sind jetzt im Judäischen Bergland oberhalb der Autobahn, auf der Straße zum Krankenhaus. Wenn es heller wird, können Sie die Stelle sehen.«

Vorn im Lieferwagen sitzt ein Kameramann aus der Gegend. Er und der Fahrer reden in kurzen knappen Sätzen auf Hebräisch miteinander. Ich bin ausgeschlossen. Das stört mich nicht, ich bin hier, um meine eigenen Schlüsse zu ziehen.

»Es tut mir so Leid«, hatte ich zu dem Fahrer gesagt, als er mich am Flughafen Ben Gurion abholte.

»Danke. Ob man im Bus sitzt oder im Restaurant, das ist Schicksal«, antwortete er. »Schicksal.« Ich muss das Wort mindestens hundert Mal gehört haben, seit ich angekommen bin – *goral* auf Hebräisch.

»Es ist Schicksal«, sagt der Kameramann zu mir, als ob er Gedanken lesen könnte, »dass die Explosion an einem Ort geschah, der so dicht am Krankenhaus liegt. Wir hatten Glück.«

Er benutzt das Wort »wir«, als ob er persönlich betroffen sei. Ich werde mir das merken. Vielleicht kann ich es mal irgendwann ausspielen. Ich finde nicht, dass irgendetwas an dem Ereignis mit Glück zu tun hat, aber ich sage nichts. Der Fahrer blickt prüfend in den Rückspiegel und gibt Gas.

»Irgendwelche abschließenden Zahlen über Tote und Verletzte?«, frage ich.

»Nein«, antwortet der Fahrer.

Lange Zeit sagt niemand etwas. Dann biegt der Fahrer scharf nach rechts ab. »Das ist der Weg, den auch die Krankenwagen genommen haben«, sagt er.

»Erstaunlich, wie schnell sie da waren«, gebe ich zurück.

»Ja, innerhalb von Minuten. Es hat keine zwanzig Minuten gedauert, dann konnte das Krankenhaus die ersten Opfer aufnehmen.«

Der Kameramann flüstert dem Fahrer etwas zu. Der nickt und schaltet das Radio an. »Ich übersetze für Sie, wenn irgendwas Wichtiges kommt«, sagt der Kameramann.

Ich sehe die Silhouetten der Bäume und der hügeligen Abhänge, aber das ist auch alles. Hat nicht König David einen Psalm über dieses Bergland außerhalb Jerusalems geschrieben, das Judäische Bergland? Irgendwie meine ich mich zu erinnern. Doch nach dem, was ich sehe, könnte ich mich genauso gut in der Landschaft befinden, die mein Haus daheim umgibt. Ich starre auf die asphaltierte Straße. Wie werde ich über all das berichten – wird es die Geschichte einer Person, einer Familie, des Fahrers sein? Werden Opfer bereit sein, mit mir zu sprechen? Wird überhaupt jemand bei Bewusstsein sein?

Der Aschenbecher des Wagens ist randvoll mit alten Zigarettenstummeln, doch der Fahrer raucht gerade nicht. Ich sehe die Wölbung einer Zigarettenschachtel in seiner Hemdtasche. Jetzt hätte ich selbst gern eine Zigarette – Rauchen ist ein alter Arbeitstrick von mir. Ich konzentriere mich wieder auf die Straße und auf das, was ich von der Landschaft mitbekomme.

Die Straße ist schmal, der Fahrer fährt langsam und vorsichtig um die Kurven und die steilen Anhöhen hinauf. Keiner sagt etwas. Die Rundfunkberichte überbrücken die Redepause. Bis jetzt übersetzt niemand für mich.

»Irgendwas Neues?«, frage ich. Sie schütteln die Köpfe. Das war der letzte Versuch, mich höflich zu unterhalten. Ich verfalle wieder in Schweigen.

Es herrscht reger Verkehr, eine Reihe von Scheinwerfern vor uns und hinter uns durchdringt das Dunkel. Autos, die zum Krankenhaus unterwegs sind, erläutert der Kameramann. Das ist das einzig mögliche Ziel, das man auf der Straße um diese nächtliche Stunde ansteuert.

In den Kurven verschwinden die Lichter und kehren zurück, wenn die Straße wieder geradeaus läuft.

Ich schaue auf meine Uhr. Fast Morgendämmerung und Montag. Für andere Menschen an einem anderen Ort der Beginn eines ganz gewöhnlichen Montags, aber für uns hier in dem Lieferwagen wird es eine lange, endlose Geschichte über Tod und Tragödie werden. Ich fürchte, eines Tages werde ich meinen Kindern erzählen, dass mein Job darin besteht, vom gegenseitigen Hass der Menschen zu berichten und ihn zu dokumentieren.

Plötzlich tritt der Fahrer scharf auf die Bremse. Hinter uns Reifenquietschen, als der nachfolgende Wagen stoppt. Ein Reh huscht über den schwarzen Asphalt in den Wald. Im Wagen macht sich Erleichterung darüber breit, dass wir den Tod nicht sehen müssen – kein totes Reh, kein totes Kaninchen, überhaupt kein totes Wesen. Der Fahrer tritt aufs Gas. Wir beschleunigen.

Wir fahren auf einen großen, mit Steinen gepflasterten Platz. Er ist voller Menschen und Autos. Der Fahrer murmelt leise etwas. Ich schaue in meiner Umhängetasche nach Aufnahmegerät, Pass, Presseausweis. Der Kameramann überprüft seine Ausrüstung. Der Fahrer kurbelt das Fenster herunter und streckt den Kopf hinaus, er sucht in allen Richtungen nach einem Parkplatz. Der Himmel ist immer noch nachtschwarz, aber die weißen Scheinwerfer, die vom Gebäude herunterstrahlen, machen den Platz taghell. Wir können weder vor noch zurück, wir stecken in einer Schlange aus Taxis und anderen Autos fest. Krankenwagen und Polizeifahrzeuge umgeben den Eingang der Notaufnahme. Bevor sie nicht wegfahren, bewegt sich hier nichts. Der Fahrer hupt dem Taxi vor ihm.

Ich verstehe kein Hebräisch, weder die Zeichen, noch was die Leute sagen. Nur die Buchstaben über dem Eingang ergeben einen Sinn: NOTAUFNAHME. Aber hier war ich schon mal, sage ich mir. Die gleichen Bahren wurden auch in Bosnien, Ruanda, in Nordirland geschleppt. Kann ich das Material wiederverwenden, aus dem ich dort vorgelesen habe? Vielleicht. Natürlich weise ich die Vorstellung sofort zurück, denn selbst wenn es eine gewisse Gleichheit im Krieg gibt, ist doch jedes menschliche Wesen eine Welt für sich. Mein Job ist es, zu berichten, was ich sehe, was ich entdecke, aber dabei immer die Menschen zu respektieren, ihre Geschichte, ihre persönlichen Tragödien, ihre Hoffnungen.

Der Lieferwagen bewegt sich langsam, zentimeterweise vorwärts. Es ist warm. Na ja, es ist ja auch schließlich April in Israel, beinahe Sommer.

Als wir uns dem Eingang nähern, sehe ich durch die Windschutzscheibe die fassungslosen Gesichter, die Menschen, die sich aneinander klammern, Kinder und Erwachsene, die einander umarmen und stöhnen. »Viele stehen unter Schock«, sagt der Fahrer. »Sie haben keine sichtbaren Verletzungen, aber sie kommen noch Stunden, Tage nach einem Anschlag her.«

»Die wandelnden Verwundeten«, kommentiere ich.

»Ja«, stimmt er zu.

Der Kameramann schaltet das Autoradio aus.

Dan Oron Hadarim Hospital 4:54 UHR

Hier drinnen höre ich das Heulen der Krankenwagen nicht. Wir drängen uns durch die Menge, die ziellos im

Flur gleich hinter den Türen herumläuft. Am Informationsschalter erkläre ich, wer wir sind und weswegen wir kommen.

Der Eingangsbereich im Innern des Krankenhauses ist voll gestopft mit schätzungsweise mehreren hundert Menschen. Sind sie alle mit jemandem aus dem Bus verwandt? Das ist unmöglich. Es müssen auch Freunde und Nachbarn sein. Von ruhiger Krankenhausatmosphäre keine Spur. Die Leute weinen, Handys klingeln, jede Schwester und jeder Arzt wird angehalten und um Auskunft gefragt. Wir beide werden von der Menge fast verschluckt. Ich versuche, nicht daran zu denken, was auf den Fluren los ist, die abseits von hier liegen. Ich konzentriere mich nur darauf, mich mit Baruch zusammen durch die Menge zu schieben. Die Neonlichter an der Decke über uns strahlen alles und jeden scharf und schmerzhaft an. Zwischen den weinenden Familien stehen Zeitungsreporter und eine Fernsehcrew. Jemand mit einem WNS-Presseausweis. Und Männer mit arabischer Kopfbedeckung. Wir alle hier leben, nicht wahr?

Eine Schwester erklärt jemandem, dass sie in die orthopädische Abteilung geht, und ich husche hinter ihr den Gang entlang. Religiöse jüdische Frauen in langen Kleidern und mit Turbanen, die ihren Kopf bedecken, Kinder aus der High School mit Getränkedosen in den Händen, freiwillige Helfer, die Becher mit Kaffee verteilen, treten für uns zur Seite. Zehn Männer stehen in einer Ecke und beten. Betet für Vera, möchte ich ihnen sagen. Eine Frau mit einem Transistorradio lauscht den Nachrichten, während ihr kleiner Junge auf dem Fußboden spielt. Ich stolpere beinahe über ihn. Wenn die Explosion nicht passiert wäre, läge er jetzt im Bett und würde fest schlafen.

Baruch Ben Tov Intensivstation – Neurologie, Hadarim Hospital 5:02 UHR

An der Information vor der Intensivstation erklärt mir die Schwester, was mit Thomas Wanninger geschieht. Die Aussagen, die ich gemacht habe, wurden an das Personal weitergeleitet. Sie wissen jetzt, dass er kein Hebräisch spricht und auf dem Weg nach Broschim war, um dort als Praktikant zu arbeiten.

Ich folge der Schwester auf die Station. In der Mitte des großen Raums befindet sich ein kreisförmig angelegtes Schwesternzimmer mit Blick auf sechs Kabinen. Zwei der Kabinen sind mit Vorhängen geschlossen. Neben einigen Betten sitzen Menschen. Sie schauen einen Moment auf, sehen mich an und wenden sich wieder ab. Mütter, Väter? Ehefrauen, Ehemänner?

Ich frage die Schwester, ob er angefangen hat zu sprechen. »Deshalb bin ich hier«, erkläre ich ihr. »Ich kann Deutsch mit ihm reden.«

»Er liegt im Koma. Im Moment hört und reagiert er auf gar nichts. Aber es ist gut, dass Sie da sind. Er braucht die Stimulierung durch jemanden, der spricht, und wenn es natürlich Deutsch ist, seine eigene Sprache … Je mehr Sie mit ihm reden, desto besser stehen die Chancen für ihn, wieder aufzuwachen, das heißt aus dem Koma zu kommen.«

Es ist fast kein Geräusch in diesem Zimmer zu hören, nur das Surren und Piepsen von Maschinen und die aufmunternden Worte, die den Patienten zugeflüstert werden.

Die Schwester zeigt auf das Bett gegenüber der Tür. »Ich hole Ihnen einen Stuhl«, sagt sie.

»Danke.«

Als ich mich hinsetze, sage ich zu ihr: »Ich werde bleiben. Er ist allein, wissen Sie?«

»Natürlich«, sagt die Schwester. »Wenn Sie sich entschließen, die ganze Nacht zu bleiben, werden wir etwas finden, wo Sie sich zwischendurch einmal ausruhen können. Wir brauchen Ihre Hilfe. Auf jeden Fall so lange, bis ein Angehöriger eintrifft.«

»Tja, ich weiß nicht, wann die Mutter kommen wird. Aus Berlin.« Ich betone das Wort wie ein Deutscher. Die Schwester bemerkt es.

»Was für ein Segen für den Jungen, dass Sie Deutsch sprechen und dass Sie hier sind«, sagt sie.

Merkwürdig, sich vorzustellen, dass ich für den Jungen ein Segen bin.

Die Schwester zieht den Vorhang um das Bett und lässt uns allein. Jetzt sehe ich ihn richtig an. Sein Gesicht ist rot von den Verbrennungen, seine Augenbrauen und Haare sind versengt. Um seine Stirn liegt ein dicker Verband. Sein Körper ist reglos. Das ist nicht der nett aussehende Junge auf dem Foto.

Sprich mit ihm. Die Schwester hat gesagt, das wird ihm helfen. Aber was soll ich sagen? Das Einzige, woran ich denken kann, sind Blumen. Na gut, warum nicht?

»Bei uns im Kibbuz lassen wir wunderbare Blumen wachsen, fast alle Arten – Nelken, Rosen, Narzissen, Gladiolen, Margeriten …«

Dan Oron Orthopädische Abteilung, Zimmer 414, Hadarim Hospital 5:02 UHR

Ich folge der Schwester den Flur entlang.

»Hier liegt sie. Wir haben ihr Beruhigungsmittel gegeben, aber Sie können sich neben sie setzen.«

Es stehen noch zwei weitere Betten im Raum, doch beide sind leer. Veras ist das hinterste, gleich neben dem Fenster.

Als ich sie sehe, fange ich an zu weinen.

»Schon gut, schon gut«, sagt die Schwester und nimmt mich in den Arm, als ob ich ein Kleinkind wäre. Einen Typen in Uniform.

»Sie leidet unter schlimmen Schmerzen. Wir haben ihren Zustand als mäßig bis ernst eingestuft. Die gute Nachricht ist, dass sich ihr Zustand stabilisiert hat. Sie wird an den Tropf gehängt, damit der Flüssigkeitsverlust durch die Wunden ersetzt wird, und natürlich benötigt sie sehr viel Zuwendung. Es wird alles Zeit brauchen.«

»Was ist mit ihrem Auge? Dem mit der Klappe? Wird sie sehen können?«

»Ja. Kommen Sie, setzen Sie sich einfach neben sie. Sie können mit ihr reden, wenn Sie wollen. Auch wenn sie Sie nicht hört, kann es ihr vielleicht helfen, und wahrscheinlich hilft es *Ihnen*. Okay?«

Ich nicke. »Ich habe gehört, man hat sie in dem Bus unter einem Sitz herausgezogen?«

Die Schwester schüttelt den Kopf. »Ich habe sie weder in der Notaufnahme noch im OP gesehen, deshalb weiß ich darüber nichts Genaues. Aber …«

»Ja?« Was wollte sie mir noch erzählen?

»Nun, wahrscheinlich kommt die schwerste Zeit für

sie erst, wenn sie anfängt, sich an das zu erinnern, was sie gesehen hat. Deshalb müssen ihre Freunde und ihre Familie Geduld mit ihr haben.«

»Ihre Eltern sind nicht da. Sie sind in Odessa.«

»Na ja, aber sie hat Sie und dieses wunderbare Mädchen, ihre beste Freundin, oder? Und die Leute aus dem Kibbuz. Ich bin sicher, sie wird jede Menge Unterstützung bekommen. Wenn Sie mich brauchen, finden Sie mich am Ende des Flurs.«

»Bevor Sie gehen, können Sie mir noch etwas zu dem ganzen Zeug hier sagen, an dem sie hängt?«

»Machen Sie sich deswegen keine Sorgen. Sobald es ihr besser geht, entfernen wir all die unterstützenden Geräte, eins nach dem anderen.«

»Wie zum Beispiel die Sauerstoffmaske?«

»Ja.«

Sie geht.

Ich sehe die Schnitte, die Quetschungen, die Verbände am Hals, am Arm und am Bein, die Klappe über dem Auge. Ihre Haare sind teilweise versengt, darunter zeigt sich der blanke Schädel. Das blonde Haar, das noch übrig ist, ist schwarz von Ruß. Ich küsse ihre Stirn. Vorsichtig, nur keine weiteren Schmerzen, Vera. Ich bin da.

Lidia kommt herein. Von wo? »Sie sieht schlimm aus, nicht wahr?« Tränen laufen ihr übers Gesicht. »Baruch sagt, sie ist jung und stark.«

»Er hat Recht. Wir sollten einfach froh sein, dass sie lebt«, sage ich. »Hast du das Bild von dem Bus gesehen?«

»Ja, ich kann gar nicht glauben, dass sie sie da herausgeholt haben.«

»Aber so war's. Wie geht es dem Jungen? Dem Praktikanten?«

»Er liegt im Koma. Baruch ist jetzt bei ihm. Es war gut, dass er zwischendurch zurückgefahren ist und sich ausgeruht hat. Für einen alten Mann wie ihn muss das alles noch schlimmer sein.«

Sie hat dunkle Ringe unter den Augen. »Weißt du, Lidia, du musst auch mal raus hier. Mach eine Pause«, sage ich zu ihr. »Ich finde, du solltest zurück in den Kibbuz fahren. Ich bleibe hier.«

Nach einer Weile stimmt Lidia zu. Als ich allein bin, beuge ich mich über Vera und küsse sie wieder. »Ich bin da, ich liebe dich. Ich liebe dich.«

Der Chef Wohnung 3, 45 Shoham Street, Jerusalem *6:10 UHR*

Ich bin seit einer Stunde zu Hause. Ich schaue immer noch auf die Uhr. Ich weiß nicht, weshalb. Vor einer Stunde, um fünf, hat mich Ruthie vom Krankenhaus zurückgebracht. Wie lange war ich da? Ewig, glaube ich. Sie haben einen Schock, sagte die Schwester, aber erst mal müssen wir die Schwerverletzten versorgen. Wenn sie gewusst hätte, wer ich bin, hätte sie mich angespuckt. Eine der Schwestern gab mir ein Glas Wasser und sagte, ich sollte mich hinsetzen und warten. Bitte, Gott, dachte ich, lass sie nicht fragen, wer ich bin – der Restaurantbesitzer, Samehs Chef.

Schließlich maß die Schwester meinen Blutdruck und untersuchte mein Herz. Mein Körper zuckte, als ob im Innern ein Erdbeben toben würde. Ich hörte nicht auf zu zittern, selbst als ich die Arme vor der Brust fest verschränkte und die Beine übereinander schlug. Die Schwester aus der Notaufnahme gab mir ein Fläschchen mit Tabletten. Kommen Sie in zwei bis drei Tagen wieder, meinte sie mit leiser Stimme zu mir, wenn es Ihnen dann nicht besser geht. Jeder hat diese Reaktion, sagte sie noch, um mir Selbstvertrauen zu geben. Fast hätte ich ihr geantwortet: »Aber nicht jeder hat einen Tellerwäscher, der ein Selbstmordattentäter ist.«

Jeder einzelne Knochen meines Körpers zitterte noch, als wir nach Hause kamen. Ruthie sagte: Leg dich hin und ruh dich aus. Ich kann nicht. Ich laufe in der Wohnung herum wie ein Tier in einem Käfig. Ich höre, wie Ruthie weint. Ich sage ihr, sie soll mich allein lassen.

Ich werde nie mehr fähig sein, den Menschen ins Gesicht zu schauen, die ich aus dem Restaurant kannte. Wenn die Eltern der Kinder, die im Bus getötet wurden, mich töten wollen, dann bitte. Ich kann das verstehen. Ich bin schuld. Sameh hat für mich gearbeitet.

Vor ungefähr einer Stunde drang das erste Licht durch die geschlossenen Läden. Lass mich die Fenster öffnen, sagte Ruthie. Nein, ich will nicht, dass jemand mich sieht und weiß, dass ich hier bin. Ich habe ihr auch nicht erlaubt, um sechs Uhr die Morgennachrichten anzustellen. Ich will die Namen der Toten nicht hören.

Yoni ist auf dem Weg nach Hause. Es ist seine letzte Woche bei der Armee. Ich hatte vor, das Restaurant am nächsten Donnerstagabend zu schließen und dort für ihn und seine Kumpel eine Party zu schmeißen. Und was mache ich jetzt? Was wird er zu mir sagen?

Ruthie, sage ich, lass mich erzählen, was passiert ist. Mein ganzer Körper zittert, und ich erzähle und erzähle ihr immer weiter. Wie ich in die Küche rannte, als ich die Explosion hörte. Ben war nicht da. Musste ja ständig raus, um eine zu rauchen. Dann sah ich, dass Sameh nicht da war, und im Innern wusste ich sofort, dass er etwas mit der Sache zu tun hatte. Ruthie, hör zu, da war ein Mädchen von der High School, die wollte mehr Ketchup auf ihren Hamburger, und dann lag sie auf einmal unter der Theke und schrie: »Sie bringen mich um, Mommy, hilf mir, ich sterbe!«

Ich kann da nicht wieder hin, sage ich zu Ruthie. Wie sollen wir weiterleben? Wie soll ich für meine Familie sorgen? Yoni wird sagen, ich habe so eindeutig die Soldaten im Bus auf dem Gewissen, als hätte ich ein Gewehr genommen und sie erschossen. Alles, weil ich Sameh vertraut habe. Er ist besser dran als ich. Er ist wenigstens tot.

Sind alle Fensterläden zu, Ruthie? Ich will, dass das Haus so dunkel ist wie mein Leben jetzt. Ich zittere, das Wasser schwappt aus dem Glas, der Fußboden ist schon ganz nass. Ruthie, komm, hilf mir, die Tabletten zu nehmen. Jetzt verschwinde, Ruthie.

Vielleicht nehme ich gleich alle Tabletten auf einmal.

Zentrale der Sicherheitsbehörden, irgendwo in Jerusalem 6:10 UHR

CHEFAGENT: Habt ihr den gelben Lieferwagen ausfindig gemacht?
AGENT: Ja, der Besitzer war gestern Abend hier.
CHEFAGENT: Und ...?
AGENT: Die schlechte Nachricht ist, wir lagen falsch. Die einzige Chance, irgendwelche stichhaltigen Informationen rauszubekommen, wird sein, wenn wir diesen Jungen, Sameh, zum Reden kriegen.
CHEFAGENT: Ich will, dass er rund um die Uhr bewacht wird. Tag und Nacht. Er darf nie unbeaufsichtigt

sein. Wenn sein Widerstand bricht, will ich, dass jemand da ist. Dass jemand drinnen ist, der seinen arabischen Dialekt beherrscht. Quatscht ihn an, aber lasst das ganze religiöse Zeug weg. Sprecht mit ihm, erinnert ihn an seine Mutter, an seine Brüder und Schwestern. Der Junge ist weich. Sie wissen, dass sie mit ihm einen Fehler gemacht haben. Entweder sie versuchen, an ihn ranzukommen, oder er tut sich selbst was an.

AGENT: Verstanden.

CHEFAGENT: Was für einen Fehler wir gemacht haben, was für einen verdammten Fehler! Wir müssen rausfinden, wer Omar geschickt hat.

AGENT: Was machen wir mit Samehs Chef?

CHEFAGENT: Chef? Den Besitzer des Lokals meinst du? Ja, natürlich. Du hast Recht. Der muss angeklagt werden.

AGENT: Was ist mit Omars Familie?

CHEFAGENT: Die sind wahrscheinlich genauso überrascht wie wir.

6:30 UHR **Clive Burleigh**, **WNS-Korrespondent für den Nahen Osten, im Haus der Familie Joulani, Jabel Fahm, Palästinensische Verwaltung**

Das Bild, das Ahmed Joulani in der Hand hält, ist ein Foto seines Sohnes Omar.

»Allahu akbar« – *Allah ist groß – wird von den Dorfbewohnern und den Verwandten Omar Joulanis gerufen. Die Männer in diesem Dorf haben es abgelehnt, mit dem WNS-Team zu sprechen; selbst unser Dolmetscher, ein Palästinenser, hat niemanden gefunden, der bereit war,*

Omars Tod zu kommentieren oder die Organisation beim Namen zu nennen, die ihn auf seine Selbstmordmission geschickt hat. Jabel Fahm ist eine Terroristenhochburg – viele Selbstmordattentäter kamen von hier oder aus den umliegenden Dörfern.

Was Sie da hören, sind Gewehrschüsse. Es ist allgemein üblich, mit Gewehren in die Luft zu schießen – als Gefühlsäußerung, als Ausdruck der Solidarität mit den Hinterbliebenen.

»Ya schahid, *von Gott geliebt, ruhe wohl, ruhe wohl,* ya schahid.«

»Omar«, jammert sein Vater, »vor einem Monat hast du gesagt, du willst ein Schahid sein.«

Die Stimme, die Sie neben meiner hören, ist die unseres Dolmetschers.

Der Vater küsst immer wieder das Foto seines Sohnes.

»Yaba, yaba, *möge Allah ihm gnädig sein«, ruft er.*

Wie Sie sehen, schafft es der Kreis der Männer nicht, ihn zu beruhigen.

»Lasst mich allein«, sagt er. »Lasst mich weinen, lasst mich weinen. Lasst Allah mich hören. Lasst Allah meinen Sohn zu mir zurückbringen, zurück in sein Dorf.«

Ein Mann richtet sich mit lauter Stimme an alle im Zimmer: »Das Blut eines jeden Schahid *tränkt das Land Palästina, es vermischt sich mit dem süßen Tau. Wir werden kämpfen, bis sämtliche Israelis tot und die Juden aus unserem Land vertrieben sind.«*

»Ja, wir schwören im Namen der Gefallenen, dass unser Eid unauflöslich ist. Das Ende ist nah, und es wird glorreich sein.«

Raschida, Omars Mutter, sitzt mit den Frauen zusam-

men in einem getrennten Kreis. Sie leiert ihre Geschichte wieder und wieder herunter.

»Ich habe heute in aller Frühe pitot *gebacken, um meinem Sohn das Frühstück zu bereiten. Um ein Uhr nachmittags rief mich jemand an und sagte, ein gelber Lieferwagen von der Tankstelle, bei der Omar arbeitet, ist in die Luft geflogen.*

›Mein Sohn, mein Sohn‹, schrie ich die Person an, ›wo ist mein Sohn?‹ Ich wusste nicht, was ich tun sollte, wo ich hingehen und wen ich fragen sollte wegen Omar. Wie sollte ich zur Polizei gehen, wen konnte ich fragen, ob er verletzt war, vielleicht starb? Wen? Wen? Sagt es mir. Ich wickelte die pitot *in ein sauberes Tuch, damit sie fertig wären für ihn, wenn er zurückkam. Wie dumm ich war.« Sie hat wieder angefangen zu weinen. Ihr Körper ist in Trauer gebeugt, sie bedeckt ihr Gesicht mit dem langen weißen Tuch, das sie um den Kopf gewunden trägt.*

»Mein Leben ist zerstört, ich habe kein Leben mehr. Er hat uns seinen Lohn gegeben, alles, damit wir leben konnten. O Allah, hat es je einen Sohn gegeben wie diesen?«

Das war Clive Burleigh und das WNS-Team mit einem Bericht aus Jabel Fahm.

6:30 UHR **Amal Laham** Zebedeid, Palästinensische Verwaltung

Ich glaube nicht, dass die israelischen Soldaten in dieser Woche herkommen werden. Omar Joulani aus Jabel Fahm ist tot. Mein Sameh lebt. Allah, ich kann es nicht glauben, er lebt! Ich habe Angst, hinauszugehen. Jemand aus dem Dorf hat das Wort *khayen* auf die Tür geschmiert. Auf den Koran zu schwören, dass du ein *Schahid* sein willst, und dann dem Tod durch einen Akt der Feigheit zu entfliehen, bedeutet, du bist ein Verräter. Ich bin die Mutter eines Verräters – *khayen* –, aber in meinem Herzen bin ich glücklich.

Die Kinder schlafen noch. Wenn sie aufwachen, werde ich ihnen von Sameh erzählen. Heute lasse ich sie im Haus. Ich werde das Haus mit unserer Fahne verhüllen, mit der palästinensischen Fahne. Dann wird der, der *khayen* an meine Wand geschrieben hat, uns vielleicht in Ruhe lassen.

Vera Brodsky Orthopädische Abteilung, Zimmer 414, Hadarim Hospital 7:15 UHR

»Papa, schau mal, meine Pirouetten.« Papa sitzt auf einer Bank am Rand der Schlittschuhbahn. Er liest. Ich will, dass er sein Buch herunternimmt und zuschaut.

Jetzt winkt er. »Ich schaue ja, Veruschka.« Und dann ruft er: »Bravo, du siehst aus wie ein Champion!«

Dan Oron Orthopädische Abteilung, Zimmer 414, Hadarim Hospital 7:15 UHR

Vera hat ein- oder zweimal die Augen aufgemacht, aber sofort wieder geschlossen. Das Piepsen des Monitors ändert sich nicht, auch nicht die blassgrüne Kurve auf dem Bildschirm.

Unten traf ich einen der Sanitäter aus dem Krankenwagen. »Ich habe ihr gesagt, sprich, sprich, mach dir keine Gedanken, was du sagst, sprich einfach, bleib bei uns«, erklärte er.

Das Einzige, was ich ihm sagen konnte, war: »Danke.« Blöd, nehme ich an, aber was soll man zu einem Typen sagen, der Vera gerettet hat und sich gleich wieder in den Krankenwagen setzt und das Gleiche für jemand anderen tut?

Ich habe auf die Patientenkarte geguckt. Sie wurde am linken Arm und am linken Bein operiert. Es gibt ein Problem mit ihrem linken Auge. Ich verstehe die medizinischen Begriffe nicht.

Ich stehe auf und gehe aus dem Zimmer, um die Schwester zu suchen. Die Schwester sagt: »Haben Sie Geduld, Dan, es wird dauern, bis sie wieder sprechen kann.« Also setze ich mich von neuem ans Bett und starre auf all die Schläuche und Geräte, die sie am Leben halten.

»Nächstes Jahr gehen wir zusammen an die Uni«, erzähle ich der Schwester. »Sie ist eine phänomenale Botanikerin, wissen Sie, sie gehört zu den Menschen, die selbst in der Wüste Pflanzen zum Wachsen bringen. Dabei weiß sie gar nicht, wie gut sie ist. Sie kann sich immer noch nicht entscheiden – für uns, für das Studium.«

Ich rede und rede weiter, als ob mich jemand aufgezogen hätte. Die Schwester geht hinaus und bringt mir ein Glas Wasser und eine kleine weiße Tablette.

»Tut mir Leid, ich kann nicht aufhören zu reden.«

»Ist schon in Ordnung. Das ist normal. Sie reagieren nur einfach auf all das hier.«

»Ich werde sie nicht verlassen. Wissen Sie, sie hat gemeint, alles läuft so gut, zu gut. Deshalb würde irgendetwas Schlimmes passieren. Woher hat sie das gewusst?«

»Sie hat es nicht gewusst. Wirklich. Niemand kann so etwas Schreckliches vorhersehen. Es ist bloß ein Gefühl, das Menschen manchmal haben.« Sie legt die Tablette in meine Hand. »Hier, schlucken Sie die. Die wird Ihnen helfen.«

»Ich werde sie nicht verlassen.« Ich schlucke die Tablette und trinke ein bisschen Wasser.

Eine andere Schwester kommt herein und stellt ein Klappbett in die Ecke des Zimmers. Ich rufe meinen befehlshabenden Offizier an. Er gibt mir so viele Tage frei, wie ich brauche. Dann rufe ich meine Eltern an und bitte sie, mir saubere Kleidung vorbeizubringen. Ein anderer Patient wurde ins Zimmer gebracht. Ich ziehe die Vorhänge um Veras Bett und sitze dicht bei ihr. Langsam werde ich schläfrig.

Baruch Ben Tov Intensivstation – Neurologie, Hadarim Hospital 7:15 UHR

Auf dieser Intensivstation gibt es keine Fenster. Die Lampen sind vierundzwanzig Stunden am Tag an – es gibt keinen Tag, keine Nacht. In Veras Abteilung wurden vorgetäuschte Fenster eingebaut. Das künstliche Licht dahinter ändert sich entsprechend der Uhrzeit. Die Schwester meinte, man hätte herausgefunden, dass Menschen gern wissen wollen, ob es Tag oder Nacht ist. Dieses Wissen beruhigt sie. Aber hier gibt es nur Wände.

Ich war oben im vierten Stock, um nach Vera zu sehen. Dan ist bei ihr. »Wir bewachen die Tore«, sagte ich zu Dan.

»Lass keinen bösen Geist diese Räume betreten.« Er lachte. Die jungen Leute wissen nichts über das Böse.

Demnächst werde ich Frühstück holen und dann noch einmal Vera besuchen.

Das Koma ist beunruhigend. Die Ärzte haben mir gesagt, es kommt von einer Schwellung im Gehirn. Sie hoffen, dass Thomas in ein paar Tagen wieder erwacht.

Heute Morgen habe ich mich schon ein bisschen mehr an seine Reglosigkeit gewöhnt. Ich erwarte nicht mehr, dass der Junge, der da im Bett liegt, der ist, der uns sein Foto geschickt hat. Nur wenn man ihn kneift oder mit einer Nadel sticht, wie es der Arzt oder die Schwester tun, zeigt er eine Reaktion: kein Brüllen oder Schreien, sondern ein tiefer, kehliger Ton und eine Körperzuckung.

Draußen im Warteraum scheint die Sonne durch die Fensterjalousien. Als ich hinunter zum Eingang schaue, sehe ich, wie sich die Palmen im Frühlingswind biegen. Ein wunderschöner Tag. Vielleicht werde ich heute Nacht hier schlafen. Immerhin bin ich für ihn verantwortlich.

Ich habe gestern in Berlin angerufen und mit einem Herrn Speyer von der Hanseatic-Versicherung gesprochen. Und ich habe auch mit Frau Dürling geredet, der Hauswirtin der Wanningers. Eigenartig zu hören, wie die deutschen Worte aus meinem Mund kommen, so ganz automatisch, ganz natürlich. Was man lernt, wenn man jung ist, geht nie verloren.

Frau Dürling sagte mir, dass sie in der Wohnung der Wanningers den Vogel füttert und die Blumen gießt. Thomas' Geschichte stand in allen Zeitungen und war auch im Fernsehen. Die deutsche Botschaft in Israel hat wohl ebenfalls Informationen beschafft. Der Kontakt mit seiner Mutter ist nur noch eine Frage von wenigen Stunden.

Der Sozialarbeiter des Krankenhauses hat mir mitgeteilt, dass von der persönlichen Habe des Jungen nichts gefunden wurde.

Früh am Morgen ist ein zweiundzwanzigjähriges Mädchen an dem Schrapnell in ihrem Kopf gestorben. Die Ärzte konnten sie nicht operieren. Ihre Eltern haben die Organe gespendet. Sie wird weiter leben.

Als die Ärzte heute Morgen Visite machten, sind Dan und ich in die Krankenhaus-Cafeteria gegangen. Nachdem wir uns hingesetzt hatten, sagte er zu mir: »Weißt du, das Erste, was ich Thomas' Mutter sagen werde, ist, dass ich ihm nicht die Schuld an dem gebe, was Vera passiert ist. Sie liebte es, zum Flughafen hinauszufahren und die Praktikanten abzuholen. Niemand konnte das besser als sie. Sie schaffte es, dass jemand sich in Sekundenschnelle zu Hause fühlte.«

Er schüttete noch etwas Milch in seinen Kaffee und sah sich unter den Leuten in der Cafeteria um. Ich trank meinen Tee. Dann nahmen wir den Fahrstuhl und fuhren zurück in den zweiten und dritten Stock. Wir sagten nichts – es schien nichts mehr zu geben, was man noch hätte sagen können.

Sameh Laham, Sicherheitsgefangener 0593, isoliert in der Chirurgischen Abteilung, Hadarim Hospital 7:15 UHR

Die Ärzte haben mir eine Nadel in den Arm gestochen, sie ist mit einem Kunststoffbeutel verbunden, der eine Flüssigkeit enthält. Wenn ich die Schwester frage, sagt sie, auf diese Weise bekommt mein Körper die Flüssigkeit zurück, die er verloren hat. Als ich das nächste Mal aufwache, frage ich wieder. Es ist eine andere Schwester, aber sie sagt dasselbe. Trotzdem glaube ich, es ist Gift. Was passiert mit mir, wenn ich die Nadel rausziehe? Wird dann kein Gift mehr in meinen Körper fließen?

Aber sterben werde ich sowieso. Ich bin ein Selbstmordattentäter. Ich schließe die Augen. Die Schmerzen sind schrecklich. Ich bin hier und doch sehr weit weg. Mein Körper hat sich von meinem Kopf entfernt. Ich bin zwei Menschen.

Ich bin nie allein in diesem Zimmer. Die ganze Zeit sind zwei Polizisten da. Wenn sie miteinander reden, sagen sie, es ist ein Wunder, dass ich noch lebe. Sie wissen, dass ich Hebräisch verstehe. Sie reden über mich, als ob ich tot wäre. Ein lebender Toter, genau das bin ich. Ich habe mich entschlossen, nichts zu sagen. Wenn es ein langsam wirkendes Gift ist, wie lange muss ich dann noch leben?

Es herrscht Tageslicht. Ich sehe die Sonne. Mein Kopf fühlt sich an wie ein Sack voll Sand. Ich kann die Finger nicht bewegen, sie sind eiskalt. Der Raum kreist um mich herum, und die Zimmerdecke bewegt sich auf und ab. Unmöglich für mich, zu fliehen. Eine Schwester hat auf Arabisch erklärt, dass meine Leber verletzt war. Das ist der Grund, meinte sie, warum du dich so schwach fühlst. Aber du wirst dich erholen.

Ich frage mich die ganze Zeit, wie viele Menschen im Bus starben. Sind die Mutter und ihr Baby tot? Allah weiß es. Ich habe den Rucksack von der Schulter gleiten lassen. Ich habe nichts getan. Ich habe ihn fallen lassen. Wenn ich bloß sie nicht im Bus gesehen hätte.

Ein Polizist sitzt an der Tür und trinkt Kaffee. Er schaut auf. Schnell schließe ich die Augen. Ich höre, wie er aufsteht. Er steht jetzt neben meinem Bett. Vielleicht hat er ja den Befehl, mich zu töten, hier im Krankenhaus, wo es niemand merkt. Ich öffne die Augen und starre ihn an.

»Ich schaue nur, ob der Tropf noch voll ist«, sagt er.

Er spricht Arabisch mit mir. »Schließlich wollen wir, dass du am Leben bleibst.«

In meinem Kopf hämmert es. Weiß meine Mutter, dass ich noch lebe? Jetzt wird es kein Geld für sie geben. Ich werde zurück zu meinem Chef müssen, um wieder für ihn zu arbeiten. Nein, natürlich nicht, bin ich wirklich so blöde? Ich werde im Gefängnis sitzen. Alles, mein ganzes Leben, ist sehr weit weg. Ich möchte mich übergeben. Gehört das zum Sterben?

Baruch Ben Tov Hadarim Hospital 14:00 UHR

Ilse Wanninger ist in Israel eingetroffen. Ich habe den Morgen mit ihr im Krankenhaus verbracht. Als sie kam, untersuchten die Ärzte gerade Thomas. Sie saß im Warteraum. Ich erklärte ihr alles. Sie hörte konzentriert zu und lächelte dankbar. Es macht mich ganz verlegen, wie dankbar sie ist, dass ich da bin, und auch dafür, dass ich ihre Sprache spreche. Ich kann ihr nicht böse sein, dass ich ihretwegen deutsch sprechen muss.

Sie scheint eine freundliche Frau zu sein. Als sie jünger war, muss sie hübsch gewesen sein. Sie hat große braune Augen und kurzes schwarzes Haar, das langsam grau wird. Als ich sie das erste Mal sah, fand ich, sie könnte Jüdin sein. Sie ist nicht groß. Thomas muss die Größe von seinem Vater geerbt haben.

Sie erklärt mir, dass sich seit dem Tod ihres Mannes ihr ganzes Leben nur noch um Thomas dreht. »Ich wollte viele Kinder haben. Wir beide, Otto und ich, sind Kinder von Eltern, die im Krieg …« Plötzlich hält sie inne und schaut weg.

»Haben Sie Angst, den Krieg zu erwähnen?«

Sie starrt auf ihre Hände. »Es fällt mir sehr schwer, Herr Ben Tov.«

»Frau Wanninger, was geschehen ist, ist schrecklich. Zum Glück lebt Thomas. Wir werden Ihnen und Thomas helfen, das alles hier durchzustehen.« Immer wieder umklammert und löst sie ihre Hände. Sie blickt von ihnen weg, auf, in meine Richtung. Sie sieht die Nummer auf meinem Arm. Sie atmet ein. Es ist fast ein Keuchen.

Ich rühre mich nicht. Ich sage nichts. Ich bleibe ihr gegenüber sitzen. Ich hatte den Augenblick erwartet, aber ich erwartete ihn eigentlich mit dem Jungen. Ich erkläre nichts. Ich sage nichts über mich, nichts über *den* Krieg, über *irgendeinen* Krieg. Ich bin zu alt und, jetzt im Moment, zu müde. Ich habe nicht die Kraft. Sie wird lernen müssen, dass jeder Mensch auf der Erde verwundet ist und nur Ärzte das Recht haben, die Verbände zu entfernen.

»Was ich Ihnen sagen möchte: Ich weiß, wie sehr Sie in diesem Land gelitten haben. Sie haben hier viele Kriege gehabt, und Juden sind in vielen Kriegen gewesen …«

Ich nicke.

»Sie haben nichts dagegen, wenn ich Ihnen etwas über uns erkläre, über Thomas?«

Was soll ich sagen? »Nein, natürlich nicht.« Die Leute im Warteraum blicken zu uns herüber, auf zwei Menschen, die sich in einer fremden Sprache unterhalten.

»Thomas ist mein einziges Kind …« Sie hält inne, als ob sie nach den richtigen Worten sucht.

Ich muss diese Bekenntnisse abwürgen. Wir alle haben eine Geschichte, oder? »Frau Wanninger, Sie waren eine mutige Frau, als Sie erlaubt haben, dass Thomas nach

Israel fährt. Nicht viele Mütter hätten ihren Sohn hierher kommen lassen. Immerhin sind wir ja nicht gerade der ruhigste Ort der Welt. Es ist tapfer, dass Sie Ihrem sechzehnjährigen Sohn die Erlaubnis gegeben haben, herzukommen, auch wenn es nur für kurze Zeit ist.«

»Ich muss Ihnen etwas sagen, Herr Ben Tov.«

Sie ist entschlossen, mir ihre Geschichte zu erzählen. Ich sitze in der Falle. Ich sehe, dass der Philodendron in der Ecke Wasser braucht.

»Ich muss Ihnen sagen, warum Thomas *wirklich* hergekommen ist.« Sie schaut auf. Eine Schwester kommt in den Warteraum. »Ja?«, fragt Thomas' Mutter.

»Die Ärzte sind noch bei der Untersuchung, Frau Wanninger. Es wird eine Weile dauern.«

Ihr Gesicht fällt in sich zusammen.

»Es gibt nichts, was Sie uns sagen müssen«, sage ich bestimmt. »Wirklich. Wir haben uns sehr gefreut, ihn aufzunehmen. Jeder Praktikant ist im Kibbuz willkommen. In seinem Alter sind sie voller Enthusiasmus – sie möchten ein bisschen Abstand von zu Hause gewinnen …«

»Ja, da haben Sie Recht. Das hat er auch dem Direktor seiner Schule gesagt. Aber es gibt noch einen anderen Grund, den wahren Grund.«

»Frau Wanninger, ich bin sicher, Tommi würde wollen, dass Sie einige Dinge für sich behalten. Als Geheimnis zwischen Ihnen beiden.« Ich weiß nicht, was sie mir sagen will. Auf einmal spüre ich in mir ein wahnsinniges Verlangen, fort von hier zu sein, wieder bei meinen Pflanzen, meiner Musik, in Ruhe und Frieden ohne Menschen.

»Er ist hergekommen, um einen Wunsch seines Vaters zu erfüllen.«

Das schreckt mich auf. Welcher Wunsch würde den Sohn eines deutschen Tierarztes nach Israel treiben?

Sie steht auf. Sie geht hinüber ans Fenster und starrt hinaus. Die Sonne erhellt ihr Gesicht. Sie wirkt sehr müde.

Ich will das Gespräch zu einem Ende bringen. Ich spüre die klebrige Feuchte des Schweißes unter meinen Achseln, mein Puls rast. Ich habe keine Medikamente dabei.

»Frau Wanninger, soll ich mit den Ärzten sprechen? Vielleicht werden sie mir mehr sagen.« Ich spreche es behutsam und in langsamem, präzisem Deutsch aus, damit es sie beruhigt und mir die Chance gibt, über den Flur zum Schwesternzimmer zu gehen. Ich muss so schnell wie möglich eine Tablette nehmen oder ich kippe um.

»Ja, Sie haben Recht.« Sie scheint erleichtert, dass ich das Gespräch beendet habe. »Einer Mutter wollen sie bestimmt Hoffnung machen. Ihnen gegenüber werden sie sicher ehrlicher sein, Herr Ben Tov.«

Ich stehe auf und gehe den Flur entlang. Ich sage zu einer der Schwestern, dass mein Herz rast und ich zu Angstzuständen und hohem Blutdruck neige. »Ich will die Mutter des Jungen nicht merken lassen, dass ich mich nicht wohl fühle«, erkläre ich.

Außer Sichtweite von Frau Wanninger, führt sie mich in einen Untersuchungsraum. Sie misst den Blutdruck und gibt mir dann ein Beruhigungsmittel. Ich lege mich auf die Untersuchungsliege. Als es mir wieder besser geht, frage ich nach Tommis Zustand. Die Schwester versichert mir, dass sich Dr. Stitti und die Schwestern der Intensivstation sicher sind, Tommi wird aus dem Koma erwachen. Die Frage ist nur, wann.

Nach ein paar Minuten fühle ich mich ruhiger. Ich

kehre zu Ilse Wanninger zurück. »Die Schwestern sagen, man ist guter Hoffnung, dass Tommi alles überstehen wird, dass er aus seinem Koma erwacht. Sie haben mir genau das gesagt, was sie auch Ihnen erklärt haben.«

»Guter Hoffnung, aber nicht sicher?«

»Nein, sie haben ›sicher‹ gesagt. Wirklich.«

Wir gehen in den Raum. Tommi liegt reglos und mit geschlossenen Augen da. Seine Finger sind rußig, gekrümmt und voller blauer Flecken. Es wird lange dauern, bis er etwas in einem Garten pflanzen kann.

Weißt du, junger Mann, dass ich deinen Arbeitsplan vorbereitet habe und in deinem Zimmer gewesen bin? Ich habe die Liste dort für dich hingelegt und nie gedacht, dass du nicht ankommen würdest. Wir haben uns um wenige Stunden und wegen der Tat eines Wahnsinnigen verpasst.

Baruch Ben Tov Auf dem Rückweg zum Kibbuz Broschim 14:30 UHR

Ich verabschiede mich von Frau Wanninger und verlasse das Krankenhaus. Ich steige nicht in den Bus, der zum Kibbuz fährt. Ich nehme einen anderen, der dorthin fährt, wo die alten Mauern die Stadt Jerusalem umschließen. Ich laufe durch die schmalen Gassen. Jerusalem. Ewiges Jerusalem. Auf einmal finde ich mich vor einer Kirche wieder. Ich gehe hinein. Die vorderen Reihen sind mit Menschen gefüllt. Ich setze mich auf einen Stuhl ganz hinten. Das Nachmittagslicht wirft goldene Flecken auf den Steinboden. Eine Orgel beginnt zu spielen. Es ist Bach. Eine tiefe Bassstimme singt.

»Endlich, endlich wird mein Joch
wieder von mir weichen müssen …«

Ich lege die Hände vors Gesicht. Rachel, meine Einzige, Rachel, Ruchele, sag mir, was ich jetzt tun soll. Nur du weißt, was ich getan habe.

»… Oh, gescheh es heute noch.«

Endlich, endlich wird das Joch von meinen Schultern genommen … Oh, wenn es doch heute geschähe.

Ich verlasse die Kirche und gehe, bis ich schließlich die Bushaltestelle erreiche. Ich sitze auf der Bank und warte auf den Bus, der mich zurück in den Kibbuz bringen wird.

Der Bus rumpelt über die eng gewundenen Kopfsteinpflaster-Straßen und verlässt dann die Stadt. Er fährt mitten durch das Judäische Bergland. Als ich die Tür zu meinem Haus öffne, stehe ich im nachmittäglichen Schatten.

14:30 UHR **Vera Brodsky** Orthopädische Abteilung – Zimmer 414, Hadarim Hospital

Ich bewege mich einen Gang entlang. Grelle Neonlampen färben die ganze Szene weißblau, alles hat gigantische Ausmaße. Ich bin mit Sergej in einer Einkaufspassage. Wir wollen Koffer kaufen. Ich gehe, aber Sergej sitzt in einem Rollstuhl. Papa hat versprochen, uns hier zu treffen. Da ist er ja schon. Er steht neben Katerina, sie ist schwanger. Ihr Bauch ist sehr dick, und sie trägt Mamas blau kariertes

Kleid. Katerina schaut in das Schaufenster eines Spielwarengeschäfts; es ist voller Stofftiere. Oh, Alex, sagt sie und zeigt auf einen rosa Pinguin. Der ist so süß, ruft sie. Er wird dem Baby gefallen. Sie geht mit Papa in das Geschäft. Ich gehe weiter und schiebe Sergejs Rollstuhl in Richtung Spielwarengeschäft, um Papa zu treffen. Der Marmorboden der Passage ist glatt. Es gibt keine Unebenheiten, plötzlichen Abzweigungen oder Kurven. Es fällt mir leicht, den Rollstuhl zu schieben. Fast so, als glitte ich über Eis. Ich bin früher oft Schlittschuh gelaufen.

Schau, Sergej, da ist mein Vater. Er ist in dem Spielwarengeschäft. Er sieht uns nicht. Ich will hier nicht sein, sagt Sergej mit müder Stimme. Lass uns von hier verschwinden, Veruschka. Aber ich höre nicht auf ihn. Ich gehe weiter in Richtung Spielwarengeschäft. Da ist das Koffergeschäft, sage ich. Ich hole nur schnell Papa, dann kauft er uns die Koffer. Nein, Veruschka, sagt er. Ich brauche keinen Koffer mehr. Ach, du machst wieder Witze, Sergej. Genug, Veruschka, ich will nach Hause.

Ich schiebe den Rollstuhl weiter. Dann rieche ich auf einmal Rauch. Aus dem Spielwarengeschäft lodern Flammen. Was soll ich machen? Sergej allein lassen und zu Papa laufen? Die Flammen breiten sich in der Passage aus. Die Flammen sind im Bus. Bitte, Sergej, sag mir, was ich tun soll. Aber Sergej ist verschwunden. Ich bin allein. Ich liege unter einem Sitz in einem Bus. Ich renne auf den Laden zu, doch ich falle immer wieder hin. Irgendetwas stimmt nicht mit meinen Beinen. Ich schreie: Papa, ich komme, ich komme. Irgendetwas hält mich am Boden … ich werde hochgehoben.

Ich wache auf. Papa. Mama. Sie sind *hier*. Papa steht da, Mama neben ihm. Zusammen. Wie seltsam. Papa beugt sich vor, er küsst mich, Mama weint, ihre Hände sind dicht an meinem Kopf, sie will meine Haare glatt streichen.

»Du bist nicht mehr auf der Intensivstation, Veruschka. Alles wird gut«, flüstert Papa. Ich spüre seinen Atem an meinen Wimpern.

Ein kratziges Surren wie von hundert Bienen kreist dauernd in meinen Ohren. Ich will es Papa erklären, der Wissenschaftler ist, aber mein Körper ist weit weg von meiner Stimme, und ich fliege davon, so schnell, dass ich nicht mal mehr sagen kann, ich komme zurück, wartet hier auf mich, bitte. Dann sehe ich das Gesicht des deutschen Jungen, Tommis Gesicht. Wo ist Tommi? Babuschka, wenn Mama hier ist, dann bist du ja ganz auf dich allein gestellt. Irena kann dir nicht helfen, wenn es dir nicht gut geht. Alle sind verlassen worden. Mama, Papa, ich möchte euch alles über Dan erzählen, ich möchte euch erzählen, wie glücklich ich bin. Es gibt so viel zu erzählen. Ich tue so weh.

Daily Globe, Internationale Ausgabe

ÜBERRASCHENDE FESTNAHME

JERUSALEM, ISRAEL, MONTAG, 10. APRIL. Die israelische Polizei hat zugegeben, einen palästinensischen Jugendlichen festzuhalten, der verdächtigt wird, den Anschlag auf den Bus der Linie 9 verübt zu haben. Der Verdächtige wurde als Sameh Laham, 16, aus dem Dorf Zebedeid identifiziert. Obwohl die Polizei jeden Kommentar über den Gesundheitszustand des Jungen und den genauen Ort,

an dem er sich derzeit aufhält, ablehnt, verlautete aus ungenannten Quellen, dass er unter schwerer Polizeibewachung im Hadarim Hospital liegt.
Erste Befragungen haben ergeben, dass der Bus nicht von innen heraus gesprengt wurde. Ein Fahrzeug fuhr direkt neben dem Bus und ließ dort die schwere Bombe hochgehen. Die Extremistengruppe Islamischer Dschihad hat die Verantwortung für den Anschlag übernommen. Der Fahrer des Fahrzeugs, eines gestohlenen Lieferwagens, wurde als Omar Joulani, 16, aus dem Dorf Jabel Fahm identifiziert.
Aus zuverlässigen Polizeiquellen war als Kommentar zu erfahren: »Seien Sie versichert, dass der Gefangene, egal, ob er verletzt ist, genauestens verhört wird. Wir werden alle Verbindungen zwischen Laham und Joulani sowie den Leuten, die den Sprengstoff besorgt haben, aufdecken. Falls noch andere Terroristengruppen beteiligt waren, werden wir auch das herausfinden.«
Ein Arzt am Hadarim Hospital, der ungenannt bleiben möchte, erklärte: »Wir behandeln auf derselben Etage einen der Selbstmordattentäter und elf Personen, die bei dem Überfall verletzt wurden. Zwölf Menschen leiden gemeinsam, nur wenige Meter voneinander entfernt. Ich kenne keinen anderen Ort auf der Welt, wo so etwas möglich wäre.«
Glaubt der Arzt, dass ein enger Kontakt dieser Art das Verhältnis zwischen Palästinensern und Israelis verändern wird? »Ich habe gehört, wie einer der verwundeten Soldaten sagte, dass der Attentäter, unabhängig davon, was er getan hat, als Mensch

behandelt werden soll. Auf der anderen Seite ärgerte sich die Schwester einer Verletzten darüber, dass ich mich um den Attentäter genauso kümmere wie um ihre schwerverletzte Schwester.«

Israelische Panzer haben Jabel Fahm umzingelt und eine Ausgangssperre verhängt.

Das israelische Oberste Gericht hat gegen eine Ausweisung der Familien beider Attentäter aus dem Gazastreifen entschieden. Die Entscheidung der Richter berücksichtigt die Tatsache, dass die Armee keine ausreichenden Beweise geliefert habe, ob die Familien an der Unterstützung und Begünstigung der Attentäter beteiligt waren.

Die israelische Polizei erklärte unterdessen, dass der Besitzer von Yoni's Diner, der Arbeitgeber Sameh Lahams, zur Verantwortung gezogen werde, weil er eine illegale Arbeitskraft angeworben habe.

14.30 UHR **Clive Burleigh**, **WNS-Korrespondent für den Nahen Osten**

Hinter mir liegt ein Friedhof, allerdings ein ziemlich ungewöhnlicher. Dieses Land ist wohl das einzige auf der Welt, das einen Friedhof für Busse besitzt. Hier ist der Ort in Israel, an den die Busse kommen, um zu sterben.

So bemerkenswert es auch scheinen mag, die verkohlten Überreste der Busse, die von Selbstmordattentätern in die Luft gesprengt wurden, werden nicht verschrottet. Stattdessen werden die verrußten Wracks auf dieses weite sandige Stück Land in einer Bergregion Israels gebracht. Auf diesem Gelände, das etwa so groß ist wie ein Fußballfeld, werden weitere Anstrengungen unternommen, nach persönlichen Besitztümern und menschlichen Überresten zu suchen.

Der jüngste Zugang ist der Bus der Linie 9, in dem auf der Autobahn 1 eine Bombe explodiert ist. Es ist das schwarze Skelett da drüben, mit dem nur noch ansatzweise erkennbaren ehemaligen Dach. Neben mir steht der Mechaniker der Busgesellschaft, der diesen Blechfriedhof leitet. Er ist sich, wie Sie gleich hören werden, der menschlichen Tragödien hinter dem verbogenen Metall schmerzlich bewusst.

»Heute Morgen kamen in aller Frühe drei Freiwillige, um nachzusehen, ob am Ort der Explosion nicht vielleicht doch ein Körperteil übersehen wurde. Sie wissen, das jüdische Recht verlangt die Beerdigung jedes Teils eines menschlichen Wesens, und wenn es sich dabei um Hautfetzen handelt.«

Wurde etwas gefunden?

»Einer der Freiwilligen fand ein großes Foto. Kaum zu glauben, dass Papier solche Flammen überstehen kann – die Büroklammer war geschmolzen. Möglicherweise hielt die Klammer noch andere Blätter oder Fotos zusammen. Wer weiß? Jedenfalls steckte es unter dem Mechanismus, mit dem die hintere Tür geöffnet wird.«

Was war auf dem Foto zu sehen?

»Ich weiß es nicht. Sie haben es mir nicht gesagt.«

Das ist ein harter Job hier. Haben Sie mal daran gedacht, die Busgesellschaft zu verlassen?

»Mein Vater und mein Großvater waren schon Busfahrer und Mechaniker, ich hoffe nur, mein Sohn sucht sich was anderes. Die Welt hat sich schließlich verändert, nicht wahr?«

Wohl wahr, da muss ich Ihnen zustimmen, und ich

denke, unseren Zuschauern geht es nicht anders. Das war Clive Burleigh für WNS mit einem Bericht von einem Ort irgendwo in Israel.

14:45 UHR **Vera Brodsky** **Orthopädische Abteilung, Zimmer 414, Hadarim Hospital**

»Vera, kannst du mich hören? Drück meine Hand, bitte.«

Ich höre, aber ich schaffe es nicht, meinen Körper dazu zu bringen, das zu tun, was ich will, zum Beispiel seine Hand drücken, mit ihm reden; das ist, was ich am meisten möchte – mit ihm reden. Schmerzketten schießen von meiner Schulter durch den Arm.

Stille. Jenseits der tauben Ränder meines Körpers höre ich aus weiter Entfernung ein Gerät piepsen. Ich kann mich nicht rühren. Bin ich gelähmt? Keine Chance, es herauszufinden. Schritte. Helft mir, bitte.

Gummibesohlte Schritte bewegen sich in meiner Nähe. Die Stimme der Schwester. »Vera, ich gebe dir jetzt eine Tablette. Die hilft, die Schmerzen zu vertreiben.«

Ich öffne den Mund. Sie legt die Tablette auf meine Zunge und hält dann ein Glas Wasser an meine Lippen. Ich schlucke sie mit etwas Wasser hinunter.

Der brennende Schmerz in den Schultern und Beinen geht immer weiter zurück, bis er verschwindet. Meine Beine und Arme werden von einem kühlen Luftzug gestreichelt, der durch das Innere meines Körpers wandert.

»Geht es besser?«, fragt die Stimme einer Frau.

Die Steine, die auf meine Augen drücken, werden hochgehoben, und das Pochen verstummt.

Die Dunkelheit verblasst ... Ich öffne die Augen.

»Dan?«

Er beugt sich herüber und küsst mich. »Hörst du mein Herz? Es schlägt mit deinem. Du wirst leben, Vera, du wirst leben. Solange ich lebe, wirst auch du leben. Du bist wie eine Kammer meines Herzens. Hörst du mich?«

Ich weine, weine, weine. Wie kann ich weinen, wenn mein Gesicht erstarrt ist? Woher kommen die Tränen, woher kommt der Laut, den ich von mir gebe? Die Explosion. Die Körper neben mir, verdreht und voller Blut. Die Körper, die nicht wie Menschen aussahen. Teile von Körpern, zerfetzte Puppen, die nur noch Hals und Hände hatten. Brennende Menschen. Schreiende Menschen. Der Gestank, der schreckliche Gestank. Verbranntes Fleisch. Selbst Tiere sterben nicht so. Die Angst, dass mich niemand finden würde. Die Angst zu sterben.

»Aaau.« Eine fremde Stimme ohne Worte. Ich kann mich nicht bewegen. Mein Körper gehört zu jemand anderem.

Ich sehe Dan nicht. Er ist ein Schemen in meiner Nähe, das ist alles. In meinem Kopf sage ich: Du bist der einzige Mensch, den ich liebe. Aber ich bekomme die Worte nicht heraus. Sie stecken in einer Wortbox im Zentrum meines Gehirns, und das schmerzt so sehr, dass ich aufschreien könnte. Ich würge, kriege keine Luft in mich rein. So viele Dinge, die ich ihm sagen möchte. Jetzt. Bevor ich sterbe. Alles tut so weh.

15:05 UHR **Lidia Adler** **Orthopädische Abteilung, Zimmer 414, Hadarim Hospital**

Ich habe meine Kamera dabei. Ich gehe auf Zehenspitzen um ihr Bett und fotografiere von allen Seiten. Das andere Bett ist wieder leer, trotzdem will ich keinen Lärm machen. Sie trägt mehrere Verbände und hängt an all diesen Geräten; eine Nadel führt vom Tropf in ihren Arm. Bilder meiner besten Freundin. Wie wird sie nach dieser Geschichte aussehen? Wie wird sie sein? Wird sie Angst haben auszugehen, das Alleinsein fürchten, ständig von der Explosion träumen? Wird ihr Bein heilen? Ihr Arm? Wird sie wieder in der Lage sein zu arbeiten, zu studieren?

Sie würde mich umbringen, wenn sie sähe, wie ich diese Fotos mache. »Lidia, niemand weiß das, aber ich bin der eitelste Mensch, dem du je begegnen wirst«, hat sie mir einmal erzählt. Sie ist auch der schönste Mensch, den ich je getroffen habe.

Ihre Eltern sind genau so, wie sie sie beschrieben hat. Sie ist eine Mischung aus beiden. Eigentlich ähnelt sie eher ihrem Vater. Das würde sie wahrscheinlich nicht gerne hören. Sie ahnen nicht mal, dass ich alles über sie weiß. Ich erzähle ihnen, ich mache Fotos für ein Album über die Explosion des Busses der Linie 9. Sie sehen mich befremdet an. Bestimmt denken sie, es ist zu schrecklich, als dass irgendwer auch noch eine Aufzeichnung des Ganzen haben will.

Sie haben Dan in seiner Uniform angestarrt, sie haben mich angestarrt und später Baruch, als er ins Zimmer trat. Sehen wir israelisch aus, anders, als sie sich das vorgestellt hatten? Sie haben weggeschaut, wenn Dan Vera küsste. Ich habe es fotografiert, den großen Soldaten, der sich über das Bett einer Patientin beugt, die man vor lauter Schläuchen und Verbänden kaum sehen kann. Ist es ihnen peinlich, wenn sie echte Liebe sehen?

Vera, du bist ein Teil von mir, meine Schwester. Ich habe es dir nie gesagt. Kannst du mich hören, Vera? Kannst du mich in deinem Traum hören?

Die Schwester kommt herein. Auf Wiedersehen erst mal. Ich komme bald zurück.

Sameh Laham, Sicherheitsgefangener 0593, isoliert in der Chirurgischen Abteilung, Hadarim Hospital 15:05 UHR

POLIZEIOFFIZIER: Wer hat dich geschickt?
SAMEH LAHAM: Ich kam allein und aus eigenem Antrieb.
POLIZEIOFFIZIER: Wenn du es allein getan hast, wie kommt es dann, dass du nicht tot bist?
Gefangener antwortet nicht auf die Frage.
POLIZEIOFFIZIER: Weißt du, wie der Bus explodiert ist?
SAMEH LAHAM: Haben Sie meine Verletzungen gesehen? Ich habe am Hals eine Naht mit zwölf Stichen.
POLIZEIOFFIZIER: Aber du lebst. Wie erklärst du dir das?
SAMEH LAHAM: Es ist Allahs Wille.
POLIZEIOFFIZIER: Ist es wirklich Allahs Wille, unschuldige Frauen und Kinder zu töten?
SAMEH LAHAM: Warum fragen Sie mich das? Fragen Sie jemanden, der wissender ist als ich.
POLIZEIOFFIZIER: Aber du hast dir Teile aus dem Koran eingeprägt. Das macht dich doch wissend, oder?

SAMEH LAHAM: Sie sind kein Muslim. Was wissen Sie schon vom Koran?
POLIZEIOFFIZIER: Ich weiß, dass er voller weiser Sprüche und Lehren steckt und dass er lehrt, keine Unschuldigen zu töten. Weder Muslime noch Nichtmuslime umzubringen. Das ist verboten, habe ich Recht?
SAMEH LAHAM: Das hängt davon ab, ob es eine heiligere Sache gibt, etwas Wichtigeres als das Leben.
POLIZEIOFFIZIER: Was ist wichtiger als das Leben?
SAMEH LAHAM: Das Land, unser Land ist wichtiger, als zu leben.
POLIZEIOFFIZIER: Ist das Land es wert, Mütter und Babys zu töten?
SAMEH LAHAM: Sind sie tot?
POLIZEIOFFIZIER: Wer?
SAMEH LAHAM: Die beiden Frauen und das Baby? Die beiden arabischen Frauen, die hinten im Bus saßen, eine davon hielt ein Baby im Arm.
POLIZEIOFFIZIER: Sie sind tot. Kanntest du sie?
Gefangener antwortet nicht auf die Frage.
POLIZEIOFFIZIER: Ich frage dich noch einmal: Kanntest du sie?
SAMEH LAHAM: Nein! Nein! Nein! Ich kannte sie nicht. Ich kannte niemanden in dem Bus. Ich wusste nicht, dass arabische Mütter im Bus sein würden. Ich wusste nicht, dass arabische Babys im Bus sein würden. Sie haben es mir nicht gesagt.
POLIZEIOFFIZIER: Wer hat es dir nicht gesagt?
Gefangener antwortet nicht auf die Frage.
POLIZEIOFFIZIER: Sameh, *wer* hat dir nicht gesagt, dass von den Körpern nichts übrig bleiben würde, um sie zu identifizieren? Die Identifizierung erfolgte anhand von

Haut und Zähnen. Wie lauten die Namen der Männer, die dir das nicht gesagt haben?
SAMEH LAHAM: Ihre Namen haben sie mir nicht genannt. Ich habe sie zwei Mal getroffen, nur zwei Mal. Beim zweiten Treffen, es war das letzte, habe ich das Video gemacht. Sie versprachen, meine Mutter würde Geld bekommen, genug Geld, um ein Stück Land zu kaufen und die Ausbildung meiner Brüder und Schwestern zu bezahlen. Sie haben auf den Koran geschworen. Ich glaube, einer hieß Issam, aber ich bin mir nicht sicher.
POLIZEIOFFIZIER: Und was hatte Omar Joulani mit alldem zu tun?
SAMEH LAHAM: Er hat mich zu ihnen geführt. Er hat mich hingebracht.
POLIZEIOFFIZIER: Woher kanntest du ihn?
SAMEH LAHAM: Wir kannten uns von der Schule. Unser Dorf ist klein, genau wie Jabel Fahm. Die Schule für unsere beiden Dörfer steht in Jabel Fahm. Er hat auch illegal gearbeitet.
POLIZEIOFFIZIER: Jetzt nicht mehr.
SAMEH LAHAM: Ich glaube, ich hab ihn gesehen.
POLIZEIOFFIZIER: Wen hast du gesehen?
Der Herzfrequenz-Monitor des Gefangenen zeigte unregelmäßige Herzschläge an. Ärztliche Hilfe wurde angefordert. Das Verhör wurde abgebrochen. Das Tonband des Verhörs wurde den Sicherheitsbehörden ausgehändigt.

Baruch Ben Tov Kibbuz Broschim, Judäisches Bergland 18:00 UHR

Panikattacken brechen über mich herein. Krankhaft, grundlos, und ohne dass ich es steuern kann. Um mich herum ist alles still und friedlich. Nur ich werde von Hunden verfolgt, von Suchscheinwerfern geblendet, während ich in einem Abwasserkanal kauere. Ich trage meinen Sessel dicht ans Fenster und setze mich dorthin. Hoffentlich werden mich die kühle Abendluft und der Blick auf die Felder beruhigen. Mein Körper schmerzt vor Erschöpfung, aber wenn ich der Müdigkeit nachgebe, wenn ich mich aufs Bett lege, werden *sie* zurückkommen. Ein alter Mann wie ich kann nicht mehr weglaufen. Ein zweites Mal werde ich *sie* nicht überleben.

Ich weiß, die Nazis sind nicht mehr da. Ich bin kein kranker Idiot. Ich weiß, dass all das in meiner Vergangenheit geschehen ist. Aber meine Vergangenheit und Gegenwart laufen zusammen wie eine Uhr, die aus dem Takt gekommen ist. Der Arzt hat mir immer wieder gesagt, dass meine Angst das Ergebnis dessen ist, was ich durchgemacht habe. Mein Kopf sagt mir, der Arzt hat Recht, doch dann zieht sich plötzlich meine Kehle zusammen, mein Herzschlag pocht mir in den Ohren, und mein Bettlaken ist nass von Schweiß. Keine vernünftige Erklärung kann den Terror in mir aufhalten.

Ich nehme eine Tablette und versuche, mich in meinem Sessel zu entspannen.

Die Menschen glauben, weil ich lebe, weil ich überlebt habe, bin ich mutig. Das stimmt nicht. Ich bin ein ängstlicher Mensch. Das war ich schon immer. Als Junge war ich sehr schüchtern und ängstlich. Während der Schulzeit war ich bereit, einen Umweg von einer Stunde in Kauf zu nehmen, nur um eine Schlägerei zu vermeiden.

Von uns beiden war Rachel die Tapfere. Als ich sie kennen lernte, war mir sofort klar, sie würde mein Leben verändern. Wir waren noch nicht einmal zwanzig, trotzdem wussten wir, dass wir unser Leben gemeinsam verbringen würden. Sie war so offen, so vollkommen glücklich. Ich konnte es einfach nicht fassen, dass sie mich interessant fand, dass sie gern mit mir zusammen war. Sie studierte Musik und bestand darauf, dass ich sie zu einem Konzert oder zu einer Chorprobe begleitete. Sie neckte mich, weil ich so still war. Du musst mehr lachen, du bist viel zu ernst, sagte sie. Und ich lachte wirklich mehr, nachdem wir geheiratet hatten. Freunde behaupteten, ich sei ein völlig anderer Mensch geworden.

Diese Angst und Panik ist etwas, was ich jahrelang nicht mehr kannte. Es gibt nur eine Erklärung – Thomas Wanninger. Ich habe Angst, ich werde ins Krankenhaus eingeliefert, so wie damals, als ich nach Israel kam.

Ich lebe zwei Leben. Das eine ist die Welt der Erinnerung, das andere findet außerhalb meines Kopfes, hier im Kibbuz statt. Ich bin der Baruch, an dem die Menschen kopfnickend mit einem *Schalom* vorbeigehen, der Gärtner, der wunderbare Rosen züchtet und gelobt wird für ihre Schönheit, der *meschuggene*, der Greis, der stundenlang Beethoven hört. Meine heutige Welt ist genauso eng wie der Dachboden damals.

Dieser Junge, dieser deutsche Praktikant, Thomas Wanninger, hat mein geordnetes Leben aus dem Gleichgewicht gebracht. Ich weiß, es ist nicht seine Schuld, aber ich bin wütend. Wenn ich keine Ordnung in meinem Leben mehr habe, werde ich nicht überleben.

Das Abendlicht erleuchtet den Blumenkasten, die roten und rosa Geranien blühen üppig und verschwenderisch. Ich hätte nie gedacht, dass ich mal Gärtner werden würde – ich war so ein Stadtmensch. Aber das war damals.

Morgen werde ich wieder im Krankenhaus sein müssen. Was soll ich Ilse Wanninger sagen? Ihr meine Lebensgeschichte berichten? Mein Leiden nacherzählen. Ich habe gesehen, wie sie auf meinen Arm starrte, auf die Nummer. Ich bin sicher, sie weiß, was das ist. Wenn ihr Sohn aus dem Koma erwacht, wird sie ihm von mir erzählen. Was ich bin. Ich kann das nicht.

Sie ist so sicher, dass ich sein Freund werde. Schließlich ist die Welt der Meinung, ein Überlebender des Holocaust sollte dankbar sein, dass die jüngere Generation die Wahrheit wissen will. Wer die Wahrheit kennt, kann bereuen. Thomas ist wegen etwas Bestimmtem hier, und ich werde da mit hineingezogen. Ja, ich, Baruch, werde den letzten Willen und das Testament irgendeines Deutschen erfüllen.

Während ich die ordentlichen Sonnenblumenreihen anstarre, gestehe ich mir eine Wahrheit ein, die mich überrascht. Ich habe Mitgefühl mit diesem Thomas, diesem Jungen, der wegen seines Gewissens hierher kam. Seine Mutter weint und sagt, ich habe nur einen Sohn, keinen Mann, es ist zu gefährlich hier.

Wir werden warten müssen, bis er wieder zu Bewusstsein kommt, antworte ich ihr. Wenn er sich stärker fühlt, wenn er wieder sprechen kann, können Sie es mit ihm bereden.

Aber was meinen *Sie*?, lautet ihre Frage. Sie haben so viel durchgemacht. Ich bin sicher, Sie wissen, dass ich Recht habe. Es wäre verrückt, weiter in dieser Hölle zu bleiben.

Aber er hatte einen Grund, sage ich.

Das ist jetzt nicht mehr wichtig. Zu viele Menschen, sagt sie, sind für die eine oder andere Wahrheit gestorben.

Es gibt nichts, was ich darauf antworten könnte.

DIENSTAG, 11. APRIL

Dr. Ibrahim Stitti 14 Khirbet Salih Straße, Beit el E'Nab, Palästinensische Verwaltung 5:30 UHR

Die Wohnung ist bis auf das Brummen des Kühlschranks in der Küche still. Ich mache mir eine Tasse Kaffee und setze mich an den Tisch. Die Abendzeitung von gestern liegt gefaltet da. Ich kann sehen, dass Nadine sie nicht einmal aufgeschlagen hat. Sie hat ja Recht – was gibt es darin schon zu lesen? Jeden Tag vermitteln unsere Zeitungen und die der Israelis die gleiche Mischung aus Hass und Gewalt, sie tragen die gleichen Überschriften aus Misstrauen und Anschuldigungen. All das und dazu Fotos, als ob Worte nicht ausreichten. Titelseite und eine Doppelseite im Innern gespickt mit Bildern zerstückelter Leichen, weinender Kinder, trauernder Eltern, arabischer Mütter mit kranken Babys auf dem Arm, die an den Barrikaden stehen und darauf warten, durchgelassen zu werden, um ins Hadarim oder ein anderes Krankenhaus auf der israelischen Seite der Grenze zu fahren.

Bobby, unser alter Labrador, kommt in die Küche getrottet und schnüffelt an meinem Bein entlang. »Einen schönen Tag wünsche ich dir. Pass auf die Mädchen auf und auf Nadine, hörst du?« Ich tätschele seinen Kopf. Dann schaue ich auf meine Uhr. Keine Zeit mehr zu vertrödeln. Wer weiß, wie lange ich heute wieder an den Checkpoints warten muss.

Es ist schon spät. Ich stelle die Kaffeetasse in die Spüle und stopfe die gefaltete Zeitung in den Mülleimer.

Als ich mich dem Checkpoint nähere, sehe ich die Massen von Autos schon aus der Ferne. Irgendwas muss hier passiert sein. Panzerlafetten, Jeeps, Grenzpolizei und normale Polizei sind unterwegs. Ich bemühe mich, nicht zu schnell zu fahren. Wer weiß, wonach sie suchen – hat keinen Sinn, ihre Aufmerksamkeit auf mich zu lenken.

Selbst wenn ich langsam fahre, brauche ich keine fünf Minuten bis zum ersten Checkpoint. Eine Reihe dicker Betonklötze ist über die ganze Breite der Straße verteilt. Sie sehen aus wie Türen, nur dass sie keine Scharniere oder Schlüssellöcher besitzen. Drei Soldaten sind zu sehen. Zwei lehnen sich an die Betonklötze. Sie gähnen, doch ihre Gewehre sind schussbereit.

Es ist frühmorgens. Trotzdem warten ein Dutzend Männer in einer Reihe am Straßenrand. Sie halten ihre grünen und orangefarbenen Ausweise in der Hand. Ich parke meinen Wagen auf einem schmalen Streifen in der Nähe der Barrikade. Ich schließe die Tür ab. Es stehen noch andere Autos hier, alle mit palästinensischen Nummernschildern, alle ohne Berechtigung, nach Israel einzureisen.

Ich stelle mich an. Einige der Männer erkennen mich und nicken. Sie wissen, ich bin der Arzt. Sie treten zur Seite und lassen mich vorbei. Es ist mir unangenehm, aber ich bin dankbar. Die Bewegung in der Reihe lässt den Soldaten aufblicken. »Drängel dich nicht vor!«, brüllt er mich an. Ich trete ein paar Schritte zurück. Es wäre nicht klug, den jungen Soldaten zu verärgern. Gut möglich, dass er schon seit Mitternacht hier am Checkpoint seinen

Dienst versieht, vielleicht auch noch länger. Seine Augen sind rot, sein Gesicht unrasiert.

Ich stehe knapp hinter einem Mann mittleren Alters. Er kommt mir bekannt vor.

»Woher weiß ich, dass du wirklich vor Gericht erscheinen musst?«, fragt ihn der Soldat. Der Mann öffnet seine Aktentasche und zeigt dem Soldaten eine Akte. »Sehen Sie, das ist der Fall, und hier steht mein Name als Verteidiger. Es ist ein einfacher Fall von Verstoß gegen die Bauordnung. Hier«, sagt er und öffnet die Akte, »da steht die Adresse des Jerusalemer Amtsgerichts.«

Jetzt erinnere ich mich an den Mann. Er ist ein bekannter palästinensischer Anwalt, der sowohl an palästinensischen als auch an israelischen Gerichten arbeitet.

»Und dieser Fall wird heute entschieden – du kommst abends zurück?«

»*Inschallah*«, sagt der Rechtsanwalt. Er zuckt resigniert die Schultern. Wer weiß, was entschieden wird und wann? Nur Allah. Er dreht sich um, schaut mich an und blinzelt, als wollte er sagen: Sie wissen, wovon ich spreche, nicht wahr?

»Leg die Aktentasche auf den Boden, zieh die Jacke aus und mach dein Hemd auf.«

Der Anwalt tut genau, was von ihm verlangt wird. Der Soldat schüttet den Inhalt der Aktentasche auf den Boden. Sandiger Dreck bedeckt die maschinengeschriebenen Seiten. Dann tastet er den Körper des Anwalts unter dem geöffneten weißen Hemd ab und lässt seine Hand um den Hosengürtel laufen.

»Du kannst gehen.«

Aus Richtung des Dorfes kommt ein Wassertankwagen. Er ist alt, und als er durch die Schlaglöcher der

Straße fährt, schwankt er von einer Seite zur andern. Die Soldaten befehlen den Männern in der Reihe, die Betonhindernisse wegzuschieben, damit der Tankwagen durch kann. Es gibt nichts Wertvolleres als Wasser.

Ich bin dran.

»Warum willst du nach Jerusalem?«

»Ich bin Arzt am Hadarim Hospital und arbeite dort auf der Intensivstation.«

»Klar, und ich bin ein Alligator im Amazonas.«

»Hier sind meine Papiere und mein Krankenhausausweis.«

Er wirft einen Blick auf das, was ich ihm reiche. Ich sehe, er kann das Arabisch auf meinen Papieren lesen. Prüfend blickt er erst das Foto, dann mich an.

»Dieselbe Person«, sage ich.

»Jeder von euch hat einen Bart. Woher soll ich wissen, ob du wirklich Arzt bist?«, sagt er.

Ich zeige auf meinen Krankenhausausweis. »Sie sehen, auf dem Krankenhausfoto trage ich einen weißen Kittel. Das bedeutet ›Arzt‹.«

»Ein arabischer Arzt in einem jüdischen Krankenhaus – das soll ich dir glauben? Vielleicht arbeitest du an einer Tankstelle, und ein Arzt hat diesen Ausweis verloren oder du hast ihn geklaut. Wie soll ich das wissen?«

»Schauen Sie, ich weiß, dass Sie mich überprüfen müssen, deshalb mache ich es Ihnen leicht. Rufen Sie diese Nummer an. Sie gehört einem Arzt auf der Intensivstation, er arbeitet mit mir zusammen. Er wird bestätigen, wer ich bin.« Ich nehme einen Zettel aus meiner Brieftasche, auf dem Razines Handynummer steht.

»Gib mir dein Telefon.«

Ich reiche ihm mein Handy und den Zettel.

Er wählt. Ich habe Glück, Dr. Schmuel Razine hat sein Handy nicht ausgeschaltet. Ich stehe da und höre mir ein verbales Pingpong über meine Identität an. Dann reicht mir der Soldat das Handy zurück.

»Okay, Hemd aus und Gürtel öffnen.«

Ich tue, was er verlangt. Ich schlucke meine Wut und meinen Groll so weit wie nur irgend möglich hinunter. Das Schlimmste wäre, wenn der junge Mann Ärger oder Wut auf meinem Gesicht entdecken würde. Schweigender Gehorsam wird ihm das beruhigende Gefühl geben, dass er seine Arbeit korrekt erledigt.

Er berührt jede Stelle meines Körpers. »Kein Sprengstoff heute, Doc?« Ich gebe keine Antwort. »Okay, anziehen. Ich bin fertig.«

Ich umkurve die Betonklötze und gehe die schmutzige Straße entlang bis zum nächsten Checkpoint. Vor zwei Monaten wurden hier fünf israelische Soldaten und drei Zivilisten aus dem Hinterhalt überfallen und getötet. Immer noch liegen Kränze vertrockneter Blumen und die Stummel der Gedenkkerzen auf dem Boden verstreut. Das nächste Mal erwische ich, wenn ich Glück habe, ein israelisches Taxi, dann komme ich wenigstens rechtzeitig zum Krankenhaus. Dort liegt ein Komapatient, ein deutscher Jugendlicher, der bei der Busexplosion dabei war und auf mich in der Intensivstation wartet.

Ich komme an die zweite Barrikade aus Betonklötzen und den letzten Checkpoint, den ich überqueren muss. Ich schaue auf meine Uhr. Es ist 8:30 Uhr. Fast drei Stunden, seit ich von zu Hause losgefahren bin. Ich trete auf den Posten zu.

»Name?«, fragt der Soldat.

8:30 UHR **Sameh Laham**, Sicherheitsgefangener 0593, isoliert in der Chirurgischen Abteilung, Hadarim Hospital

Mein Bein und mein Arm tun weh. Die Plastikmanschetten schneiden mir in die Haut. Ich habe ihnen gestern gesagt, dass ich nicht einmal richtig pinkeln kann, weil ich meinen Körper nicht auf die Bettpfanne kriege. Es ist ihnen egal. Der Polizist, der Arabisch spricht, ist noch schlimmer als der andere. Er flucht die ganze Zeit über mich.

Sie schauen mein Gesicht an und können sehen, dass ich Schmerzen habe. Es ist ihnen egal. Aber die Schwester ist in Ordnung, und die Ärzte auch. Sie haben arabische Ärzte hier. Ich wünschte, sie würden mir einen arabischen Arzt geben. Ihm würde ich erzählen, dass ich die Frau mit dem Baby gesehen habe, die meiner Mutter ähnelte. Ich sah sie ganz hinten und habe den Schalter nicht berührt. Das kann ich beschwören. Ich habe den Rucksack von den Schultern gleiten lassen. Ich habe nichts gezündet. Sie sind schlau, sie haben Labors mit Mikroskopen, sie können Fingerabdrücke sehen. Die Polizei und die Agenten der Sondereinheit für Sicherheit – sie sind überall. Die Agenten tragen keine Uniform, sie verkleiden sich als Palästinenser oder israelische Araber, damit man nicht merkt, mit wem man redet. Die Polizei, die Agenten, sogar diese religiösen Leute, die behaupten, sie sammeln zu Beerdigungszwecken, lesen jedes bisschen vom Boden auf. Was immer sie im Bus finden, das bringen sie an einen besonderen Ort, wo sie jede Menge Ausrüstung haben, mehr als die Amerikaner. Sie sind raffiniert, diese Leute, jeder von ihnen. Sie wissen, dass ich den Bus nicht in die Luft gejagt habe.

Es war der Fahrer des gelben Lieferwagens. Es war Omar.

»Sie wissen, dass ich Juden nicht hasse«, erkläre ich ihnen.

»Was willst du denn damit sagen, Sameh?«

»Dass Sie mich in Ruhe lassen sollen. Sie wissen alles über mich, ich bin kein Terrorist. Sie werden meinen Namen auf keiner Liste dieser Leute finden. Ich habe einen Fehler gemacht – ich dachte, es wären nur Juden, die sterben würden. Ihr Israelis habt ein Land, wir nicht. Auch wir verdienen ein Land.«

»Vor einer Minute, Sameh, hast du noch gesagt, du hasst keine Juden, jetzt erklärst du, du wolltest sie töten.«

»Nein, nicht töten, nur der Welt zeigen, dass wir auch einen Anspruch auf Freiheit haben.«

»Indem du eine Araberin und ihr Baby tötest, indem du eine arabische High-School-Schülerin umbringst?«

»Sie machen mich ganz durcheinander. Sie versuchen, mich dazu zu bringen, dass ich Dinge sage, die nicht der Wahrheit entsprechen.«

»Eigentlich wollen wir die Wahrheit erfahren.«

»Stecken Sie mich nicht ins Gefängnis, und ich werde Ihnen alles erzählen, was Sie hören wollen. Das verspreche ich.«

Der Polizist, der immer flucht, sieht mich an. »Armer Sameh«, sagt er und murmelt etwas auf Arabisch.

Ich drehe mein Gesicht zur Wand. Alles ist vorbei.

»Was hast du ihm gesagt?«, fragt der andere Polizist.

»Ich habe unserem kleinen Sameh erklärt«, antwortet der Polizist, der Arabisch spricht, »jedem sein Schicksal.«

10:15 UHR **Baruch Ben Tov** Intensivstation – Neurologie, Hadarim Hospital

Dr. Stitti ist drinnen und macht Tests mit Thomas. Er war sehr mitfühlend und freundlich gegenüber Ilse Wanninger. Ich sagte ihr, ich würde den ganzen Morgen hier bleiben, damit sie sich ein bisschen ausruhen kann. Mit Thomas habe ich immer noch nicht gesprochen.

Der Sozialarbeiter kam vor ein paar Minuten vorbei und gab mir Tommis Rucksack. Der wurde von der Rettungsmannschaft gefunden und ins Krankenhaus gebracht. Wenn ich eine Möglichkeit bekomme, bei ihm zu sein, werde ich den Rucksack mitnehmen. Wenn er die Augen offen hat und ihn erkennt, dann wird das, da bin ich sicher, seinen Zustand verbessern.

Gestern kam der Arzt alle paar Stunden vorbei, um zu prüfen, ob es mit Tommis Koma irgendeine Veränderung gab. Meistens hatte er einen kleinen Scherz für mich auf Lager. Heute kam er mit lauter Ergebnissen und Röntgenbildern hereingestürmt. Er sah wütend aus und nickte mir nur kurz zu. Ich hielt ihn nicht auf, um ihn nach Tommis Zustand zu fragen.

Ich bin allein im Warteraum. Dan und Lidia sind bei Vera im vierten Stock. Lidia ist zur Dokumentatorin der Ereignisse geworden. Sie scheut sich nicht, alles zu fotografieren, egal, wie verstörend es ist. »Jemand muss zeigen, wie es war«, sagt sie. Veras Eltern und Tommis Mutter wundern sich. Sie können ihren Mut oder ihre Neugier nicht begreifen. Es ist für sie alle schwer. Dies ist ein Land, das seine Bewohner aufzehrt. Und es gibt keine einsame Insel, auf die man fliehen könnte.

Gestern habe ich Vera besucht. Ihre wunderschönen

Hände, ihre langen Finger, deren Nägel immer noch Nagellack tragen. Ich habe ihre Eltern eingeladen, mit mir im Kibbuz nachmittags einen Kaffee zu trinken.

»Ich kann sie nicht allein lassen, keine Minute«, sagte Veras Mutter. »Ich komme, wenn das hier alles zu Ende ist.«

»*Das hier*, wie du es nennst«, entgegnete ihr der Vater, »wird nie zu Ende sein.«

In den Warteräumen und in der Cafeteria führen Ilse und Veras Eltern endlose Diskussionen darüber, ob sie ihre Kinder von hier wegbringen sollen. Sie fragen mich nicht nach meiner Meinung.

Warum muss jede Generation die Geschichte der vorangegangenen Generationen mit sich herumschleppen? Die Jungen sollten das Leben ohne Geschichte beginnen, ohne alte Geschichten. Veras Eltern sind mit ihrer Geschichte hier, Tommis Mutter auch. Und dann gibt es noch die Erinnerungsgeschichte seines Vaters. Jetzt bin ich Teil der Geschichte, genau wie Dan und Lidia und auch der palästinensische Junge, der Selbstmordattentäter. Es ist wie bei einem verhedderten Faden – wenn man dran zieht, wird der Knoten nur fester.

Patient: Thomas Wanninger 11:00 UHR
Untersuchender Arzt: Dr. Ibrahim Stitti

Motorische Reaktion: Folgt einfachen Befehlen – Punktezahl: 6
Lokalisiert Schmerz, entzieht sich der Hand des Untersuchen-

	den, wenn er gekniffen wird – Punktezahl: 5
	Abnorme Dehnung, Körper semisteif beim Kneifen – Punktezahl: 5
Öffnen der Augen:	Spontan – öffnet Augen von selbst, behält sie offen – Punktezahl: 6
	Stimme – öffnet Augen auf Befehl, auch wenn geflüstert – Punktezahl: 7
Verbale Reaktion (Sprechen):	Orientierung – kann sagen, wer und wo er ist, Monat und Jahr, einige sporadische Verwirrungen und Halluzinationen – Punktezahl: 6
Einschätzung:	Zufriedenstellende Besserung

11:15 UHR **Thomas Wanninger** Intensivstation – Neurologie, Hadarim Hospital

Ich bin in dem Zug ohne Fenster. Ich war schon einmal hier. Ich bin irgendwohin unterwegs, wo ich nicht hinwill. Opa Hans besuchen? Die Menschen in ihren schmutzig riechenden Mänteln drücken mich gegen die Holzlatten des Eisenbahnwaggons. Jemand kneift mich, redet mit mir. Wenn ich die Augen öffne, werden sie wissen, dass ich lebe. Ich muss mich tot stellen. Der Atem von jemand über meinem Gesicht. Die Bremsen kreischen laut, und der Zug ruckt beim Anhalten. Ich werde nach hinten, dann wieder nach vorn und noch mal nach hinten gewor-

fen. Die Menschen verschwinden aus dem Waggon. Wie? Niemand hat die Tür aufgeschoben. Sind sie im Bus? Jetzt bin ich hingefallen, und es riecht verbrannt. Eine Frau sagt, ich bin in Sicherheit. Du bist in Sicherheit, Tommi. Hab keine Angst.

La-Le-Lu, nur der Mann im Mond schaut zu, singt die Frau. Wenn die kleinen Babys schlafen, drum schlaf auch du. La-Le-Lu. Muttis besonderes Lied für mich. Warum ist Mutti hier in dem Eisenbahnwaggon? Wird sie mit mir sterben? Das Lied hört nicht auf, das schöne Lied. Ich bin klein und liege in meinem Zimmer. Nur der Mann im Mond schaut zu, wenn die kleinen Babys schlafen, drum schlaf auch du. Papa hat sein Krankenhausbett verlassen und legt die Decke um mich ... Vor dem Bettchen steh'n zwei Schuh ... Und er wird neben meinem Bett mein Paar Schuhe stehen sehen. Jemand zieht an meinen Beinen. Ich werde nicht gehen. Ich werde nicht aus dem Zug aussteigen. Wenn ich aussteige, werde ich sterben, Mutti, Mutti.

Vera Brodsky Orthopädische Abteilung, Zimmer 414, Hadarim Hospital — 11:15 UHR

Ein Licht scheint mir ins Gesicht und reißt meine Augen auf. Ich will einen Spiegel. Ich will nicht, dass mich irgendjemand sieht, bevor ich einen Spiegel bekomme. Warum hängen da so viele Schläuche? Werde ich in Zukunft mit den Schläuchen durch die Straßen gehen müssen? Ich spüre, wie etwas mein Gesicht bedeckt. Wie hässlich bin ich? Wie hässlich werde ich sein? Für immer?

Dan. Dan. Ich glaube, ich sehe seine Schultern. Was macht er hier mitten in meinen Schmerzen? Geh nicht weg. Ich liebe dich. Ist der Satz nur in meinem Kopf oder sage ich ihn wirklich? Hörst du mich? Ja?

Die Menschen im Zimmer, die Umrisse schwanken und drehen sich wie ein Karussell. Mama, Papa, Lidia, lieber Baruch. Mama und Papa halten sich an den Händen. Papa, der mir das Einmaleins beigebracht hat, Mama, die mir gezeigt hat, wie man einen Apfel in einer Spirale schält, die nicht bricht …

Ich renne einen Feuerabhang hinunter. Egal, wie schnell ich laufe, meine Beine, meine Arme, mein Magen verbrennen. Dan, du bist doch Soldat – kannst du mir nicht helfen? Lösch das Feuer, Dan, bitte. Verlass mich nicht … verlass mich nicht wie Sergej. Stirb nicht.

Wirst du sterben, Dan? Liebe Irena, ich schreibe diesen Brief, weil meine Hände sehr bald explodieren werden. Sei tapfer. Folge dem Weg, den dir dein Herz empfiehlt, und bleib, wo sich dein Herz am wohlsten fühlt. Ich werde dich immer lieben, kleine Schwester. Du bist schön, meine kleine Schwester. Ich werde deine hässliche Schwester sein. Sie werden mich in einen dunklen Raum sperren wie die böse Hexe im Märchen.

Ich weiß, wie sehr ich Papa liebe und wie sehr er mich liebt. Mama, ich habe das nicht gewusst. Ich liebe euch beide. Ich kann für euch beide Veruschka sein. Denkt an mich, wenn ich Asche und Staub bin. Das Licht ist wieder in meinen Augen. *Papa, ehe mich diese Flammen verschlingen, siehst du mir zu, wie ich Pirouetten drehe?*

Baruch Ben Tov Intensivstation – Neurologie, Hadarim Hospital *11:15 UHR*

Es ist schon der zweite Tag, an dem mich Dr. Stitti fragt, ob ich nicht meinen Blutdruck messen lassen will. Er meint, die Schwestern der Station hätten ihm erzählt, dass ich etwas unter Stress stünde. Er ist besorgt. Er schlägt Beruhigungstabletten vor. Ich erkläre ihm, der Arzt im Kibbuz habe mir schon welche gegeben. Ich sage ihm, wie sie heißen. Ich möchte, dass Sie etwas stärkere Tabletten nehmen, sagt er. Ich willige ein. Ich glaube, ich verliere meinen Verstand, und das ist nicht erlaubt. Ich muss bei Verstand bleiben. Selbst damals, zu jener Zeit, bin ich kein bis aufs Skelett abgemagerter Irrer geworden, der sein Ende annahm und dem Gott, der über dem schwarzen Rauch des Krematoriums schwebte, dankbare Stoßgebete entgegenbrabbelte.

Er notiert die Zahlen und bittet mich, sie dem Arzt im Kibbuz mitzubringen.

SYS 192 DIA 105 PULS 68/MIN.

Thomas Wanninger Intensivstation – Neurologie, Hadarim Hospital *15:00 UHR*

Der alte Mann sitzt immer noch an meinem Bett. Er war mit Mutti hier – vorher. Ich weiß nicht, wann. Er spricht. Ich sehe, wie sich seine Lippen bewegen, aber ich höre die Worte nicht. Was sagst du, alter Mann? Ich kann den Kopf nicht bewegen. Das Klingeln in den Ohren ist so laut wie Kirchenglocken. Ich habe so viele Schläuche. Wenn der Schmerz nachlässt, rede ich im Kopf. Ich denke an Papa, an seine Krebsschmerzen. Ich habe ihm nicht viel geholfen. Ich wünschte, er wäre noch am Leben. Ich würde ihm sagen, dass ich weiß, was Schmerzen bedeuten.

Ich Dummkopf spüre kalten Schnee und rieche brennendes Gummi. Wo bin ich? In Berlin, in einem Bus? Werde ich noch Beine haben? Und Mädchen ... Christina ... werde ich mit Mädchen zusammen sein?

Ich öffne die Augen. Ich höre den alten Mann. Auf Deutsch. Er spricht Deutsch. Ich glaube es einfach nicht.

Er beugt sich auf seinem Stuhl vor. »Es tut mir Leid, ich habe Deutsch gesprochen und gehofft, du würdest vielleicht die Augen öffnen. Deine Mutter ist zum Kibbuz gefahren, um sich ein paar Stunden auszuruhen. Ich bin Baruch Ben Tov vom Kibbuz Broschim. Ich bin der Chefgärtner.«

Ich kriege das nicht zusammen. Der Gärtner vom Kibbuz, aber er spricht Deutsch. Verkehrte Welt. Alles steht auf dem Kopf.

Ein Laut, der Anfang des Wortes »Mädchen«. Ich versuche, es auszusprechen, aber es kommt nichts heraus.

»Ja, das Mädchen, das dich abgeholt hat. Vera.«

Nicken, Tommi. Zeig, dass du versuchst zu verstehen.

»Sie liegt in einem anderen Stockwerk. Sie wird wieder gesund werden. Und ich habe etwas für dich, das dich freuen wird.«

Nick wieder, Tommi.

Er beugt sich nach unten. Wegen der Schläuche und Kissen kann ich den Fußboden nicht sehen. Was macht er?

Er hebt einen Rucksack auf, schmutzig, aufgerissen, zerfetzt, einen blauen Rucksack – meinen. Ich blinzle mit den Augen.

»Ja, Tommi, die Polizei hat ihn gefunden. Na ja, der

Reißverschluss ist fort und wahrscheinlich eine Menge von dem, was darin war, aber immerhin, hier ist er.«

Ich gebe Laute von mir. Er springt von seinem Stuhl auf.

»Bitte reg dich nicht auf. Ich hole die Schwester.« Er geht.

Er kommt zurück. Mit ihm eine Schwester. Sie schaut nach den Schläuchen und drückt auf etwas. Der alte Mann redet und redet. Auf Deutsch.

»In dem Bus hat es eine Explosion gegeben. Du warst bewusstlos und hast etliche Brüche und Quetschungen abbekommen.«

Dieser alte Mann ... warum ist er sich über das, was er mir erzählt, so sicher? Der Brandgeruch in meiner Nase. Die Schreie. Blut, Blut, Blut. Teile meines Körpers. Ich. Sterbe. Herzukommen ... jetzt ... nichts. Opas Fotos – wo ... wo? Es ist ein schreckliches Geheimnis.

»Deine Mutter hat mir erzählt, weshalb du hier bist.«

Ich versuche, den Laut herauszubringen.

»Opa. Ja, ich weiß, Tommi. Deine Mutter hat es mir erzählt. Ich weiß, was du herausfinden willst.«

Weine ich? Bin ich das? Ich kann es nicht spüren. Ich kann meinen Kopf nicht bewegen. Nein ... nicht ... mich weinen sehen.

»Weine bitte nicht. Ich verspreche dir, ich werde nach den Fotos suchen.«

Ich bewege den Kopf, so weit ich kann. Ich versuche, mich aufzusetzen ... ich muss ... über Opa Hans ... bevor ich sterbe. Ich kann einen Finger bewegen. Ich mache das Kreuzzeichen.

»Nein, das wirst du nicht. Du wirst nicht sterben. Du wirst wieder gesund.«

16:30 UHR **Baruch Ben Tov** Kibbuz Broschim, Judäisches Bergland

Im Lager rekapitulierte ich an jedem Tag eine neue Vorlesung von Professor Kleist, ein physikalisches Theorem nach dem andern, einen Beweis nach dem andern. Wenn ich fertig war, fing ich wieder von vorn an. Auf diese Weise verhinderte ich, dass ich in finstere Ungewissheit stürzte. Meiner täglichen Gewohnheit folgend, rekonstruierte ich zunächst meine Aufzeichnungen aus dem ersten Studienjahr – Physik I.

Während ich die Waschräume putzte, stellte ich Fragen, die zu beantworten ich mich zwang. Mein Gehirn musste klar bleiben, glasklar, oder ich würde nicht überleben. Ich musste überleben. Ich musste bei Verstand bleiben. Üben Auge und Gehirn die gleichen Funktionen aus? Warum sehen wir Gegenstände, die gar nicht da sind? Das waren die beiden Fragen, auf die ich täglich zurückkam. Ich beantwortete sie anhand wissenschaftlicher Fakten, die ich bei Professor Kleist gelernt hatte. Die Geschwindigkeit des Lichts und die Verzögerung, mit der die Nerveninformationen das Gehirn erreichen, bedingen, dass wir die Vergangenheit sehen, obwohl wir glauben, wir sehen die Gegenwart. Die Gegenwart war in mein peripheres Sehvermögen verbannt. Ich sah nicht die Reihen von Gefangenen, die zu den Duschen geschickt wurden, ich sah nicht die, die auf den Feldern hinfielen und erfroren. Das lag an den Rändern meines Sehvermögens – genau wie Professor Kleist es gesagt hatte. Ich erfasste nur die Vergangenheit.

1. Das weiße Licht enthält alle Farben des Spektrums.
2. Das Gehirn nimmt Ruhe, also die Abwesenheit von Bewegung, wahr.
3. Die Kamera kann aufzeichnen, aber nicht erklären.

Ich konnte mich an noch viel mehr erinnern, aber an dieser Stelle hörte ich immer auf. Wenn ich diese Nacht durchhielt, würde es einen nächsten Tag geben. Ich brauchte Stoff, um den nächsten Tag zu überleben. Deshalb hörte ich an der Stelle »Die Kamera kann aufzeichnen, aber nicht erklären« auf.

Vladek fand unter dem Treppenabsatz des zweiten Stocks eine Ausgabe von *Alice im Wunderland.* »Ich hab gar nicht gewusst, dass Lewis Carroll in einem jüdischen Ghetto lebte.« Wir lachten alle. Wir lachten, daran erinnere ich mich.

Rachel war der geborene Idealist. Wir hatten oft Streit über die Rechte der Mehrheit und die Rechte der Minderheit. Was Rachel störte, war die Macht der Mehrheit, anderen ihren Willen aufzuzwingen. Ich höre ihre Stimme, wie sie triumphierte, wenn sie eine politische Auseinandersetzung gewann, wie rot ihre Wangen dann wurden. Was für eine Bürde die Erinnerung doch ist.

Ich hebe das Glas Wasser an meine Lippen und schlucke die zweite Tablette, die Dr. Stitti mir gegeben hat.

Hitler vergiftete die Juden. Der Tod war eine sichere Angelegenheit, aber er und seine Handlanger stellten den armen Juden die Möglichkeit zu leben in Aussicht. Einigen Juden. Er veranlasste sie, sich gegeneinander zu wenden, so dass Brüder ihre Brüder hassten, Freunde ihre Freunde betrogen, Mütter sich zwischen ihren Kindern entschieden. Die Schönheit des jüdischen Lebens verkehrte sich in Hässlichkeit. Kein Gebet, kein Segen, kein Psalm würde je wieder dieselbe Bedeutung haben.

Ist die Dauer eines jeden Lebens vorherbestimmt?

Pavel und Klara, Irka, Tadeusz, Rachel.

Und Thomas und Vera.

Ich habe den Arzt im Kibbuz viele Male gebeten, er möge mir den Unterschied zwischen Nachtgedächtnis und Tagesgedächtnis erklären. Herr Doktor, wieso bin ich am Tag in der Lage, meine Arbeit zu tun, ohne an jene Zeit zu denken, aber nachts erhebt sie sich wie ein Meeresungeheuer? Es ist so angsteinflößend, dass ich beim Schlafen ein Licht anlassen muss. Er gibt mir Tabletten, denn er weiß keine Antwort.

Ich besitze noch immer das Blatt Papier, das ich aus der Hölle mitnahm: darauf die Skizze der Stelle, wo wir sie beerdigten. Wahrscheinlich sind all die Gebäude und Höfe unter den Bomben verschwunden. Wahrscheinlich, möglich – das ganze Leben, der ganze Tod ein Fragezeichen. Und Thomas' Großvater – ein Fragezeichen, nach dem ich in den Akten von Yad Vaschem suchen werde. Werde ich ihm eine Antwort geben?

Ich weiß inzwischen, dass Reinhard Heydrich, der Chef der deutschen Sicherheitspolizei und der SS, am 21. September 1939, eine Woche vor der Kapitulation Polens, einen Eilbrief an seine Einsatztruppen dort schickte, um sie über die Maßnahmen zu informieren, die gegen die Juden dort durchzuführen seien. Wir mussten zwischen neun Uhr abends und fünf Uhr morgens zu Hause bleiben. Wir mussten immer den Davidsstern tragen. Und alles, was wir besaßen, musste deklariert werden.

Mai 1940. Holland fiel an die Deutschen.

Die restriktiven Maßnahmen machten mich zum Tier.

Es war der Anfang all dessen, was ich später wurde – misstrauisch, verschwiegen, zynisch und pessimistisch. Ich war die Beute, die den Jägern in die Augen blickte. Wir alle auf dem Dachboden waren Beute. Vladek, Pavel, Klara, Onkel Mauritz, Rachel, sogar unser Baby.

Vladek war wie ein Bruder zu mir. Wir waren wie Zwillinge, außer dass er seinen Zionismus hatte, seinen Traum, sein Land der Utopie. Würdest du glauben, Vladek, dass ich derjenige bin, der hier lebt, während du die Erde unter dem Gras von Auschwitz bist? In meinem Herzen bleibst du mein Bruder. Du kanntest mich am besten. Du sahst, in welchen Abgründen ich versinken konnte.

Vom Dachbodenfenster sah ich die Fahrzeuge und die Kavallerie. Ständig schwere Artillerie. Rachel lebte in dauernder Panik. Das Rasseln der Panzer über das Kopfsteinpflaster ließ sie in kalten Schweiß ausbrechen. All ihre intellektuellen Fähigkeiten halfen nicht. Die Irrationalität der Deutschen machte sie selber irrational. Ich konnte ihr das nicht vorwerfen. Aber einer von uns musste ruhig bleiben – das war unsere einzige Chance zu überleben.

Wir schafften es immer noch, das Kleine zu füttern. Daniel. Daniel, der die Höhle des Löwen überlebt hatte. Er schlief die meiste Zeit. Vielleicht half ihm die Natur so, seinen Hunger zu vergessen. Nein, er war immer noch klein, und schlafen war seine Hauptbeschäftigung. Es war das, was er tun musste, um zu wachsen. Ich versuchte, ihn mir als jungen Mann vorzustellen. Der Gedanke an eine Zukunft hielt meinen Kopf klar.

Die Strafe auf alles lautete Tod. Nichts war zu belanglos. Nur sich verstecken konnte uns retten. Vielleicht auch Flucht, aber das schien nicht möglich. Wir waren nicht sicher, welchen polnischen Nachbarn wir trauen konnten. Mit den paar Kenntnissen in erster Hilfe, die ich besaß, kümmerte ich mich um den Sohn des Hausbesitzers, als er eine Infektion am Auge hatte. Der Besitzer küsste mir die Hand. Er schwor bei dem Grab seiner Mutter, dass er uns nie betrügen würde. Er hätte auf seinen ganzen Familienstammbaum schwören können, ich hätte ihm trotzdem nicht geglaubt.

Wir waren mit den Nerven am Ende, das Kind schrie jeden Tag mehr. Rachel hatte keine Milch mehr, um es zu stillen. Die Straßen waren ruhig vom Tod und der Sperrstunde. Der Hausbesitzer sagte, man könne das Schreien des Babys bis auf die Straße hören.

Vladek fand jemanden, der uns in den Wald führen würde. Rachel schwor, sie habe nicht die Kraft, um als Partisanin zu leben – die einzige Kraft, die sie noch hatte, bewahrte sie sich für den Kleinen auf. Die Patrouillen und Suchtrupps erschienen immer häufiger. Durch das schmale Fenster konnte ich nur das Obere ihrer Mützen, ihrer Fahrzeuge, ihrer Schatten sehen.

Vladek sagte, die Zeit würde knapp.

Schreckliche Nachrichten. Am nächsten Tag würden zwei deutsche Hauptleute in die Wohnung im ersten Stock ziehen. »Sie wissen ja, wie es ist in diesen Zeiten«, erklärte der Hausbesitzer in seinem Straßenhändler-Polnisch. Er machte eine Bewegung mit den Fingern, als ob er Münzen zählen würde. Und ausgerechnet die Polen behaupten, dass *Juden* nur aufs Geld aus sind!

Wir gaben Vladek Geld, das er den Partisanen aushändigen sollte. Rachel weinte jetzt die ganze Zeit. Das Baby maunzte wie ein hungriges Kätzchen. Der Hausbesitzer sagte, bis Mittwoch müssten wir weg sein. Und ob ich wohl noch mal so gut wäre, nach dem Auge seines Sohnes zu schauen, bevor ich ginge?

Ich beschloss, wir würden überleben. Ich wiederholte es immer wieder. »Überleben, überleben, überleben.« Ich ließ es Rachel wiederholen. Es wurde unsere Litanei.

Weitere Deutsche zogen ins Haus. Eines Tages hörten wir sie im zweiten und dritten Stock. Wir waren die einzigen Juden, die noch im Haus wohnten. Wir lebten wie Ratten unter dem Dach.

Die Deutschen sangen gern. Ich hoffte, es würde das Schreien unseres Babys übertönen.

Alles war arrangiert. Vladek übergab das Geld. Wir sollten am nächsten Tag verschwinden.

Dann bekam das Baby Fieber. Vladek sagte mir immer wieder, das Schreien des Babys würde uns alle in den Tod schicken. Rachel saß auf dem Fußboden und schaukelte das Kind. Ich war der Einzige, mit dem sie sprach. »Was verlangt Vladek von mir? Was sagt er? Sag es mir.« Ich wusste, was Vladek sagte, aber ich hatte nicht den Mut, es ihr zu sagen.

Ich gab dem Hausbesitzer Geld, dass er uns eine Flasche Sliwowitz brächte. Ich wollte nicht, dass sie sah oder hörte, was ich tun musste. Ich schenkte ihr ein Glas ein und ließ die Flasche neben ihrer Matratze stehen. Rachel, trink das. Sie sah mich an. Ich küsste sie und sagte: Ja, trink es, es wird dir helfen zu schlafen. Als sie einschlief, nahm ihr Vladek das Baby aus den Armen. Sie war so müde, so unterernährt, dass sie auch einschlief, ohne den Schnaps getrunken zu haben.

Es gab eine schmale Öffnung hinter der Dachbodenwand, hinter den Betten, wo wir schliefen. Vladek, mein bester Freund. Vladek, ich werde dich nie vergessen.

»Ich werde es tun«, sagte ich. Ich nahm das Baby aus Vladeks Armen. Ich holte mein Kissen, ein weiches Kissen aus Gänsedaunen, und legte es auf das Gesicht meines Sohnes. So schwach er auch war, er wehrte sich. Seine Finger rollten sich ein und aus, er schluckte, er machte mir in die Hände, er strampelte seine Beine frei. Zu was für einem kräftigen Jungen er einmal herangewachsen wäre. Er starb in der Dunkelheit hinter der Wand.

Sie hatte mir nie erzählt, dass sie ein Fläschchen Zyankali besaß. Wann hatte sie die Hoffnung verloren und ihren Tod vorbereitet? Schon vor Daniels Geburt? Als sie ihn nicht mehr stillen konnte? Oder nachdem ich ihr erzählte, was ich getan hatte? War das der Moment, in dem sie sich für Selbstmord entschied? Wer hatte ihr das Zyankali verkauft? Ich bin sicher, es war der Hausbesitzer.

Vladek und ich machten uns auf in den Wald, nachdem die Patrouille unsere Straße passiert hatte.

Gott führte Abraham in Versuchung. Er sagte: »Nimm Isaak, deinen einzigen Sohn, den du lieb hast, und opfere ihn zum Brandopfer.« Und Abraham nahm das Holz zum Brandopfer und legte es auf seinen Sohn Isaak. Er aber nahm das Feuer und das Messer in seine Hand. Da sprach Isaak zu seinem Vater Abraham: »Siehe, hier ist Feuer und Holz; wo aber ist das Schaf zum Brandopfer?«

Abraham antwortete nicht. Denn es gibt keine Antwort auf diese Frage.

Er band seinen Sohn fest. Er legte ihn auf den Altar, den er bereitet hatte.

Auf den Altar, den zu errichten Gott ihm befohlen hatte, im Ghetto, hinter der Wand auf dem Dachboden, hinter seinem Bett, wo er mit seiner Frau schlief. Der Herr rief ihm aus dem Himmel zu: »Abraham, Abraham.« Und Abraham antwortete: »Hier bin ich.« Aber diesmal, im Ghetto, hielt Gott nicht die Hand des Vaters, die ein weiches Kissen hielt, davon ab, sein Kind zu schlachten.

Morgen ist Mittwoch. So viele Jahre sind vergangen, und wieder wird es Mittwoch in meinem Leben. Ich muss mich der schrecklichen Tatsache stellen: Auch nur eine einzige abscheuliche Tat von Opa Hans Wanninger herauszufinden, wäre eine süße Erlösung für mich. Es waren die Nazis, die mich in ein Monster verwandelten. Vielleicht wird mich die Entdeckung seines Bösen von *meinem* Bösen befreien. Was Thomas und seine Mutter angeht, so sind sie auf das Schlimmste gefasst.

Ich gehe auf das Gästehaus zu, in Thomas' Zimmer, um mit seiner Mutter zu sprechen.

Alex Uschakow Cafeteria, Hadarim Hospital *16:15 UHR*

Ich bin ein so kluger Mann, ein Physiker von gutem Ruf, Leiter des Instituts für Physik an der Mechnikow-Universität, wieso habe ich dann darauf bestanden, dass alles nach *meinem* Willen läuft? Vera hatte sich verändert, sie veränderte sich direkt vor meinen Augen in Odessa, aber ich habe es nie bemerkt. Sie wollte unabhängig sein, sie wollte, dass ich sie verstand, sie wollte meine Liebe.

Selbst jetzt, in der brennenden Hölle ihrer Schmerzen, liebt sie. Sie flüstert über Irena, über Lidia, über Dan und über Sergej. Hört Dan, wie sie Sergejs Namen sagt? Weiß er von ihm?

Als sich ihre Augen öffneten, ließ sie mich wieder in ihr Herz ein. Ich habe seit Jahren nicht mehr gehört, dass sie auf diese Art »Papa« sagte. Nichts bleibt gleich, ist es nicht das, was wir Physiker behaupten? Außer die Liebe natürlich.

16:45 UHR **Lidia Adler** Veras Zimmer, Kibbuz Broschim

Die Wand hinter ihrem Schreibtisch ist gespickt mit Postkarten aus Odessa. Es gibt einen weiten Blick über das Schwarze Meer, eine alte Postkarte von der Moblisch-Erulim-Synagoge und eine Schwarzweißkarte von der berühmten Potemkin-Treppe. Sie hat Familienfotos aufgehängt: Irena und Babuschka, ihre Mutter, ihre Freundin Galina, sie und Dan, wir beide. Ich stehe da und betrachte die Postkarten und Fotos auf der weißen Wand.

Fotos sind wie ein Tagebuch, eine Aufzeichnung deines Lebens. Dies ist Veras Leben. Aber nur ein Teil. Ich zeichne den Teil auf, über den sie danach Bescheid wissen muss. Auch andere Menschen sollten ihn kennen. Von der ersten Minute an, als ich die Kamera mit ins Krankenhaus nahm, um Bilder zu machen, wusste ich, was ich zu tun hatte. Am ersten Tag schämte ich mich noch, als wäre ich ein Voyeur, jemand, der sich am Schmerz anderer, fremder Menschen ergötzt. Inzwischen finde ich es wichtig.

Ich muss in ihrem Zimmer irgendetwas finden, dass ihr den Anstoß gibt zu kämpfen. Es gibt eine Reihe Schnappschüsse von Blumen und Bäumen, die sie mit Reißnägeln überall an die Wand gepinnt hat. Sie hatte sich meine Kamera ausgeliehen, um die Fotos zu machen. Auf einmal erinnere ich mich an den Flieder, den sie gepflanzt und gehegt hat. Sie hatte Baruch gefragt, ob in Israel Flieder gedeihen würde. Natürlich, sagte er, und der beste Ort für Fliederbüsche ist das Judäische Bergland mit seinem Wind oder Safid im Norden. Kannst du das glauben, sagte sie zu mir, ich bin ausgerechnet an einen der wenigen Orte in Israel geraten, wo ich Flieder pflanzen kann.

Über dem Regal mit Büchern auf Englisch, Hebräisch und Russisch hängt noch eine Reihe weiterer Fotos: Vera und ihre Schwester beim Schlittschuhlaufen, wir beide beim Rafting auf dem Jordan und Vera und Baruch Ben Tov mitten in einem Sonnenblumenfeld. Und Vera und Dan, die Arme umeinander geschlungen in einem Kreis von Leuten, die singen. Am Ende der Reihe, über ihrer Schreibtischlampe, hängt, in Silberfolie gerahmt, ein Schnappschuss, der offensichtlich unmittelbar vor ihrer Abreise von zu Hause aufgenommen wurde. Darauf sind ihre Mutter, Irena und Babuschka im Schewtschenko-Park vor einem Obelisken zu sehen, die Erde ist schneebedeckt.

Ich schaue auf meine Uhr. Es wird Zeit. Wo ist das Foto mit dem Flieder? Das Foto, das ich für sie entwickelt und ihr geschenkt habe. Ich öffne die breite Schublade in der Schreibtischmitte. Darin befindet sich eine kleine weiße Schachtel, darunter ein Stapel Briefe und Karten, die mit einem grünen Satinband zusammengebunden sind. Ein Foto rutscht aus dem Stapel. Vera und ein Junge; er hat blondes, lockiges Haar und ungefähr ihre Größe, sie küssen sich. Wer ist das?

Ich setze mich auf die Bettkante. Auf dem Nachttisch steht ein kleiner Tontopf, der mit getrockneten Rosenblättern gefüllt ist. Der Duft hat sich fast verflüchtigt.

Unter dem Topf finde ich das Foto von ihr mit dem Flieder.

Das werde ich ihr im Krankenhaus ans Bett stellen.

Merkwürdig, dass sie mir nie von dem blonden Jungen erzählt hat. Hat sie Dan was gesagt?

Ich verlasse ihr Zimmer. Es ist ein kurzer Spaziergang zu dem kleinen Haus am Rand des Sonnenblumenfelds. Ich habe Baruch versprochen, mit ihm Tee zu trinken. Ich, anstelle von Vera.

Die Tür ist offen. Eine Arie tönt aus dem Haus in die Frühlingsluft.

»Komm rein, komm rein«, sagt er. »Ich weiß, du würdest lieber etwas mit Kastagnetten und Gitarren hören, aber du wirst dich mit Bach begnügen müssen.«

»Baruch, ehrlich, ich habe nichts gegen klassische Musik.«

»Lidia, du bist eines der höflichsten Mädchen im ganzen Kibbuz.«

»Sicher, sicher. Und du bist der beste Ersatz-Großvater, den ein höfliches Mädchen nur haben kann.«

»Ich nehme an, das macht uns dann wohl zu einer Familie.«

Als ich Baruch vor drei Jahren kennen lernte, sah ich die blau tätowierte Nummer auf seinem Arm. Ich habe nie etwas gesagt. Ich wüsste nicht, was ich sagen sollte. Ein Mensch, der Teil des Holocaust war, der überlebt hatte – es schien unmöglich. Ich erinnere mich, wie mein Vater über den Krieg und die Konzentrationslager in Europa gesprochen hatte, aber jemandem zu begegnen …

»Vielleicht diesmal lieber Kaffee, Lidia?«

»Nein, Baruch, Tee bitte. Zu Ehren von Vera.« Ich hole den Schnappschuss mit dem Flieder aus meiner Schultertasche. »Ich habe beschlossen, das hier Vera ins Krankenhaus zu bringen. Sie hat gesagt, Flieder ist ein Symbol für alles, was schön ist im Leben.«

Baruch lächelt. »Ich glaube, das war so ziemlich das Erste, was sie gepflanzt hat. Sie kaufte einen kleinen Busch, und ich gab ihr ein kleines Stück Garten für ihn. ›Kannst du dir vorstellen, Baruch‹, sagte sie, ›sie haben mir in der Pflanzenschule erzählt, dass Flieder wie geschaffen sei für das Jerusalemer Klima, besonders hier im Kibbuz. Schön hoch gelegen und kühl.‹

Wir hatten noch nie einen Fliederbusch hier, aber sie war stur und wollte etwas, das sie an Odessa erinnerte. Sie hegte und pflegte ihn und brachte ihn zum Wachsen, wie eine Mutter ihrem Kind das Laufen beibringt. Nie gab sie auf.« Während er das Foto anschaut, beginnt der Wasserkessel zu pfeifen. Er steht auf. »Ja, das wird ihr gut tun.«

Er gießt den Tee in unsere Tassen, dann trägt er noch einen Teller Plätzchen und ein Tablett mit belegten Broten von der Kochnische herüber.

»Wenn ich mit Vera Tee trinke, bringt sie meistens die Teekanne ihrer Babuschka mit, und wir brühen ihn darin auf.«

»Baruch, weißt du irgendetwas über ihr Leben in Odessa?«

»Ja, sie spricht mit mir über ihre Schule, ihre Freunde und die Briefe, die die Großmutter ihr schreibt.«

»Über niemanden sonst?«

»Nein. Über wen denn?«

»Ach, ich weiß nicht. Vielleicht einen Freund.«

Ich sitze Baruch gegenüber und warte auf eine Antwort. Wenn sie überhaupt etwas erzählt hat, dann ihm.

Aber er ist in die Arien Bachs versunken, und ich kann nicht weiterfragen. Wir lauschen der Musik, ohne zu reden. Draußen schließen sich langsam die Sonnenblumen. Es ist beinahe Abend.

»Armer Thomas«, sage ich, »wollte nur für ein Praktikum nach Israel kommen, und nun schau, was mit ihm passiert ist.«

Er sagt nichts. Aber Thomas' Namen zu hören, bringt ihn aus der Fassung. Die Hand, die die Teetasse hält, zittert.

»Gehst du morgen ins Krankenhaus?«

»Ich weiß nicht, Lidia. Ich bin ein bisschen müde. Das war eine schwierige Zeit für mich. Nun ja, ich bin sicher, für dich auch.«

»Ja, ich kann immer noch nicht glauben, was mit Vera geschehen ist. Und mit all den anderen Menschen im Bus. Warum? Wozu? Selbst wenn sie das Krankenhaus verlassen, werden sie nie mehr dieselben sein. Veras Verstand ist immer noch im Bus. Sie spricht von den Gerüchen und davon, was sie gesehen hat, es lässt sie nicht los. Es ist so schwer, Hass zu begreifen.«

Ich stehe auf. »Danke, Baruch. Für den Tee.« Ich helfe ihm, das Tablett und die Tassen auf das Küchenbüfett zu stellen.

Wir stehen an der Tür und blicken auf das goldene Feld. Er legt die Hand auf meine Schulter.

»Sie wird das Foto mit dem Flieder lieben, Lidia. Wenn ihr irgendetwas hilft, wieder gesund zu werden, dann das. Nur eine Schwester würde an so etwas denken.«

Sameh Laham, Sicherheitsgefangener 0593, isoliert in der Chirurgischen Abteilung, Hadarim Hospital 17:20 UHR

Ich werde für immer ein Feigling sein, ein Verräter, ein Betrüger meines Volks. Meiner Nation. Und jetzt habe ich auch nichts mehr, um es meiner Mutter zu geben. Sie wird das Geld nicht bekommen, das sie versprochen hatten. Man wird meine Brüder anspucken. Im Gefängnis werden mir schreckliche Dinge angetan werden. Welcher Araber wünscht jemandem wie mir, weiterzuleben?

Ich habe den Polizisten geschworen, dass ich gegen Blutvergießen und Töten bin. Sie haben mich ausgelacht.

Ich habe einen Eid auf den heiligen Koran abgelegt, dass ich diesen Akt des Martyriums verüben würde. Ich habe versagt. Warum saß diese Mutter da, warum wiegte sie ihr Baby? Warum? Warum?

Die Polizisten verhöhnen mich mit den Zeitungen. Sie schlagen mir die Bilder der Toten ins Gesicht, das kleine Baby – Mervat, vier Monate alt – und seine Mutter. Ich wollte sie retten. Das schwöre ich bei Allah. Habe ich ihnen nicht zugerufen: »*Yalla, yalla*«? Die Worte waren in meinem Kopf. Ich habe sie gehört. Beeilt euch, raus aus dem Bus. Lauft weg.

Gestern erzählten mir die beiden Polizisten, es gibt ein Zimmer in diesem Stockwerk mit einem Mädchen, das so schwere Verbrennungen hat, dass die Ärzte es nicht identifizieren können. Denk daran, Sameh. Deine Mutter wird dich ansehen, sie wird dich wiedererkennen. Aber bei dem Mädchen ist es anders. Und du hast es getan, Sameh. Wenn ihr Vater sie findet, wird er kommen, um sich zu rächen. Aber wir werden ihn nicht reinlassen. Wir sind Polizisten. Wir werden dich schützen, damit du vor

Gericht stehen und deine Geschichte erzählen kannst. Ein *Schahid*, der Angst hatte.

Aber ich war es nicht. Es war Omar. Der Chef könnte ihnen bestätigen, dass ich immer gut gearbeitet habe. Niemand hört mir zu.

20:00 UHR **Thomas Wanninger** **Intensivstation – Neurologie, Hadarim Hospital**

Ich wache auf. Ich kann das Radio aus dem Schwesternzimmer hören. Es ist ganz leise gestellt, aber ich höre das Piep-Signal der stündlichen Nachrichten. Ich will nichts über eine neuerliche Explosion und über weitere Tote wissen. Gut, dass die Nachrichten auf Hebräisch sind und ich sie nicht verstehe. Ich komme jetzt ohne künstliche Beatmung aus. Es wird einfacher zu sprechen.

Inzwischen nenne ich den alten Mann beim Vornamen. Er wollte es so.

»Baruch, bitte, die Antwort. Ich brauche die Antwort für meinen Vater. Was hat Opa Hans getan?« Ich war erregt. Ich weinte und schämte mich dafür. Ich wollte, dass meine Mutter kam. »Mutti, Mutti.«

Ich weine eigentlich um mich. Ich habe solche Angst. Jedes Mal, wenn eine Tür zuschlägt oder jemand lauter spricht, schrecke ich zusammen. Ich fürchte mich davor, jemals wieder nach draußen zu gehen. Was werde ich tun, wenn es mir besser geht? Mich verstecken?

Die Schwester hat gesagt: Es ist ein gutes Zeichen, dass du sprichst. Das Koma ist vorbei. Dr. Stitti wird dich morgen wieder untersuchen. Mach dir keine Sorgen, du bist außer Gefahr.

Ich weiß nicht, was geschehen ist, als der alte Mann in meinem Zimmer war. Mein Rucksack lehnt an der Wand. Ich werde niemandem erlauben, ihn zu bewegen. Habe ich Baruch den Namen des Bataillons meines Opas genannt, habe ich ihm erzählt, dass Opa vermisst ist, dass wir nicht wissen, wo und wann er gestorben ist? Nein, wie sollte ich, ich konnte ja gar nicht sprechen.

Als Dr. Stitti hier war, erzählte er, Herr Ben Tov fühle sich nicht wohl.

»Das ist meine Schuld. Ich weine, wenn er hier ist.«

»Mach dir keine Sorgen, Tommi, es ist nicht deine Schuld. Er steht unter ärztlicher Aufsicht.«

»Danke. Ich muss Sie etwas fragen, Dr. Stitti.«

»Ja sicher, alles, Tommi.«

»Meine Mutter will mich, sobald ich reisefähig bin, nach Hause bringen. Was meinen Sie dazu?«

»Ob du reisefähig bist?«

»Nein, ob ich ein Feigling wäre, wenn ich abreisen würde.« Ich sage ihm nicht, wie viel Angst ich habe. Vielleicht vermutet er das ja längst.

»Niemand könnte dich einen Feigling nennen, Tommi. Nie und nimmer.«

Veras Freundin Lidia ist hier, zusammen mit Dan. Sie hat wirklich gute Freunde. Lidia ist verrückt aufs Fotografieren. Jeden Tag kommt sie und macht ein Foto von mir, manchmal mit meiner Mutter, mit der Schwester oder mit Dr. Stitti. Einmal hat sie ein Foto von mir und dem Rucksack gemacht. Ein Andenken an den Bus, meinte sie.

»Ich will kein Andenken«, sagte ich, aber sie fotografierte trotzdem.

Jetzt frage ich sie: »Findest du, ich sehe deutsch aus, Lidia?«

»Darüber habe ich noch nie nachgedacht. Warum, macht es für dich einen Unterschied?«

»Ja ... La-Le-Lu«, singe ich. »... Und die sind genauso müde, geh'n jetzt zur Ruh' ...«

Verrückt, sich an ein Wiegenlied zu erinnern. Ich schließe die Augen. Schlafen. Mir wird nichts mehr passieren. Daran muss ich glauben.

23:00 UHR **Dan Oron** Orthopädische Abteilung, Zimmer 414, Hadarim Hospital

»Hallo, Veruschka.«

»Hallo, Dan. Seit wann nennst du mich Veruschka?«

»Mir gefällt der Name, er ist ein Teil von dir, dein Odessa-Teil.«

»Ich mag aber nicht an Odessa denken.«

»Ich habe heute Nacht in deinem Zimmer geschlafen. Ich lag in deinem Bett und habe die Bilder an der Wand angeschaut. All die Fotos – ich wünschte, ich wäre bei dir gewesen, als sie aufgenommen wurden. So eine Zeitvergeudung, nicht zusammen zu sein.«

»Ich ...«

»Sag nichts. Ich weiß, wie sehr dein ganzer Körper schmerzt. Aber du lebst, du lebst. Alle brauchen dich und dass du gesund wirst. Am meisten brauche ich dich. Ich kann nichts tun ohne dich. Und Baruch braucht dich. Du bist seine Enkelin, sagt er. Und Lidia braucht dich auch.«

»Lidia macht dauernd Fotos. Ich will das nicht. Das ist doch krank, so was zu tun.«

»Sie hat ein echtes Ziel gefunden. Diese ganze Geschichte zu erzählen, alles, was passiert ist.«

»Aber nicht die Geschichte eines Opfers, eines Menschen, der überall verbunden ist. Wer will denn solche Fotos anschauen? Dan …«

»Was ist, Vera?«

»Ich habe diese schrecklichen Träume, ganz fürchterlich. Ständig.«

»Ich habe es der Schwester gesagt. Sie meint, das ist normal, es ist die Art, wie dein Verstand versucht, die Angst loszuwerden.«

»Ich muss dir etwas erklären.«

»Was, Vera?«

»Es ist das Wichtigste, was ich dir je erzählt habe.«

Sie fängt an zu weinen.

»Mach dir keine Sorgen. Wir haben doch jede Menge Zeit. Es ist spät. Vielleicht schläfst du jetzt erst mal. Ich bin morgen wieder hier.«

»Weißt du, ich habe ein Geburtstagsgeschenk für dich.«

»Das ist alles? Ist es das, was du mir sagen wolltest?«

»Ja. Hm, eigentlich nicht, aber …«

Sie schließt die Augen. Ihre Stimme wird schläfrig.

»Möchtest du Russisch lernen, Dan?«

»Vielleicht. Ich dachte nur, du wolltest deine Odessa-Vergangenheit vergessen. Und du weißt, ich bin nicht gut in Sprachen.« Ich habe das Gefühl, sie schläft.

Dann flüstert sie: »Dan, ich werde es dir erzählen …«

»Mir was erzählen?«

»Sergej, sein Name war Sergej.«

Sie hat keine Kraft mehr, weiterzureden.

DONNERSTAG, 13. APRIL

Baruch Ben Tov Kibbuz Broschim, Judäisches Bergland 13:30 UHR

Ich habe die letzte Nacht schlecht geschlafen. Um die Wahrheit zu sagen, ich habe überhaupt nicht geschlafen. Gegen drei Uhr morgens nahm ich noch eine weitere Schlaftablette. Dieses Töten der Menschen im Bus, diese Barbarei hat meinen Frieden erschüttert. Mein Körper zittert, und schon das kleinste Geräusch schreckt mich auf. Lidia kommt zu mir, um mir zu sagen, dass sie ihr Leben ändern will, Dan fragt mich, ob Liebe stärker ist als die Angst, Thomas bittet mich, ihm zu helfen, um das Versprechen gegenüber seinem Vater zu halten. Baruch, erklär mir, sagt jeder. Baruch, du bist älter, weiser, finde eine Antwort.

Gestern habe ich das Antragsformular ausgefüllt – in Yad Vaschem, der Einrichtung zum Gedenken an die Märtyrer und Helden des Holocaust. Wie offiziell alles wird – Geschichte, Tod, Ereignisse. Hier ist eine Instanz, die dir erlaubt, dich zu erinnern. Ich frage mich, ob es auch eine Instanz gibt, die dir erlaubt zu vergessen.

Archive. Vorname. Nachname. Telefon. Meine Nummer aus dem Konzentrationslager habe ich nicht eingetragen. Grund der Nachforschung: Ich schrieb *Hans Wanninger*. Wie sollte ich das bei dem wenigen Platz auf der Seite erklären? Ich ging zurück an den Schalter. Der

Archivar stand von seinem Platz auf und sah mich fragend an.

»Ja?«, sagte er.

Ich erklärte, wer Hans Wanninger war und wer sein Enkel, Thomas Wanninger, ist. Ich beschrieb den physischen Zustand des Jungen, dann erklärte ich, dass er eigentlich mit mir im Kibbuz hätte arbeiten sollen. Ich beugte mich nach vorn über den Schalter. Der Archivar warf einen Blick auf meinen Arm, sah die blau tätowierte Nummer. Er sagte nichts. Stattdessen schrieb er etwas auf das Anmeldeformular. Ich weiß nicht, sagte ich, was der junge Mann, Thomas Wanninger, mit der Information über seinen Großvater vorhat. Und dann fügte ich hinzu, als wollte ich ihn verteidigen: Ich glaube nicht, dass sie für ein Buch oder einen Zeitungsartikel gedacht ist. Es ist für den privaten Gebrauch, für ihn selbst. Ich trug das Datum ein und unterschrieb das Blatt.

Der Archivar versuchte nicht, mich auszuhorchen oder unnötige Fragen zu stellen. Merkwürdig: Nach ungefähr zehn Minuten oder so fing ich an, mich wohl zu fühlen. Ich wartete geduldig. Angst und Anspannung verließen mich. In dem kühlen, hell erleuchteten Raum hatte ich auf einmal das Gefühl, unter alten Freunden zu sein. Ich kannte die dortigen Geister.

Der Archivar brachte mir eine Akte. Ich öffnete sie und fing an zu lesen. Die Dokumente, die Augenzeugenberichte zu lesen, die Fotos zu betrachten war wie ein langsamer Gang auf einem Friedhof, an Grabsteinen vorbei. Als ich fertig war, verließ ich den langen Tisch und setzte mich an den Computer. Ich drückte den Knopf. Schwarzweißfotos wanderten über den Bildschirm. Eins nach dem andern. Einige scharf, andere undeutlich, einige aus einer gewissen Entfernung, manche hinterließen in der Vorstellung des Betrachters überhaupt keinen Eindruck. Eins nach dem andern.

Die Fakten auf den Seiten, die ich las, beruhigten mich. Mein Gesicht spiegelte sich im Bildschirm – ich wurde Teil der Fotos. Na ja, das war ich ja bereits, oder? Hier, wo ich es am wenigsten erwartet hatte, verlor sich ein bisschen von meinem Schmerz und meiner Einsamkeit. Der Mensch ist ein seltsames Geschöpf. Ein Albtraum, den man allein mit sich herumträgt, ist ein grausamer Schrecken. Die Wahrheit, die man mit anderen teilt, ist Balsam.

All diese Namen, all diese Geschichten, all diese unmenschlichen Taten, die geschehen waren, um am Leben zu bleiben, nicht zu sterben, nicht zu sterben. Menschen wie ich. Berkowitz, Shirman, Lubovsky, Friedman, Kappelwitz, Heyman, Rabinowitz, Weissman, Klagsman, Spielman, Zisman, Brozrowski, Kannerman, immer mehr und mehr. Hunderte, Tausende, Millionen. Unmöglich, alle Namen zu lesen. Dann ein Mann mit meinem Namen – ein anderer Guttman, ein anderer Benjamin Guttman. Doch er starb in einer Gaskammer in Bergen-Belsen.

Gutt hatte ich in das hebräische *Tov* für »gut« geändert, aber den zweiten Teil, das *man*, ließ ich weg. Stattdessen wählte ich das Wort für »Sohn« – *Ben*. Guter Sohn. Und was den Vornamen betrifft – Baruch –, so wählte ich mir das Wort für »gesegnet«. Gesegnet sei die Erinnerung an den guten Sohn.

Vergiss nicht, du hast einen bestimmten Grund, warum du hier bist. Lies nicht mehr, als du musst. Klick über die Fotos hinweg, die für Thomas Wanninger und seinen

Großvater nicht relevant sind. Ich fand nichts. Ich schaltete den Computer aus.

Ich trank ein Glas Wasser.

Ich öffnete eine andere Akte. Ich kam zu drei Fotos. Diese drei Fotos stimmten mit dem Datum, dem Ort und der Nummer von Hans Wanningers Bataillon überein. Sie entsprachen der Beschreibung der Fotos, die Ilse für mich aufgeschrieben hatte. Ich hatte einen Teil des Beweises gefunden. Jetzt würde es vielleicht eine Erklärung geben.

Die Fotos waren körnige Schwarzweißaufnahmen. Sie waren aus einiger Entfernung gemacht worden, doch es war klar, was dort geschah. Wahrscheinlich waren sie von einem unbekannten Partisanen aufgenommen worden, vielleicht einem Juden, vielleicht einem Polen. Von einem Mann oder einer Frau, einem Menschen, der gewillt war, Gefangenschaft und Tod auf sich zu nehmen, um die Ausführung eines Massakers durch die Ordnungspolizei zu dokumentieren.

Warum sollte jemand Abzüge dieser Fotos an die Familie des verstorbenen Hans Wanninger schicken? Wer hatte sie geschickt? Jemand wie ich, ein Überlebender?

Offizier Wanninger war aus dem Bataillon, aus Polen, von der Ostfront verschwunden, warum also diese Bilder an die Familie schicken?

Ich wandte mich wieder der Akte zu.

THEMA: Klibiski-Massaker, Klibiski, Polen.
3. August 1942. Zeugenaussage von
Abraham Zeligman, 11. Februar 1955.

Ich wurde am 2. August von der Gestapo verhaftet. Ich wurde zum größten Haus in dem polnischen

Dorf Klibiski gebracht. Es war eines der Häuser in der Gegend, die einem reichen polnischen Grafen gehörten und von der Gestapo in Besitz genommen worden waren.
Alle meine Habseligkeiten wurden mir weggenommen: die Schlüssel zu dem sicheren Haus, das von den örtlichen Partisanen benutzt wurde, eine Schachtel Zigaretten, ein Foto meiner Kinder, sogar zwei Karamellbonbons. Ich wurde verdächtigt, Kurier der polnischen Widerstandsbewegung zu sein. Dass ich auch Jude war, machte mein Verbrechen noch schlimmer.
Ich wurde in eine Einzelzelle eingesperrt, die früher mal der Weinkeller gewesen war. Draußen vor der Tür stand ein Wärter. Sie hatten vergessen, mir Gürtel und Schuhbänder abzunehmen. Das war ein dummer Fehler, aber nachdem ich ungefähr eine Stunde darüber nachgedacht hatte, beschloss ich, ihnen nicht die Genugtuung zu geben, Selbstmord zu begehen.
Ich beobachtete den Wärter sehr genau. Er schien sich zu langweilen. Ich überlegte, ob man ihn bestechen könnte. Dann fing ich mit ihm ein Gespräch an. Er erzählte mir, dass eine Menge Abschaum wie ich am Morgen getötet werden solle. Alle Dorfbewohner würden zur Mühle außerhalb des Dorfes gebracht. Wahrscheinlich würden ihre Leichen auf dem Feld begraben oder in den Fluss geworfen. Sämtliche Einwohner von Klibiski würden erschossen. Er machte deutlich, dass ich ebenfalls getötet würde.
Ich erzählte ihm, wo sich noch weitere Partisanen

versteckt hielten, Partisanen, die in Klibiski rekrutiert worden waren. Er wurde ganz aufgeregt und ging hinaus. Eine halbe Stunde später kam er mit einem Leutnant zurück. »Der Wärter meint, du hast Informationen«, sagte dieser. Ich antwortete, ja, und wiederholte meine Aussage. Er warnte mich: Wenn meine Information eine List sei, um zu fliehen, so würde sie nicht klappen. Ich sagte ihm, so mutig sei ich nicht.

Am nächsten Morgen wurde ich hinten in einen Wagen gesetzt. Der Leutnant fuhr selbst. Wir waren nur zu zweit. Wir fuhren an den strohgedeckten Häusern des Dorfes vorbei, danach an einigen Feldern und schließlich an der Mühle und einem kleinen Fluss. Dort sah ich drei Bataillons-Lastwagen der Ordnungspolizei oder Orpo, wie sie auch genannt wurde, neben der Straße stehen. Die Ordnungspolizei hatte die Dorfbewohner in Reihen aufgestellt. Aber nur die Kinder, Frauen und alten Leute. Die kräftigen Männer hoben lange Gruben aus. Der Leutnant schob mich vorwärts, und wir gingen auf den diensthabenden Offizier zu.

Der Offizier sprach gerade zu den Polizisten. Ich kann nicht alles bezeugen, was er sagte. Ich hörte nur einen Teil seiner Befehle: »Wenn Sie nicht fähig sind, die Tat durchzuführen, wenn die Aufgabe zu schwierig ist, können Sie wegtreten.«

Als wir näher kamen, konnte ich seinen Offiziersrang sehen. Er war ein Major.

»Ich bin Leutnant Brunn, Gestapo.« Der Leutnant ging nicht auf das ein, was der Major dem Bataillon

gesagt hatte. Ich kann das so festhalten, weil ich sicher bin, er hatte es nicht gehört. Für einen Offizier der Gestapo hätte die Aussage des Majors Verrat bedeutet.
»Major Schnitke, Ordnungspolizei.«
»Dieses Stück Partisanendreck behauptet, ein oder zwei Partisanen verstecken sich noch in dem Mühlengebäude. Geben Sie mir einen Ihrer Männer und wir gehen rein.«
»Das würde ich gern, Leutnant, aber wir haben hier eine Situation mit einem ganzen Dorf. Lassen Sie den Burschen vor Ihnen hergehen. Dem werden sie nichts antun. Ich werde Ihnen noch Offizier Wanninger in die Mühle schicken, um zu helfen.«
Ich lief vor Leutnant Brunn. Als wir das Feld überquerten und uns der Mühle näherten, hörte ich Schüsse. Ich wagte nicht, mich umzudrehen. Ich hörte auch nicht, dass Brunn irgendwas sagte. Das Feuer dauerte lange an, mehrere Minuten. Ich weiß nicht, ob irgendein Ordnungspolizist das Angebot des Majors angenommen und sich geweigert hatte, die Dorfbewohner zu erschießen. Wenn es welche gab, weiß ich nicht, wer sie waren, denn ich lief mit dem Rücken zu den Dorfbewohnern auf die Mühle zu.
Inzwischen war es mir gelungen, meinen Hosengürtel zu lösen. In der Mühle überwältigte ich den Leutnant und strangulierte ihn. Ich zog ihm die Uniform aus und mir an. Dann nahm ich seinen Revolver und steckte ihn ins Halfter. Danach verschwand ich aus dem Feld in den Wald.
Aus der Entfernung muss sich der Major der Ord-

nungspolizei sicher gewesen sein, dass ich Leutnant Brunn war. Er winkte mir und schien nicht zu merken, dass ich allein ging. Ich entfernte mich von der Mühle, nicht in Richtung des Ortes, an dem die Dorfbewohner versammelt worden waren. Ich ging schnell. Das Einzige, was ich sehen konnte, ehe ich in einen kleinen Wald hinter der Mühle trat, war, wie der Major seine Soldaten anwies. Sie schienen Leichen zu tragen. Der Major schien nicht interessiert an dem, was in der Mühle geschehen war – vielleicht wollte er ja nicht das Urteil eines Leutnants der Gestapo hinterfragen. Vielleicht dachte er, Brunn hätte die Partisanen mit einem Maschinengewehr erledigt.

Was das Massaker von Klibiski betrifft, so kann ich drei Namen bezeugen: Leutnant Brunn, Major Schnitke und Ordnungspolizist Wanninger. Der Erste war an dem Massaker nicht beteiligt. Ich weiß nicht, was Ordnungspolizist Wanninger getan hat.

[unterzeichnet] Abraham Zeligman

16:00 UHR **Lidia Adler** Orthopädische Abteilung, Zimmer 414, Hadarim Hospital

Ich trete auf Zehenspitzen ein. Vera ist allein. Ich nehme an, ihre Eltern reden mit der Schwester, und Baruch muss wohl bei Thomas sein. Ich sitze auf der äußersten Bettkante und flüstere Vera ins Ohr: »Ich habe dir etwas mitgebracht, *mi pequeñita* Vera.«

Sie öffnet die Augen. »Das Foto. Ich mit dem Flieder.«

»Flieder bedeutet Glück. Erinnerst du dich, du hast gesagt: ein Symbol für alles, was schön ist im Leben.«

Seit sie wieder angefangen hat zu sprechen, fragt sie mich ständig, ob sie irgendetwas gesagt hat, während sie bewusstlos war. Und ich antworte jedes Mal: »Nichts.« Es ist die Wahrheit, wieso fragt sie mich also immer wieder?

Ich habe ihre Mutter und ihren Vater beobachtet, seit sie hier sind. Sie verstehen sich viel besser, als Vera behauptet hat. Vielleicht wirkte, als er die Familie verließ, alles viel schlimmer, als es in Wirklichkeit war. Manchen Menschen geht es nach einer Scheidung viel besser.

Sie hat die Augen geschlossen. Auch wenn Vera schläft, spreche ich mit ihr. Die Idee dahinter ist, mit der Person verbunden zu bleiben, gerade mit jemandem, der so schreckliche Dinge gesehen hat wie Vera. Ich habe im Krankenhaus jemanden sagen hören, dass Kameramänner und Reporter nie zeigen oder beschreiben, wie es wirklich aussieht – es ist einfach zu grausam.

Ich nehme die Kamera und stelle scharf. »Vergib mir, Vera«, flüstere ich und schieße ein Foto.

Jemand drückt mich von hinten. Ich drehe mich um.

»Dan!« Wir umarmen uns.

»Wie steht's?«

»Sie ist immer wieder eingeschlafen. Die Schwester hat ihr vor ungefähr zehn Minuten eine Tablette gegen die Schmerzen gegeben.«

»Magst du dir einen Kaffee holen, Lidia?«

»Ich hätte nichts dagegen«, antworte ich.

»Dann bleibe ich bei ihr. Geh ruhig. Nimm dir Zeit. Wenn du ihre Eltern siehst, sag ihnen, ich bin bei ihr, und wir wollen allein sein.«

Das ist es, was ich an Dan so mag. Er sagt, was er denkt, und macht sich keine Sorgen, was die Leute davon halten werden.

Ehe ich gehe, habe ich aber noch etwas, was ich ihm sagen möchte. »Sie hat schreckliche Angst, wie sie aussehen wird.«

»Ich weiß.«

»Sie hat fürchterliche Sorge, dass sie hässlich sein wird, dass von dem Metall und dem Glas Narben zurückbleiben und die Menschen sie anstarren werden, und dass niemand mehr in der Lage sein wird, sie zu lieben. Dass du sie nicht mehr lieben wirst.«

»Sie ist der einzige Mensch, den ich liebe und je lieben werde.«

»Und sagst du ihr das auch?«

»Jeden Tag und jede Minute – auch mit Narben und Krücken oder ganz dicken Brillengläsern.«

»Ich liebe dich, Dan, und sie dich auch. Bis nachher.« Schnell drücke ich noch einmal ihren heilen Arm. Sie rührt sich ein bisschen, öffnet die Augen und lächelt.

»Ich weiß, mit dieser schrecklichen Augenklappe sehe ich aus wie ein Pirat«, sagt sie.

Leise schließe ich die Tür. Ich sehe Veras Eltern auf mich, auf das Zimmer zukommen. Ich erreiche sie am Aufzug. »Dan ist bei ihr im Zimmer. Haben Sie Lust auf einen Kaffee?«

Sie schauen sich an. Alex zuckt die Schultern. »Ja, natürlich, Lidia.«

Thomas Wanninger Intensivstation – Neurologie, Hadarim Hospital 16:00 UHR

Vor ein paar Stunden hat mir Mutti von Herrn Ben Tovs Vergangenheit erzählt. Ich habe sie immer wieder gefragt: Wird er hierher zurückkommen, ins Krankenhaus? Sie wusste keine Antwort. Wie konnte Mutti jemandem davon erzählen? Jemandem hier in Israel?

Mutti hat gesagt, sie hatte keine Wahl. Jemand musste uns helfen, die Wahrheit herauszufinden. »Aber wenn er uns geholfen hat, kommst du danach nach Hause. Dann gibt es keinen Grund mehr, an diesem gewalttätigen Ort zu bleiben.«

Ja, ja, nach Hause, dachte ich. In Sicherheit zu Hause bei Mutti und Christina und meinen Freunden. Zu dumm, dass ich meinen Plan nicht verwirklichen kann, die Wahrheit über Opa selbst herauszufinden, aber sobald ich eine Antwort weiß, kann ich nach Hause fahren und den alten Mann in Frieden lassen. Mutti hat Angst. Ich bin alles, was sie hat, deshalb muss ich es wohl sagen, oder? »Ja, Mutti. Ich komme nach Hause. Natürlich.«

Sie senkte den Blick auf ihre Hände. »Danke. Ich hätte nicht geglaubt, dass dir das passieren würde. Ich hätte nicht geglaubt, dass solch schreckliche Dinge möglich sind.«

Aber was werde ich meinem Onkel Friedrich erzählen – dass ich kein Judenverehrer mehr bin? Und Christina, dass mein gelocktes Haar nicht davon kommt, dass ich jüdisches Blut in mir habe?

»Du bist noch sehr krank, Tommi. Auf jeden Fall wird es eine Weile dauern, bis du überhaupt aus dem Krankenhaus kommst.«

Ich sagte nichts. Ich kann ihr noch nicht erzählen, was ich auf dem Boden neben mir gesehen habe. In meinen schlimmsten Träumen über Opa habe ich mir nichts vorstellen können, das dem, was ich gesehen habe, im Entferntesten ähnelte. Das werde ich niemals vergessen.

»Ich gehe mal runter in die Cafeteria, um etwas zu essen.« Sie beugte sich vor, um mich zu küssen. Ich starrte an die Wand über ihrem Kopf.

Ich höre Dr. Stitti im Flur. Er macht seine Nachmittagsrunde und sieht nach den Patienten in seiner Abteilung. Heute werde ich vielleicht aus der Intensivstation verlegt. Ich bin sehr müde. Ich hoffe, ich sehe keine Bilder vor mir. Ich will, dass mein Kopf frei wird von allem Schrecklichen.

»Tommi?«

Ich wende den Kopf. Es ist Herr Ben Tov.

»Baruch, ich finde nicht genügend Worte, um Ihnen zu sagen, wie Leid es mir tut. Sie zu bitten, all das für mich zu tun, wo Sie doch selber so viel erlitten haben«, sage ich. »Bitte, nehmen Sie meine Entschuldigung an.«

Er nimmt meine Hände in seine. Er schaut mich an, und dann sagt er etwas ganz Merkwürdiges. »Nein, ich bin es, Tommi, der sich entschuldigen muss.« Er entschuldigt sich. Bei mir.

Warum sagt er Entschuldigung? Er hat so viel für uns getan. Ich sollte ihn um Verzeihung bitten. Jetzt weiß ich, wie schlimm eine Erinnerung sein kann.

Dan Oron Orthopädische Abteilung, Zimmer 414, Hadarim Hospital — *16:30 UHR*

»Hast du es mitgebracht?«, fragt sie.

»Das habe ich doch versprochen, oder?«

»Gegen deinen Willen hast du es versprochen. Deshalb dachte ich, du tust es nicht.«

»Ja, gegen meinen Willen, weil es viel zu früh ist. Es ist ein Wunder, dass du überhaupt lebst.«

»Jetzt komm mir nicht auf die spiritistische Art. Hol's einfach raus.«

Sie lässt mir keine Wahl. Das ist so eine Sache bei Vera: Zu ihr Nein zu sagen ist, als würde man mit dem Kopf gegen die Wand hauen. Ich ziehe den Reißverschluss meines Rucksacks auf und hole es heraus.

»Ist es das neueste?«

»Ja.«

»Okay, lass es mich sehen.«

Ich gebe ihr das Foto.

Sie hat Schwierigkeiten, das Bild festzuhalten, deshalb stelle ich es auf der Bettdecke vor ihren Knien auf.

»Das ist furchtbar, ich sehe ja furchtbar aus, abstoßend. Erschreckend. Die Leute werden vor mir davonlaufen.«

»Du bist im Krankenhaus. Du hast gerade eine Explosion in einem Bus hinter dir. Glaubst du ehrlich, du wirst für den Rest deines Lebens so aussehen?«

»Ja.«

»Nein. Nein, du wirst *nicht* für den Rest deines Lebens so aussehen. Es wird Monate dauern, bis alles verheilt ist, deine Beine, dein Arm, die vielen Wunden und dein Auge. Tu das Foto weg und schau mich an.«

»Nein.«

»Doch, denn ich habe dir etwas anderes mitgebracht. Etwas, das vielleicht wichtiger ist als ein Bild.«

»Was?«

»Deine Bewerbung.«

Sie sagt nichts. Starrt nur auf den intravenösen Schlauch, auf den EKG-Monitor, auf alles, das ihr sagt, sie wurde verletzt – und auf ihr Foto. Ich warte.

»Wird es denn jemals so sein? Wir beide, Dan? Zusammen? Studieren?«

»Aber sicher. Das verspreche ich dir.«

»Hilf mir, mich aufzusetzen.«

Ich richte die Kissen hinter ihrem Rücken auf und drücke den Knopf, der das Kopfteil des Betts hochfährt. Ich mache es so sanft wie nur möglich.

»Schalte die Lampe über meinem Kopf an.«

Ich zücke einen Stift. »Also, dann fange ich jetzt an, die Bewerbung auszufüllen?«

»Ja«, antwortet sie.

Meine Hand zittert ein bisschen. »Name?«

»Vera Brodsky.«

Ich beginne zu schreiben, und dann schaue ich hoch zu ihr. Sie muss der erstaunlichste Mensch der Welt sein.

»Warum schaust du mich so an? Glaubst du nicht, dass ich gesund genug sein werde, um Botanik zu studieren? Aber vielleicht überlegst du ja auch, dass du besser allein Archäologie studierst und dir eine neue Freundin zulegst.« Sie lacht, und dann weint sie.

Ich nehme ein Taschentuch und wische ihr die Tränen ab. »Ich schaue dich an, weil es niemanden wie dich auf der Welt gibt und ich nie jemand anderen haben werde.«

»Und du wirst mich nie verlassen?«

»Du warst zu lange bewusstlos. Du weißt nicht, was du da sagst.« Dann küsse ich sie vorsichtig. »Ich liebe dich, Vera.«

»Wirklich und wahrhaftig?«

»Ja.«

»Bleibst du hier? Ich muss dir etwas erzählen.«

»Ich bewege mich nicht vom Fleck.«

»In Odessa hatte ich einen Freund. Er hieß Sergej Rubinstein.« Sie hält inne und sieht mich an.

Ich küsse sie wieder. »Wie du merkst, bin ich immer noch da.«

»Zieh die Vorhänge um mein Bett«, flüstert sie.

»Aber in dem anderen Bett ist niemand«, sage ich.

»Das ist mir egal. Zieh die Vorhänge zu«, antwortet sie.

Ich stehe auf und schließe den Vorhang. Wir sind allein, niemand kann uns sehen.

»Er hat etwas Schreckliches getan«, sagt sie mit leiser Stimme.

Ich kann sie kaum hören. »Was hat er getan?«

»Er hat sich umgebracht und …«

»Und?«

»Und vielleicht bin ich schuld.«

Ich hatte alles Mögliche erwartet, was Vera erzählen würde, doch damit hätte ich nie gerechnet.

»Warum glaubst du das?«

»Weil ich glaube, ich habe ihn nicht genug geliebt.«

»Einen Menschen, der mehr liebt als du, kenne ich nicht. Ich kann nicht ohne dich leben, doch ich werde leben, genauso wie du auch. Wir beide. Zusammen. Hörst du? Verstehst du mich, du alberne Botanikerin aus Odessa? Hattest du deshalb immer Angst, mir zu sagen, dass wir zusammen studieren, zusammen leben werden?«

»Ja.« Es ist ein ganz leises Ja.

»Es tut mir Leid, dass er gestorben ist. Aber ich bin nicht er. Und ich werde dich nicht verlassen. Nie, absolut nie.«

Sie wendet den Kopf dem schmalen Tisch neben ihrem Bett zu. »Hast du das Foto gesehen, das Lidia mir vorbeigebracht hat – den Flieder?«

16:45 UHR **Thomas Wanninger** Intensivstation – Neurologie, Hadarim Hospital

Ich erinnere mich an die Schwärze, die völlige Schwärze, als ob ich zwischen zwei Wänden zusammengequetscht würde. Keine Luft, kein Licht, mein Mund bewegte sich, aber es kamen keine Wörter heraus. Mein Mund war voll Wasser, das so schwer wie Steine war. Wasser wie Steine, Steine wie Wasser. Es ergab keinen Sinn. Danach nichts. Dann Schmerzen, Schmerzen so groß, dass sie mich verschlangen, und Stille, weiße Stille.

Die erste Stimme, die ich hörte, war die von Opa Hans – er sprach mit mir über Israel und Jerusalem. Ich war tot, und er und ich waren im Himmel. Wir redeten über heilige Orte, weil wir im Himmel waren. Erst später, viel später begriff ich, dass es Baruch Ben Tov war.

Jetzt ist er hier, in meinem Zimmer. Mutti ist nicht da.

»Ich muss dir etwas vorlesen«, sagt er. Er öffnet einen Umschlag und zieht ein Blatt Papier heraus.

»›Ich wurde am 2. August von der Gestapo verhaftet …‹«

Als er fertig ist, fragt er: »Hilft dir das irgendwie, Thomas?«

»Ich weiß nicht. Wer hat meinem Vater die Fotos geschickt, die Gleichen, die Sie gesehen haben? Es muss doch jemand gewesen sein, dessen Familie dort ermordet wurde. Und warum haben sie die Fotos sowohl an meinen Vater als auch an Yad Vaschem geschickt?«

»Vielleicht war Wanninger, Otto, der einzige Name, den sie ausfindig machen konnten. Vielleicht sollte es nicht verurteilen, mit dem Finger zeigen, sondern sagen: ›Unternehmt etwas, unternehmt etwas im Namen eures Verwandten.‹«

»Das heißt, Sie glauben, Opa hat es nicht getan, er war an dem Massaker nicht beteiligt? Aber warum ist er dann weggelaufen? Verschwunden?«

Der alte Mann antwortet nicht. Er wirkt sehr müde.

»Ich werde wohl nie mit Sicherheit wissen, was wirklich geschehen ist«, sage ich.

»Was geschehen ist, gehört in eine andere Zeit und an einen anderen Ort. Wir werden nie alles wissen. Wir werden nie in der Lage sein, wirklich alles zu erklären. Du weißt viel mehr, als du wusstest, bevor du herkamst. Sei damit zufrieden.«

»Ich glaube, Sie haben Recht. Wenn es mir besser geht, werde ich nach Hause fliegen. Meine Mutter hat große Angst um mich. Sie will mich zurück in Berlin haben. Wenn ich ihr das über Opa erzähle, wird sie garantiert sagen, es gibt keinen Grund mehr für mich, hier zu bleiben.«

Er antwortet nicht.

»Baruch, was meinen *Sie*?«

»Ich meine, niemand von uns kann in die Seele eines

anderen Menschen hineinschauen. Wir verstehen nicht, was uns so handeln lässt, wie wir es tun, was uns hassen lässt, was uns lieben lässt. Eine Mutter tut für ihr Kind alles, was sie kann, und wenn sie es nicht kann …«

Er hält so lange inne, dass ich frage: »Was dann?«

»Dann bricht ihr das Herz.«

»Mutti hat immer alles für mich getan.«

»Ja, das hat sie, Tommi.«

»Ich sollte also mit ihr zurückgehen, stimmt's? Von hier weggehen?«

Er zögert. »Ja, das solltest du«, sagt er.

17:00 UHR **Muhamed Abutayeh** Sanur, Palästinensische Verwaltung

Ich habe alle Vorbereitungen abgeschlossen. Ich habe meinen Eid auf den Koran und im Namen Allahs abgelegt. Meine Eltern werden die Videokassette und das Foto bekommen. Anaam wird mein Foto vor der heiligen Moschee von Jerusalem in Händen halten und den Brief, der nur für ihre Augen bestimmt ist, die Augen meiner Verlobten.

Ich bete, dass sie glücklich sein wird.

Das Fahrzeug ist ein weißer Kombi, der vor zwei Monaten gestohlen wurde und die vier Bomben, die drei Gaskanister mit der entzündbaren Flüssigkeit und die drei Behälter mit Nägeln, Schrauben und anderen scharfen Metallgegenständen transportieren kann.

Das Ziel ist ausgewählt. Der Ort einer Feier, eine Ansammlung fröhlicher Juden, die essen, trinken und singen. Ich habe das Gebiet des Feindes viele Male betreten. Niemand verdächtigt mich. Mein Vater wird in der Lage sein, mit dem Geld, das er aus dem *Schahid*-Fonds bekommt, Ackerland zu kaufen. Mein Tod wird ehrenhaft sein.

Ich weiß genau, was ich tue. Uhrzeit und Datum stehen fest. Ich werde nicht versagen.

Dr. Ibrahim Stitti 14 Khirbet Salih Straße, Beit el E'Nab, Palästinensische Verwaltung 18:45 UHR

Ich habe noch nie verstanden, warum Frauen so lange brauchen, um sich fertig zu machen. »Nadine, wir kommen zu spät. Wir müssen durch die ganzen Checkpoints.« Keine Antwort.

Ich bin heute Abend gut gelaunt. Der deutsche Junge ist aus dem Koma erwacht, und ich möchte fast wetten, dass er keine Spätfolgen davontragen wird. Natürlich habe ich das seiner Mutter nicht gesagt. Eine Garantie gibt es nämlich nie im Leben.

»Nadine, es ist eine Bar-Mizwa-Feier. Ich habe Dr. Razine versprochen, dass wir nicht zu spät kommen. Kannst du dich nicht beeilen?« Keine Antwort. Nur das Geräusch der Dusche, die im Badezimmer angestellt wird.

Die Kinder sind bei meiner Mutter. Ruhe und Frieden. Ich stelle das Radio an. Die Achtzehn-Uhr-dreißig-Nachrichten. Nichts, nur der übliche politische Unsinn, ein Streik der Müllabfuhr, ein berühmter Tennisspieler wurde geschlagen. Gut, vielleicht hat der Wahnsinn der Selbstmordattentäter seinen Lauf genommen.

Die Dusche wird abgestellt. »Nadine, wie viel Zeit brauchst du noch?«

»Zehn Minuten, dann bin ich fertig«, antwortet sie im freundlichsten Ton, den man sich vorstellen kann. Das ist eine Frau für dich.

FREITAG, 14. APRIL

Ilse Wanninger Warteraum, Hadarim Hospital 17:45 UHR

Jemand hat zwei weiße Sabbatkerzen angezündet und auf den kleinen Tisch hier im Warteraum gestellt. Der jüdische Sabbat beginnt.

Tommi war heute ziemlich viele Stunden wach. Er ist glücklicher, seit er in einem normalen Zimmer liegt. Von seinem Bett aus kann er die grünen Hügel sehen. Wir haben über Opa Hans und Herrn Ben Tov gesprochen. Wir haben auch über Töten, über Hass, über Angsthaben und über schreckliche Erinnerungen gesprochen. Danach hat er ein bisschen geschlafen.

Als er wieder aufwachte, fragte er mich: »Glaubst du, Opa war ein Mörder, ich meine, dass er an dem Massaker beteiligt war?«

»Ich glaube nicht«, antwortete ich.

»Aber warum ist er dann verschwunden?«

»Ich weiß es nicht, Tommi. Ich habe mich das schon tausend Mal gefragt, genauso wie dein Vater. Und Oma wahrscheinlich auch.«

»Ja, aber sie würde nie meine Fragen beantworten.«

»Weißt du, Tommi, was immer er getan oder nicht getan hat, er hat eine Lösung für sein Dilemma gefunden. Ich spüre das. Vielleicht ist er gestorben, vielleicht ist er weggelaufen, vielleicht wurde er erschossen.«

»Ich bin froh, dass ich hergekommen bin, Mutti, trotz all dem Schrecklichen, was passiert ist. Ich hatte immer gedacht, auf jede Frage gäbe es auch eine Antwort. Wie in einer Prüfung. Jetzt ...«

»Und jetzt siehst du, dass es auf viele Fragen keine Antwort gibt.« Ich küsste ihn. Ich sah in sein Gesicht – nicht nur die Haut, auch sein Inneres ist verwundet. Wie lange würde es dauern, bis er vergisst, was er gesehen hat? Bis er keine Angst mehr hat, nach draußen zu gehen, mit dem Bus zu fahren, selbst im sicheren Berlin?

»Baruch hat mir von seiner Arbeit erzählt, über die Gärten und das Pflanzen«, sagte Tommi. »Wusstest du, dass Vera im Kibbuz ihr eigenes Gartenstück hat, mit einem Fliederbusch drauf? Ich könnte auch irgendwas pflanzen.«

»Ich will, dass du nach Hause kommst, das weißt du.«

»Ich weiß, Mutti. Aber vielleicht komme ich eines Tages hierher zurück.«

Er schloss die Augen und war nach einer Minute wieder eingeschlafen.

Baruch hat mir versprochen, mich am Sonntag nach Jerusalem in eine Kirche zu bringen. Ich werde Gott danken, dass er Tommi das Leben zurückgegeben hat.

17:45 UHR **Lidia Adler** Orthopädische Abteilung, Zimmer 414, Hadarim Hospital

»*L'cha dodi, likrat kala p'nay Shabbat n'kabala*. Ich bin es, Lidia, die da singt. Mach die Augen auf. Es ist dein Lieblings-Sabbatlied. Sing mit mir zusammen. Komm schon, versuch es, nur ein paar Worte.«

»*Shabbat shalom*, Lidia.«

»Dir auch einen friedlichen Sabbat. Ich bin froh, dass du in besserer Stimmung bist. Nichts ist schöner, als dir eine Last von den Schultern oder vom Herzen zu nehmen.«

»Bist du böse, dass ich dir nichts über Sergej erzählt habe?«

»Wie könnte ich dir böse sein? Ich hoffe nur, dass du irgendwann einmal anfängst, Menschen zu vertrauen. Also willkommen in dieser wunderbaren Welt.«

»Ist sie denn wunderbar?«

»Machst du Witze? Meine beste Freundin lebt – das macht sie wunderbar. Genauso wie für Dan.«

Einen Moment sagt sie nichts. Ich auch nicht.

»Ich tu ihm nur Leid. Schau mich an. Du müsstest es doch wissen – du machst doch die ganze Zeit Fotos. Und dann habe ich ihm auch noch von Sergej erzählt. Deshalb hat er Mitleid mit mir, aber er liebt mich nicht.«

»Jetzt komm, hör auf damit. Er wartet draußen, Vera. Er liebt dich so sehr.«

»Ich liebe ihn auch«, sagt sie ruhig.

»Und?«

»Und warum sollte er mit jemandem leben wollen, der für den Rest seines Lebens vor dem kleinsten Geräusch Angst hat? Wer weiß, ob ich hier jemals wieder rauskomme, normal werde?«

»Du täuschst dich. Er weiß, dass du sehr tapfer bist. Du bist allein in den Kibbuz gekommen. Du hattest keine Angst, noch mal ganz von vorn anzufangen, nachdem Sergej starb. Hey, du bist eine Brodsky – dein Großvater hat den Gulag überlebt.«

Ich spreche im Stillen ein kleines Stoßgebet, damit sie Dan reinkommen lässt. Und anfängt zu glauben, dass nicht alle Menschen sie verlassen werden. Ich meine, wenn ein Gebet am Sabbat nicht erhört wird, wann dann?

»Okay, du hast Recht«, sagt sie schließlich.

Ich öffne die Tür und zeige Dan meinen nach oben gestreckten Daumen. Er grinst und kommt rein. Vom Eingang aus schieße ich ein Foto der beiden.

»Ich liebe Happy Ends«, sage ich.

17:45 UHR **Sameh Laham**, Sicherheitsgefangener 0593, isoliert in der Chirurgischen Abteilung, Hadarim Hospital

Ich höre den Ruf des Muezzin zum Gebet. Wie klar er klingt. Er dringt durch das halb offene Fenster meines Zimmers. Die Moschee liegt tiefer, in dem kleinen Dorf abseits der Krankenhauszufahrt. Zeit zu beten, Zeit zu beten.

Ich denke an die Worte aus dem Koran für einen *Schahid*. Ich denke an die Mutter und das Baby. Ich drehe mich nicht um im Bett, um nach Mekka zu blicken. Ich bete nicht.

17:45 UHR **Baruch Ben Tov** Gedenkhain, Kibbuz Broschim

Ilse hat angerufen. Thomas ist von der Intensivstation auf eine normale Station verlegt worden. Er kann von seinem Fenster aus die Hügel sehen. Er will wissen, wo der Kibbuz liegt.

Jetzt, wo es langsam warm wird, gibt es so viel zu beschneiden und zu gießen. Hier im Hain streicht der Wind durch die Pinien – wie eine Mutter, die einem Kind die Haare glatt streicht. Jeder Baum ist eine Erinnerung an ein Leben. Einige Bäume biegen sich in die eine Richtung, andere in die andere. Und außerhalb dieses grünen Kreises geht das Leben weiter.

Thomas Wanninger Chirurgische Abteilung A, Zimmer 301, Hadarim Hospital *18:00 UHR*

Mein Bett steht neben dem Fenster. Hinter den Pinien, die die Hügel bedecken, sehe ich eine Straße, auf der Autos fahren. Menschen, die nach Hause wollen, von der Arbeit kommen, wie auch immer. Alles still. Nichts explodiert.

Es ist noch hell draußen, aber ich weiß nicht, wie spät es ist. Ich habe meine Uhr zurückbekommen – das Armband ist verbrannt, das Plastik in mehrere Teile zersprungen. Um 11:47 Uhr ist sie stehen geblieben. Für den Rest meines Lebens werde ich immer die Menschen im Bus sehen: den Fahrer, der vor sich hin summte, während Vera ihm unsere Fahrkarten zeigte, den ausgemergelten Typen hinter mir, der die ganze Zeit hustete, das Baby in der rosa Decke, das hinten im Bus schrie.

Wenigstens habe ich das herausgefunden, weswegen ich hergekommen bin. Jedenfalls so viel Auskunft über Opa, wie ich je kriegen werde. Ich träume nicht mehr von Zügen und Gefangenen. Dr. Stitti hat gesagt, ich bin ein Überlebender.

Ich habe das ziemlich seltsame Gefühl, dass mir nie mehr etwas Schlimmes passieren wird. Fast zu sterben kann einem schließlich nur einmal passieren. Danach lebt man weiter – tut Dinge, macht Pläne. So ist das Leben. Jedenfalls hoffe ich es.

Die Originalausgabe erschien 2004 unter dem Titel
Real Time
bei Clarion Books, a Houghton Mifflin Company imprint,
New York.
© 2004 Pnina Moed Kass
Für die deutsche Ausgabe
© 2005 Berlin Verlag GmbH, Berlin
Bloomsbury Kinderbücher & Jugendbücher, Berlin
Alle Rechte vorbehalten
Umschlaggestaltung: Nina Rothfos & Patrick Gabler, Hamburg
Typografie und Gestaltung: Renate Stefan, Berlin
Gesetzt aus der Stempel Garamond und der City
durch psb, Berlin
Druck und Bindung: Friedrich Pustet, Regensburg
Printed in Germany
ISBN 3-8270-5102-9

Gabrielle Zevin
ANDERSWO

ab 14 aufwärts
Aus dem Englischen von Ulrike Nolte

Liz ist gerade 16 Jahre alt geworden, als sie bei einem Verkehrsunfall ums Leben kommt. Ehe sie weiß, wie ihr geschieht, findet sie sich in Anderswo wieder. Hier ist alles fast wie auf der Erde, nur dass die Bewohner hier nicht älter werden, sondern jünger. Anderswo ist kein schlechter Ort zum »Leben«, doch Liz hat Heimweh nach ihrer Familie und das Schlimmste ist für sie, dass sie nun nie erfahren wird, wie es ist, erwachsen zu sein, den Führerschein zu machen, sich zu verlieben. Denkt sie zumindest – bis sie herausfindet, dass man auch in Anderswo einiges erleben kann ...

»*Anderswo* ist ein rasanter, witziger und faszinierender Roman. Die Geschichte ist absolut schräg, und trotzdem wirken die beschriebenen Gefühle auf eigenartige Weise ganz realistisch.«

Carolyn Mackler

Bloomsbury
Kinderbücher & Jugendbücher